ALFA-HÉLICE

ALFA-
-HÉLICE

DIÊGO
MADUREIRA

Labrador

Coordenação editorial Pamela J. Oliveira
Assistência editorial Leticia Oliveira, Vanessa Nagayosh
Direção de arte e capa Amanda Chagas
Projeto gráfico Vinicius Torquato
Diagramação Nalu Rosa
Preparação de texto Cris Negrão
Revisão Gleyce F. de Matos

Dados Internacionais de Catalogação na Publicação (CIP)
Jéssica de Oliveira Molinari - CRB-8/9852

Oliveira, Diêgo Madureira de
Alfa-hélice / Diêgo Madureira de Oliveira.
São Paulo : Labrador, 2025.
256 p.

ISBN 978-65-5625-883-6

1. Ficção brasileira 2. Ficção científica 3. Tecnologia I. Título

25-1849 CDD B869.3

Índice para catálogo sistemático:
1. Ficção brasileira

Labrador
Diretor-geral Daniel Pinsky
Rua Dr. José Elias, 520, sala 1
Alto da Lapa | 05083-030 | São Paulo | SP
contato@editoralabrador.com.br | (11) 3641-7446
editoralabrador.com.br

PREFÁCIO DO AUTOR

Certa vez, ouvi de um aluno uma frase que me assombraria por muito tempo. Foi logo no início da minha carreira como docente. Eu havia terminado a aula e organizava minhas coisas para sair da sala; ele se aproximou de mim e disse: "O senhor é o melhor professor que eu já tive, pena que foi dar logo essa matéria". Fiquei chocado, e não pelo fato de ser chamado de "senhor" aos vinte e dois anos nem pelo que a fala dizia a meu respeito, mas pelo que dizia da disciplina. Se havia entendido bem, aquele jovem estava lamentando o desperdício que era ter um professor com quem se identificava dando aula de bioquímica, o que significava que não julgava a matéria digna desse privilégio.

A maioria dos estudantes não gostava de bioquímica, um fato desolador que ficou cada vez mais claro para mim a partir daquele episódio. Não que eu achasse que todos deveriam ter a minha empolgação sobre o assunto; o que assustava era a completa aversão ao tema. Por muito tempo me pareceu tão inconcebível não se encantar com a forma como as coisas vivas funcionam nos seus detalhes mais misteriosos que eu ignorava os elevados índices de reprovação e os apelidos maldosos que a matéria ganhava nos corredores.

Lembrei-me, porém, de que também para mim as biomoléculas se mostraram antipáticas ao primeiro contato, e só depois veio a paixão. Foi assim que assumi, como professor, uma missão que ia além de ensinar: a de fazer as pessoas gostarem de bioquímica! E por gostar não quero dizer aprender, são coisas distintas. Gostar, às vezes, é até mais importante, pois ajuda a reconhecer o verdadeiro valor das coisas. Assim, quando tive a ideia de escrever este livro, não foi com a intenção de fazer dele um livro didático, mas de inserir conceitos científicos em uma experiência prazerosa de leitura e imaginação.

Comecei a escrever esta história sem muita certeza do que seria dela, mas, à medida que fui criando os personagens, eles tomavam consciência de si e passavam a impor o que deveria ser escrito, rebelando-se quando o rumo da trama não os agradava, a ponto de me fazerem apagar páginas inteiras. Fui, assim, ousando transpor os objetivos iniciais e abordando temas e situações que surpreendiam a mim mesmo, passeando entre dramas humanos e conflitos morais num encontro entre arte e ciência.

Apesar da premissa principal, bem como muitas cenas do livro, embasar-se em conceitos técnicos bem estabelecidos e em tecnologias existentes, alguns exageros ficcionais foram cometidos a fim de construir um enredo intrigante e envolvente. De novo: a ideia sempre foi usar a mágica e a milenar arte de contar histórias para apresentar esses conceitos e tecnologias, não os ensinar.

O resultado disso tudo — deixo a modéstia de lado para admitir — me é motivo de muito orgulho. Isso porque, apesar de um pouco disléxico com a gramática, gosto de escrever desde criança. Cresci criando contos, crônicas, fábulas e até alguns romances, mas sempre para mim mesmo. Esta é a primeira vez que compartilho minha criatividade literária com o mundo.

Num país que precisa urgentemente aumentar o número de leitores, espero que a corajosa — pelo menos para mim — decisão de expor minha obra possa contribuir, ainda que timidamente, nesse sentido. Não sei o que meus alunos atuais acharão disso, nem teria como antecipar suas expectativas, mas certamente escrevi um livro que eu gostaria de ler.

SUMÁRIO

A MORTE

Antônio desligou o telefone sentindo um misto de tristeza e decepção. Já se iam quase três décadas desde o último contato com seu antigo professor, mas não conseguia conceber a ideia de que ele cometera suicídio. Era a última coisa que se esperava de alguém como Geraldo.

Olhou para o pedaço de papel no qual anotara horário e endereço do velório. Não queria ir, mas sabia que seria difícil superar seu senso de dever, afinal, apesar do longo período sem qualquer notícia, o professor Geraldo havia sido seu orientador de doutorado. Ele não pensou muito a respeito, sabendo que não se convenceria do contrário, levantou-se e foi procurar uma roupa adequada para a ocasião.

O velório foi rápido, simples e constrangedor. No salão funerário, uma dúzia de pessoas, que demonstravam mais pressa do que consternação ou tristeza, movimentava-se em torno do caixão numa tentativa coletiva de preencher o espaço. A exceção era uma mulher com olhar distante, encostada em um dos cantos da sala, que por lá ficou todo o tempo. Usava um vestido azul; um azul-celeste vivo, quase festivo, que contrastava com os tons soturnos das vestimentas de todos os demais e com as paredes brancas do lugar. Antônio achou a roupa um pouco inadequada para a ocasião — não que a opinião de alguém com um guarda-roupa triste e monocromático como o dele devesse ser levada em conta, mas havia certas convenções sociais que, ele acreditava, precisavam ser seguidas por todos.

Antônio tentava vencer a monotonia esforçando-se para se lembrar de momentos que vivera com o professor como se as reminiscências pudessem transportá-lo daquele ambiente opressor. Recordou-se do dia em que o conheceu, de quando brigou com seu orientador anterior e foi socorrido por Geraldo, e de quando assumiu a gestão do laboratório sob sua confiança. Aos poucos, a memória foi trazendo nostalgia e uma sensação de gratidão, como se só então tivesse percebido o papel fundamental que o falecido tivera em sua vida. Perdido nos pensamentos, olhou para o outro lado da sala e reconheceu um antigo colega de laboratório, de quem não sabia ao certo o nome... *Breno, Bruno, alguma coisa assim.* Ao vê-lo, o homem se aproximou e o cumprimentou sussurrando:

— Antônio, quanto tempo! Lembra de mim?

— Claro, o homem dos polímeros de carboidratos...

— Diogo.

— Diogo. Lembro, sim. Como vão as coisas? Ainda pesquisando materiais?

— Mais ou menos, agora tenho outras linhas de pesquisa, prioritárias.

Fim do diálogo. Sem mais nada a dizer um ao outro, a iniciativa do contato só serviu para provocar um leve constrangimento, por isso ambos receberam com alívio a chegada de um sacerdote, que proferiu algumas palavras — protocolares e sem emoção — antes de o caixão ser levado para o crematório.

Diogo e Antônio saíram juntos da sala. Trocaram mais algumas palavras por educação enquanto caminhavam. Falas genéricas sobre as carreiras de docente de ambos, a mudança de Diogo para o sul do país e a forma como cada um recebeu a notícia da morte do professor. Diogo estava, por acaso, na cidade para participar de um congresso, e só por isso foi ao velório.

— Não tínhamos notícias dele há anos.

— Não sabia que ele ainda estava na NanoDot, Antônio, achei que tinha se aposentado.

— Ele deixou a universidade antes de se aposentar.

— Ouvi dizer que estava doente. Câncer. Sabia que tinha pouco tempo de vida.

— Também ouvi essa versão. Difícil de acreditar. O professor Geraldo era um cientista brilhante, passou a vida depositando esperança em novos tratamentos contra o câncer e, de repente, comete suicídio porque acha que não tem saída para sua própria doença? Não sei, mesmo pra quem não conhecia o professor essa história parece estranha, ainda mais...

Antônio percebeu o olhar intrigado do colega e interrompeu a fala. *Agora ele acha que estou conjecturando teorias da conspiração...*

Mas, antes que pudesse dizer mais alguma coisa, ouviu alguém chamar seu nome. Ambos olharam para trás.

— Qual de vocês é o professor Antônio?

— Sou eu.

— Prazer, me chamo Carlos. Essa é Gabriela, sobrinha do professor Geraldo.

Percebendo que o homem sequer lhe dirigiu o olhar, Diogo se despediu de Antônio e seguiu seu caminho. Carlos, um senhor alto, magro e com uma roupa elegante, estendeu a mão em cumprimento. Tinha um ar sério e muito respeitável, apesar do leve cheiro de cigarro e uísque que exalava. Usava óculos redondos, que pareciam ligeiramente pequenos para seu rosto comprido, e tinha cabelos curtos e grisalhos. Depois de apertar a mão do professor, falou em tom solene:

— Sr. Antônio, estou aqui para representar o sr. Geraldo em seus últimos desejos. O senhor teria um minuto?

Antônio assentiu e ouviu aquele estranho falar sobre uma carta que Geraldo deixara, sobre a menção do seu nome nela e sobre um suposto testamento, em que dividia os poucos bens que tinha entre ele, a sobrinha e o filho. *O professor Geraldo tinha um filho?*

A mulher de azul que o acompanhava ouvia as explicações com ar de reprovação. Antes mesmo que Carlos terminasse de falar, ela se manifestou:

— Não se anime, não é muito, você não ficará rico. Pra mim ele deixou um carro velho; todo o resto ficou pra esse tal filho que ninguém conhece. Parece que pra você ficaram umas bugigangas de laboratório.

Antônio notou na fala da mulher um tom de raiva; não, era de mágoa. Não parecia ser frustração com a mirrada herança, como ela queria fazer parecer, mas talvez revolta pelo deliberado sumiço de alguém por quem nutria muita estima. Percebera, minutos antes, seu esforço para não chorar, enquanto, no seu cantinho, ouvia o sacerdote recitar os versículos bíblicos decorados.

— De fato, sr. Antônio, ele deixou para o senhor alguns equipamentos. Não sou da área, não saberia dizer exatamente do que se trata, mas poderá ver a lista em breve. No momento, há algo mais urgente. O professor Geraldo também deixou na carta alguns pedidos um tanto... peculiares.

— Que não me permitissem vê-lo nem depois de morto, por exemplo. Conseguiu ser covarde até nessa hora! — esbravejou Gabriela.

Antônio confirmou sua impressão sobre ela. Um pouco constrangido com a agressividade da moça, Carlos tentou amenizar as circunstâncias:

— Ele queria que as pessoas se lembrassem do Geraldo que conheceram, e não do que a doença o tornou. Também fez outro pedido, esse bem inusitado: queria que o senhor, professor Antônio, estudasse o tumor dele. O médico legista retirou uma amostra para encaminhá-lo, caso o senhor queira atender a esse desejo.

Para Antônio, não havia nada de inusitado no pedido. O professor Geraldo o introduzira no estudo do câncer. Juntos compuseram o primeiro biorrepositório de amostras tumorais do laboratório, que viria a se tornar o maior biobanco da universidade alguns anos depois. Em pouco tempo, Antônio se tornou uma referência na análise dessas amostras por microdissecção a laser. Estudar fragmentos de tumores era a sua rotina, uma rotina que o satisfazia; essa era a maior herança deixada pelo antigo orientador. Não lhe parecia exótico, como deveria soar aos demais, o desejo de que também sua doença integrasse a pesquisa que ambos começaram juntos.

Duas horas depois estavam no hospital. Apesar das semelhanças com o laboratório, Antônio detestava aquele ambiente. A luz excessiva, o cheiro de éter impregnado nas paredes e o som da TV sem telespectadores na recepção o deprimiam.

A amostra do tumor fora acondicionada em nitrogênio líquido, segundo instruções do próprio doador, como mandava o protocolo de pesquisa. Foi colocada em um contêiner improvisado com uma garrafa térmica da copa do Instituto Médico Legal e enviada para o hospital em condições igualmente improvisadas e inadequadas de transporte.

Sentado na sala de triagem, Antônio segurava o recipiente fumegante enquanto aguardava o termo de consentimento livre e esclarecido, assinado por Geraldo e deixado junto à carta de despedida. O termo era requisito legal para o uso da amostra em pesquisa. A fumaça que se desprendia da garrafa provocava olhares curiosos nas pessoas em volta. Ao seu lado estava Gabriela, que fez questão de acompanhá-lo. Por curiosidade, supunha Antônio.

A verdade era que Gabriela não admitia que aquele desconhecido tivesse acesso a um fragmento do corpo do tio, ainda que da parte doente, quando tudo que ela guardaria dele seriam lembranças insipientes e um automóvel. Por ser incômodo — e um tanto macabro —, esse sentimento foi confinado em seu subconsciente, e Gabriela convenceu a si mesma que estava ali apenas para garantir que o último desejo de Geraldo fosse devidamente respeitado. Ela olhou para Antônio, observou seus dedos das mãos ansiosos enquanto esperava por Carlos. Imaginou se ele teve notícias do tio nos últimos anos. Ponderou se deveria ou não investir em uma interação, que não estava disposta a fazer, mas a ideia de que esse homem talvez soubesse o motivo do desaparecimento do seu tio foi mais forte.

— Quanto tempo você conviveu com ele?

— Mais ou menos seis anos. Nos conhecemos no início do meu doutorado. Eu havia me desentendido com meu orientador anterior e ele se ofereceu pra assumir a orientação da minha tese. Mas isso foi há quase trinta anos. Desde então, não nos vimos mais.

— Como ele era no trabalho?

Havia nítida tristeza e nostalgia na pergunta.

— Durão. Tinha muita dificuldade de demonstrar seus sentimentos, mas todo mundo sabia que era uma boa pessoa.

Ele está falando do meu tio? Para Gabriela, Geraldo era a pessoa mais terna e amorosa que poderia existir. Tinha uma maneira peculiar de falar, é verdade; não na forma, mas no conteúdo, e qualquer conversa despretensiosa com ele se transformava em um debate de argumentos que estruturava de forma brilhante. Quase sempre provava estar com razão e ainda assim nunca soava arrogante, pelo contrário, era impossível não reconhecer humildade e doçura no seu jeito de falar.

O tio que ela conheceu não tinha problemas em dizer o que sentia, fazia-o de forma muito direta. Gabriela recordou algumas daquelas conversas e até esboçou um sorriso, que se desfez tão logo percebeu serem memórias de uma adolescente, não da mulher madura que se tornara, com a marca da inexplicável ausência da única pessoa que amou de fato, e que agora não existia mais. A notícia da morte tirara dela até o direito ao ressentimento que a acompanhou por tantos anos, deixou-a vazia.

Em meio à dor, ela assumiu a confortável e detestável posição de vítima. Observou os pacientes e acompanhantes na recepção do hospital, imaginando se algum deles estaria passando por um sofrimento maior que o seu. Enquanto fazia a varredura visual da sala, percebeu dois homens desviarem os olhares quando se cruzaram com o dela. Fitou a recepção por alguns segundos, voltando-se em seguida para os dois, que novamente desviaram o olhar. Virou-se para Antônio, que continuava mexendo os dedos, alheio ao ambiente em volta.

— Você notou aqueles dois "cavalheiros" no final do corredor? Não param de olhar em nossa direção. Viu? Agora disfarçaram. Estou bem incomodada.

— Não. Não sou bom observador. Veja, lá vem o sr. Carlos finalmente.

Antônio se levantou apressado, pegou o papel que Carlos trazia, agradecendo-o com um aceno, e saiu da sala de triagem. Virou-se para se despedir de Gabriela, mas percebeu que ela chorava. Comovido, voltou alguns passos e ofereceu-lhe carona para casa. Ela não respondeu, apenas apanhou sua bolsa e o acompanhou cabisbaixa.

No carro, suas únicas palavras foram para responder quando Antônio lhe perguntou seu endereço. Não era longe dali, e era caminho para a universidade. Antônio tentou puxar assunto.

— Você mora sozinha?

A intenção da pergunta foi demonstrar sincera preocupação com Gabriela, mas logo que falou em voz alta temeu ser mal interpretado em suas intenções e emendou:

— Esses momentos de despedida são muito difíceis, seria bom se pudesse contar com alguma amiga ou parente nas próximas horas. Desculpe se estou sendo inoportuno, não quero parecer intrometi…

— Estamos sendo seguidos!

Desperta de seu estado de letargia melancólica, Gabriela parecia nervosa. Antônio olhou pelo retrovisor. Apenas um carro atrás deles. Apesar da distância, foi possível reconhecer, pela cor das camisas e pela barba longa e óculos de acetato preto do motorista, os dois homens que, segundo Gabriela, os observavam no hospital. A primeira sensação foi de medo, um medo instintivo que no segundo seguinte se fez ridículo diante da simples constatação de que não havia motivos para estarem de fato sendo seguidos por estranhos.

— Gabriela, não acho que estejam nos seguindo, estamos na avenida principal desde que saímos do hospital, é a rota natural da maioria dos veículos.

— Vire à esquerda!

Não foi uma sugestão, foi uma ordem de uma pessoa nervosa olhando o retrovisor. Antônio suspeitou ser uma atitude paranoica relacionada ao luto recém-instalado. Estava claro que Gabriela gostava muito do tio, e a situação devia estar sendo bem difícil para ela. Ele não questionou, não faria mal um pequeno desvio se fosse para acalmá-la. Ligou o sinal indicando a conversão à esquerda e olhou pelo retrovisor, os supostos seguidores não fizeram qualquer sinalização. O professor reduziu a velocidade e entrou numa rua bastante arborizada pela qual nunca havia passado. Seguiu por alguns metros à procura de uma esquina que lhe permitisse retornar à avenida principal enquanto Gabriela continuava olhando para trás. De repente, ela se virou para Antônio, assustada. Adivinhando o motivo, ele olhou de volta para o retrovisor. O mesmo carro continuava atrás deles.

— Pode ser uma coincidência — disse ele.

Sem sentir muita convicção nas próprias palavras, acelerou um pouco, mas a rua parecia não ter qualquer transversal. Foram cerca de três intermináveis minutos até que avistassem um semáforo. *Um cruzamento, graças a Deus*! Ele acelerou um pouco mais. O sinal estava vermelho, mas abriu quando se aproximaram. Antônio virou à direita e, segundos depois, viu o carro com os dois homens passar direto pelo cruzamento. Respirou aliviado e olhou para Gabriela.

— Ok. Está tudo bem. De qualquer forma, prefiro ir com você pra universidade, se não se importar — disse ela.

Ele assentiu com a cabeça; talvez tudo que Gabriela quisesse desde o início fosse manter a companhia de alguém. Apesar de não ter ouvido resposta para sua pergunta, Antônio sabia que ela morava sozinha, reconhecia quem convivia com o mesmo tipo de solidão que ele. Reduziu a velocidade enquanto conectava o aplicativo de localização para encontrar o caminho e seguiram sem novos comentários sobre a suposta perseguição.

Como era domingo, o estacionamento do Instituto estava vazio. Antônio parou na primeira vaga, bem próximo à porta, assim não precisariam andar muito, pois havia começado a chover. Uma garoa bem fina substituía o sol de mais cedo, tornando o dia ainda mais melancólico, especialmente para Gabriela. Combinaram que Antônio a levaria para casa depois de processar a amostra do tumor.

Entraram pela porta principal e cumprimentaram o vigilante, que não questionou a presença da mulher desconhecida. Foram direto ao laboratório de bioquímica do câncer levando a garrafa térmica — que agora já não deixava escapar a névoa branca, indicando o fim do nitrogênio líquido que conservava o material biológico.

Antônio pediu que Gabriela ficasse à vontade, mas ela apenas se aproximou de uma das janelas e ficou observando a chuva lá fora. Ele entrou na antessala de cultura e começou a vestir os equipamentos de proteção apropriados para o trabalho. Tirou o casaco, colocou o propé e, enquanto vestia o jaleco, observou Gabriela com mais atenção, pela parede de vidro que separava a sala de cultura do restante do laboratório.

Ela era muito bonita, o tipo de beleza peculiar que revela uma personalidade forte. O cabelo curto naturalmente alaranjado, a tatuagem de abelhas no ombro e a pulseira com pequenas conchas naturais davam um toque sutil de rebeldia e desprendimento àquela mulher que, embora certamente já passasse dos quarenta, esbanjava jovialidade. Já à primeira vista, qualquer um a perceberia como uma pessoa comunicativa, de opiniões fortes e espírito livre. Por isso mesmo, vê-la naquele estado de tristeza expunha uma contradição perturbadora.

Antônio sentiu uma vontade súbita de abraçá-la, como se precisasse acalentá-la, como se estivesse assistindo à revelação do lado mais frágil de alguém que não sabia lidar com a fragilidade. Por um instante, desejou que a história da perseguição fosse real só para ter um motivo para protegê-la, mas logo findou seu momento de contemplação para se concentrar nos procedimentos técnicos.

Gabriela, por sua vez, continuava olhando a chuva, agora mais forte, com uma sensação estranha de alívio. Sentia como se visse lá fora as lágrimas que se esforçava para conter. Esse sentimento de que o céu, com dó, chorava em seu lugar, trouxe um pouco de paz para seu coração. Ela continuava sentindo raiva do tio por tê-la abandonado quando mais precisava dele, remoía involuntariamente essa memória, mas potencializava o sentimento de propósito para encobrir a falta quase insuportável dos momentos que viveram juntos. Era muito inteligente, sabia que viveria o luto em muitas etapas, que aquela ira seria abrandada e ficaria apenas a saudade, e perdoaria o tio, por não haver alternativa. Essa consciência tornava ainda mais desnecessário o que sentia naquele momento, mas não podia evitar.

Ela viu a chuva ficar ainda mais forte, açoitando com rajadas de vento o vidro da janela do laboratório, e não pôde deixar de imaginar que a natureza compartilhava de sua raiva, como foi com sua tristeza. Entreabriu a janela sem se importar com a água que entrava e formava uma grande poça no chão. Queria ouvir melhor o som da chuva, e foi ele que lhe trouxe alguma calma.

Devidamente paramentado diante da câmara de fluxo laminar, Antônio abriu o frasco, já precariamente refrigerado, e se deparou com um pequeno fragmento amarelado congelado. Com ajuda de uma pinça, passou a amostra para um tubo de fundo cônico com meio de cultivo e viu, surpreso, o aglomerado de células se desfazer na solução avermelhada. *Que estranho, parece nem ter estroma!* A amostra do tumor era, de fato, muito estranha, diferente de tudo que já vira, e menor do que as que costumava coletar. Não resistiu à ideia de tentar recuperar células vivas em cultura, apesar de o transporte em nitrogênio líquido reduzir as chances de sucesso. Todo o procedimento acabou demorando mais que o esperado, o suficiente para que a chuva passasse, rebobinando o tempo para a manhã ensolarada de mais cedo, e para que Gabriela se afastasse da janela para explorar o laboratório.

Enquanto passeava entre bancadas com microscópios, frascos de todos os tamanhos e formas, computadores e pequenas placas redondas de plástico, foi se envolvendo naquele mundo tão exótico para ela, mas que foi o habitat do seu tio por praticamente toda a vida. De repente, viu-se pensando em Antônio. Primeiro com uma curiosidade despretensiosa sobre sua rotina naquele lugar, depois sobre como ele parecia uma pessoa amigável. Sabia que seu julgamento sobre o caráter daquele desconhecido estava enviesado pelas circunstâncias e pelo hábito de se afeiçoar rapidamente às pessoas; mas essa era Gabriela, partia sempre do pressuposto de que as pessoas eram boas.

Ele era bonito, com aqueles braços fortes na medida certa, a pele negra e o cabelo levemente grisalho. A barba por fazer e a roupa amarrotada denotavam um homem pouco vaidoso, uma sutileza que realçava sua beleza. Pelos cálculos de Gabriela, deviam ter mais ou menos a mesma idade. Imaginou se voltariam a se encontrar, se seriam amigos. *Não fantasie, Gabriela, vocês não têm nada a ver um com o outro. Deixe o pobre homem em paz, ele não precisa lidar com seus traumas. Ninguém precisa.*

O professor terminou o que estava fazendo e saiu da sala de cultura. Desculpou-se pela demora, mas Gabriela nem viu o tempo passar; ela gostou da sensação de estar sozinha e acompanhada ao mesmo tempo, já que podia ver Antônio concentrado no trabalho, naquela salinha que parecia um aquário, apesar de não interagir com ele. O ambiente desconhecido também ajudou a driblar a tristeza, e agora se sentia mais apta a passar o resto do dia sozinha em seu apartamento, jogada em seu sofá vermelho e pensando na vida até pegar no sono.

Antônio viu o chão molhado e foi até a janela para fechá-la antes de saírem. Ao se aproximar, olhou para o estacionamento lá fora. Um carro estava parado na última vaga, sob uma árvore. *Por que alguém estacionaria tão distante da entrada em um domingo chuvoso, quando o prédio fica praticamente vazio?* Aproximou-se um pouco mais e pôde confirmar a suspeita que o fez sentir um leve frio na espinha. Dentro do carro, os dois homens que os seguiam conversavam.

Afastou-se rapidamente para que não percebessem que ele os vira e tentou agir de forma natural para que Gabriela também não percebesse nada. Pegou seu casaco, apagou as luzes e a conduziu pela porta. Enquanto andavam pelo corredor, mil pensamentos passavam pela sua cabeça. *Não seria apenas coincidência? Claro que não! O que querem conosco? Aliás, quem eles estão seguindo? Ela, com certeza. Não há razão para me seguirem, quanto a ela nem sei quem é, em que tipo de problema pode estar metida... Foco, Antônio! Pouco importa agora saber o que querem e com quem, o importante é conter o risco. Chamo a segurança? Não, eles os abordariam sem qualquer prova de que estão mal-intencionados. Preciso ganhar tempo para pensar.*

— Está com fome? Já passa de meio-dia. Tem um restaurante aqui no campus que abre aos domingos. Se quiser, podemos almoçar por lá.

— Acho uma boa ideia.

Era mais uma lanchonete do que um restaurante, mas servia feijoada aos finais de semana e era um local bastante movimentado. Além disso, o percurso do Instituto para lá levaria dois minutos;

se fossem rápidos, não haveria tempo para uma eventual abordagem dos estranhos.

Durante o trajeto, Gabriela notou o comportamento anormal de Antônio. Desde a saída apressada do prédio em que estavam, passando pela forma atrapalhada como tentou por três vezes dar partida no carro até a postura rígida que adotara ao volante, tudo denunciava o estado de preocupação e vigilância do professor. Ela sequer se lembrava do episódio com os homens misteriosos para fazer qualquer correlação.

Para ela, chegaram menos de três minutos depois; para ele, mais de uma hora. O lugar de fato tinha um movimento surpreendente para um quiosque de campus universitário no fim de semana. Antônio estacionou e ambos desceram do carro.

— O cheiro da feijoada está chegando aqui! Parece boa.

O comentário de Gabriela tirou Antônio do torpor de tensão, obrigando-o a olhar para ela e a responder com um sorriso forçado.

Entraram, serviram-se, pesaram os pratos e sentaram-se próximos a uma janela.

— Você parece tenso. O que houve?

— Nada demais, percebi que alguns experimentos não estão saindo como o esperado enquanto processava as amostras mais cedo no laboratório.

— É grave? Porque realmente te abalou!

— Muito tempo investido...

Antônio era péssimo mentiroso, mas tão acostumado à sensação de frustração com experimentos que não foi difícil dissimular, a ponto de quase convencer a si mesmo de que falava a verdade. Gabriela aceitou a explicação sem desconfiança.

Mesmo olhando a cada trinta segundos para a janela, o professor foi relaxando um pouco a cada garfada na porção de feijão preto, mas não foi preciso esperar muito para ver o carro com os dois homens estacionar nos fundos de um contêiner próximo dali. Antônio parou de mastigar e desviou o olhar da janela. Gabriela comia sem prestar muita atenção no que estava fazendo ou no que acontecia ao seu redor. *O que será que está pensando? Quem, afinal, é essa mulher na minha frente?*

— Gabriela, há algum motivo específico pra você ter acreditado que estávamos sendo seguidos? Quero dizer, por que alguém nos seguiria a um hospital?

Ela parou de comer e olhou para Antônio, ofendida pelo tom acusatório da pergunta.

— Há, sim! Dois estranhos estavam me encarando no hospital e logo em seguida estavam na nossa cola na estrada...

Ela continuou falando, mas Antônio já não prestava atenção. Lia em seu celular uma mensagem que acabara de receber de um número desconhecido:

"Se quer honrar a memória do seu orientador, destrua a amostra do tumor!".

GERALDO

Ele ganhou sua primeira bicicleta aos oito anos. Era um modelo para adultos, adolescentes pelo menos, mas foi a menor que seu pai encontrou com marcha, um detalhe sublinhado na carta ao Papai Noel. Como qualquer criança, ele ficou muito feliz com o presente, mas do jeito que só Geraldo sabia ser: ficou eufórico com o mecanismo da marcha.

Tão logo tirou o laço verde do guidão, saiu pedalando pela rua. Aprendera a andar de bicicleta em condições bastante adversas, de modo que o tamanho desproporcional da sua não o incomodava. Enquanto pedalava ia trocando as marchas e só parou quando teve certeza de ter experimentado todas. Minutos depois, suado, na garagem de casa, analisava cuidadosamente a bicicleta que, com muito esforço, conseguira colocar de cabeça para baixo. O que começou com uma curiosidade de garoto passou a uma espécie de desconforto por não entender o funcionamento daquele dispositivo.

Geraldo era muito esperto, um observador perspicaz, e aquela engenhoca o intrigou como nada antes. Percebeu que as marchas da sua bicicleta nova eram, na verdade, combinações de catracas, que faziam a corrente se tensionar em diferentes intensidades e que alteravam a quantidade de pedaladas necessárias para percorrer a mesma distância, mas não entrava na sua cabeça como aquilo resultava em maior facilidade para subir uma ladeira.

O que mais o irritava era a plena consciência de que tinha repertório cognitivo e subsídios teóricos suficientes para intuir por conta própria os princípios daquele mecanismo (embora ainda não tivesse vocabulário suficiente para pôr o pensamento nesses termos). Isso fez a curiosidade inicial se tornar, aos poucos, uma espécie de raiva irracional, como aquela que sentimos da mesa quando machucamos o dedinho do pé. O sentimento pareceu tão esquisito naquele contexto que o menino optou por evitar usar sua bicicleta nova por alguns dias, até que seu espírito se acalmasse, ou que encontrasse uma explicação convincente para as marchas. Geraldo não sabia, mas naquele dia nasceu um cientista.

Aos doze anos, com a morte do pai, se mudou para a capital do estado. Foi morar com um tio, que, poucos anos depois, viria a morrer do mesmo tipo de câncer que vitimou seu pai. Coisa de família. A mudança foi ideia da mãe de Geraldo, que não suportava mais ver a tristeza do menino, e sabia que só uma cidade grande lhe daria as oportunidades que merecia. Sabia da fama de inteligente do filho na única escola particular da pequena cidade onde moravam. Ela dizia que queria que seus dois meninos saíssem da cidade, só para reduzir a culpa que sentia ao desejar esse destino apenas para o caçula, que sempre foi mais apegado ao pai. Por isso, recebeu com alívio — e ainda mais culpa — a recusa do mais velho em ir com o irmão.

A partir dali, tudo ocorreu como o esperado para Geraldo. Boas notas na escola, interesses incomuns, mas que não chegavam a ser excêntricos, e poucos amigos até o segundo ano do ensino médio; foi quando, por maturidade ou interesse, muitos colegas passaram a convidar o nerd para os programas fora da escola. Surpreenderam-se ao saber que o rapaz tocava violão e fumava maconha, atributos que não se encaixavam no estereótipo. Herdou ambos os hábitos do tio. Terminou o ensino médio quase como uma celebridade entre os colegas e os professores.

Contrariando as expectativas da mãe e do irmão, que tentaram convencê-lo por diversas vezes a cursar medicina, Geraldo ingressou no curso de graduação em biologia. Passou em primeiro lugar no vestibular, com nota muito superior ao segundo colocado. Na faculdade, viveria os três eventos que transformariam para sempre sua vida: se encantaria pela bioquímica, conheceria Davi e se apaixonaria por Elizabeth.

A história com a bioquímica começou logo no primeiro dia, antes mesmo da primeira aula, em uma apresentação de boas-vindas do coordenador. A palestra era sobre a versatilidade do profissional biólogo. O primeiro slide trazia apenas duas frases: "Biologia é a ciência que estuda a vida em suas diversas formas" e "o que é vida?". Geraldo pensou ser uma pergunta retórica, mas logo percebeu que estava diante de um tema que de fato suscitava discussões acadêmicas acaloradas.

O coordenador era também o professor de virologia e, em algum momento, se referiu aos vírus como o elo entre o vivo e o não vivo. Não era a primeira vez que Geraldo ouvia sobre a controversa natureza dos vírus, que seriam considerados os seres vivos mais simples ou as estruturas biológicas não vivas mais complexas, a depender do conceito de "vida" que se adotasse.

— De fato, se tomarmos os seres humanos como referência de forma de vida mais complexa, seriam os organismos unicelulares *procariontes*, como as bactérias, as formas de vida mais simples? — dizia o palestrante. — Não dá para negar que uma bactéria funciona, em termos bioquímicos, exatamente como cada célula individual do nosso próprio corpo, mas seriam os vírus coisas não vivas só porque não conseguem se replicar sem parasitar uma célula? Vejam, em termos funcionais eles se reproduzem, inclusive causando doenças, como fazem as bactérias. Não seria essa persistência no objetivo de perpetuar a espécie, seja por capricho divino ou imposição da seleção natural, capaz de definir por si só o que é vida? Porém, se adotarmos tal definição estaremos incluindo no hall dos seres vivos os príons. Já ouviram falar dos príons? São agentes infecciosos, como os vírus, porém de estrutura muito mais simples, pois não passam de uma molécula de proteína. Ocorre que essa proteína tem um defeito em sua estrutura tridimensional que promove danos celulares e o poder de induzir proteínas normais a mudarem sua estrutura para assumir a mesma forma do príon. Podemos considerar uma única molécula, um aglomerado de átomos, como algo vivo?

Diferente da maioria dos colegas, que tinham dificuldade de acompanhar tantas informações despejadas de uma só vez pelo palestrante, Geraldo foi absorvido pela fala dele. Saiu do auditório direto para a biblioteca para pesquisar sobre os príons e acabou passando todo o dia lendo sobre proteínas em livros de bioquímica. As informações sobre como a vida se organizava em nível molecular o entorpeceram de tal forma que não conseguia parar de ler.

Uma euforia tomava conta do seu corpo a cada novo conceito assimilado. *Então é isso que somos, um amontoado de moléculas, organizadas numa complexidade inconcebível, realizando trilhões de processos coordenados pela termodinâmica.* Entender o funcionamento das coisas vivas no nível mais detalhado possível se revelava uma experiência atordoante. *Reações químicas: essa é a base de tudo, do movimento de um dedo ao sentimento de alegria.* Naquele dia, Geraldo experimentou uma sequência de epifanias que o lançariam numa viagem sem volta ao estudo daquelas moléculas.

Ele conhecia a teoria da evolução das espécies e o argumento anticriacionista dos bilhões de anos necessários para atingir o estado atual do planeta, mas não pôde deixar de pensar em Deus. Ele, que nunca fora religioso — até chegou a se anunciar ateu em algumas ocasiões —, sucumbiu ao pensamento sobre a existência de um ser supremo por trás da complexidade assustadora que se desvelava à sua frente.

O viés espiritual, no entanto, não vingou, e Geraldo teve sua promissora carreira acadêmica guiada por um ceticismo pragmático. Foi assim durante toda a graduação, o doutorado em biologia molecular e na atuação como professor, pesquisador e orientador de pós-graduandos.

Davi foi um acontecimento à parte, uma contrapartida da vida por todo o tempo que, a partir dali, Geraldo devotaria à ciência. Quem assistiu ao primeiro encontro dos dois jamais imaginaria que se tornariam melhores amigos a partir daquele mesmo dia. Geraldo andava em direção ao restaurante universitário, distraído com seus pensamentos — como de costume — e não reparou no rapaz agachado bem no meio do caminho; tropeçou e provocou a queda de ambos.

— Porra! Está cego, caralho?!

Geraldo não soube como reagir. Sequer conseguiu pedir desculpas. De fato, não vira o rapaz. A queda provocou um enorme susto, mas a reação foi o que realmente o pegou desprevenido. Não que a agressividade não fosse justificável pela situação, um reflexo, mas ele não lidava bem com quem o xingava. Seu tio era tudo menos conservador, mas jamais o ouvira dizer palavras daquele tipo, e acabou adotando a mesma prática. Na verdade, pessoas que usavam muitos xingamentos exerciam nele certo fascínio, como se pudesse sentir nessas pessoas um tipo de liberdade da qual ele se privava; e Davi conseguira enfiar dois palavrões numa frase com quatro palavras.

— Não vai falar nada? Olha só que merda! Ainda conseguiu me sujar inteiro.

— Desculpe, eu não vi.

Davi resmungou qualquer coisa, terminou de atar os cadarços — o que estava fazendo quando foi derrubado — e seguiu seu caminho. Geraldo ficou no chão por alguns segundos, como se fosse uma ofensa se levantar antes do outro. Só depois que Davi lhe deu as costas, seguiu também seu caminho. Minutos depois, por não haver alternativa, os dois sentaram-se juntos à mesa do refeitório lotado.

— Olha só quem está aqui! Desculpa, cara, fui meio grosso com você, sei que não me derrubou de propósito.

Ele era baixo e forte, tinha cabelos lisos que precisava tirar da testa todo o tempo e usava camisas largas, que pareciam de outra pessoa. Estava exatamente como no momento do incidente, mas ali, sem o tom de raiva na voz, parecia outra pessoa.

— Eu que peço desculpas, estava andando com a cabeça na lua! — respondeu Geraldo.

— Tudo bem. Davi, biologia, quarto semestre. Muito prazer.

— Geraldo, seu calouro.

— Que nome de velho!

Os dois riram. Conversaram bastante enquanto comiam. Uma conversa rápida, mas suficiente para Geraldo descobrir que Davi sentia pela área de bioinformática a mesma paixão que ele recentemente descobrira pela bioquímica. Nos semestres seguintes, os dois se tornariam amigos tão próximos que levantariam suspeitas entre os colegas de que mantinham um relacionamento amoroso, rumores com que eles se divertiam. Parecia que a amizade resistiria a tudo, mas os caminhos que cada um seguiu reduziram notavelmente o contato, pelo menos até o dia em que Davi fez a proposta irrecusável que levaria Geraldo a sumir do mapa por vinte e três anos.

Faltavam poucos créditos para a conclusão do curso quando Geraldo decidiu, por sugestão do seu futuro orientador de doutorado, se matricular em uma disciplina optativa sobre biologia do câncer. A professora, uma médica aposentada, chamava-se Elizabeth e ganhou a atenção de Geraldo já na primeira aula devido à sua abordagem peculiar sobre o assunto da matéria.

Elizabeth não tratava o câncer como uma doença, mas como um processo natural contra o qual se deveria lutar entendendo os limites, uma espécie de efeito colateral esperado da regulação genética em organismos multicelulares, e isso trazia uma perspectiva diferente às discussões fomentadas por ela em sala de aula.

A experiência dela era outro grande diferencial. Acostumado a professores estritamente acadêmicos, Geraldo vivenciou o mesmo frenesi de quatro anos atrás — quando descobriu a bioquímica nos livros empoeirados da biblioteca do Instituto de Biologia — ao ver a professora aliar explicações sobre a carcinogênese em nível molecular com as histórias dos pacientes que atendeu enquanto atuava como oncologista.

A magia de unir um conhecimento tão específico a questões profundas da natureza humana fazia de Elizabeth uma entidade quase mística aos olhos de Geraldo. Esse fascínio não passou despercebido: na terceira aula, ela já reservava meia hora, após liberar a turma, para aprofundar com seu aluno mais aplicado o que foi discutido.

As conversas sempre se iniciavam na patologia e terminavam na filosofia. Geraldo finalmente começava a romper a casca de pragmatismo que não o deixava analisar qualquer fenômeno, de qualquer natureza, senão por lentes da mais pura lógica. Certa vez, depois de uma aula sobre mecanismos de ação de drogas quimioterápicas, a conversa pós-aula avançou para a temática de cuidados paliativos.

— Pra mim, soa como desistir de tentar, não gosto da ideia.

Mas o contra-argumento da professora vinha sempre como um xeque-mate:

— Tentar o quê? Sobreviver a qualquer custo? Do que vale a vida se não puder ser aproveitada? Às vezes é preciso tirar o foco da doença e pôr no doente, meu querido, e nem sempre a cura está em eliminar seu tumor, mas em aceitar sua condição.

A forma como ela sempre fazia questão de lembrar o que significavam as limitações de ser humano o devastava, era como um soco no estômago, ou melhor, no ego.

Então era isso: quatro longos anos dedicados a estudar o que ele considerava a ciência mais pura, o mais próximo que se podia chegar dos segredos da vida como era conhecida, para uma senhora gentil e serena puxar seu tapete e mostrar as múltiplas perspectivas pelas quais é possível ver o mundo.

O que ele não sabia era que se construía naquela relação uma via de mão dupla. Elizabeth também ficava impressionada com a argumentação do aluno, como quando ele tirou seu sono a fazendo pensar sobre a pouco explorada neuroquímica oncológica.

— Mas pense comigo, professora: se nossos pensamentos são derivados de sensações e sentimentos que experimentamos, que, por sua vez, se baseiam na ação de hormônios e neurotransmissores, e se o câncer altera o equilíbrio bioquímico do paciente, quanto do que ele pensa, sente e decide estaria diretamente influenciado pela doença? O câncer teria o poder de corromper o próprio livre-arbítrio?

Ela via nele mais do que o futuro brilhante que todos os que o conheciam profetizavam; via algo mais, especial, que ela não sabia nominar, mas com um potencial assustador. Geraldo se permitia fazer questionamentos que, muitas vezes, seriam perturbadores para a maioria das pessoas, e parecia gostar daquilo.

Aos poucos, começaram a se encontrar também fora dos dias de aula. Elizabeth apreciava passar seu tempo com o aluno. Não se casou nem teve filhos, e ainda não se acostumara ao vazio da aposentadoria depois de décadas de trabalho frenético; foi por isso que se inscreveu como professora voluntária na universidade que a formara. Já para Geraldo, era algo maior. A professora o seduzira irreversivelmente. Sua sabedoria e sua abordagem heterodoxa em qualquer tema sobre o qual conversavam o inebriavam como o canto de uma sereia. A admiração se transformou em amor platônico, frequente entre estudantes — principalmente os mais jovens — em relação a professores, mas com o qual Elizabeth, sem os anos de experiência docente necessários, não soube lidar. O sentimento confuso entre eles foi nutrido e cresceu.

Aconteceu numa sexta-feira, no final do dia, quando Geraldo se ofereceu para mostrar o laboratório onde desenvolvia pesquisas sob orientação de uma dupla de professores. Como sempre, tagarelavam enquanto andavam entre as bancadas abarrotadas de vidrarias e equipamentos. Talvez tenha sido o assunto específico que discutiam, talvez o ambiente familiar que encorajou o jovem ou a simples eclosão de um pensamento intrusivo, mas Geraldo foi tão rápido ao beijá-la que a reação de Elizabeth só veio quando as línguas já se tocavam. Ela o empurrou, assustada.

— Geraldo, o que é isso?!

— Desculpe, não sei o que deu em mim, eu…

— Você está confuso. Me desculpe, meu querido, não achei que estivesse alimentando algo assim.

Ele ficou vermelho. Baixou a cabeça segurando o choro. Uma torrente de emoções difíceis de controlar — ou mesmo entender — tomou cada célula do seu corpo. Elizabeth se aproximou e pousou a mão em seu ombro.

— Não se preocupe com isso, foi só uma grande confusão.

Geraldo levantou a cabeça e a olhou nos olhos. Não disse nada, não precisava. Elizabeth jamais seria capaz de superar a intensidade daquele olhar. Desconcertada, ela desviou o rosto e em seguida saiu do laboratório.

À noite, a professora sonhou com o aluno. Um sonho erótico como não ousou sonhar nem na adolescência.

Acordou tonta e suada, com uma febre repentina e a carne trêmula. Ainda sentada na cama, recobrou a consciência da realidade e foi abatida por um constrangimento tão grande que era sentido como uma dor. Tentou se convencer em silêncio de que não passava de uma brincadeira do seu subconsciente, de uma resposta noturna a uma situação impactante pela excentricidade. Mas sabia que só estava tentando encobrir a embaraçosa realidade, a de que um jovem trinta anos mais novo conseguira garimpar sua alma e arrancar de lá os vestígios de sua sexualidade há tempos esquecida.

Ela era madura, sabia que situações como aquela exigiam ação rápida.

No dia seguinte, encontraram-se em um café para conversar. A iniciativa foi de Elizabeth, para pôr um ponto final naquilo tudo antes que tomasse proporções maiores. Seria direta nas palavras, como treinara diante do espelho. Trataria do tema com naturalidade, quase indiferença, e logo estariam rindo, tomando café e falando sobre as proteínas que ele estudava. Simples assim. Em minutos, aquele episódio não passaria de uma lembrança efêmera e irrelevante. Mas ela se esqueceu de um detalhe importante: Geraldo estava apaixonado e era inteligente, diabolicamente inteligente.

— Querido, só estou tentando dizer...

— Que não sente nada por mim além de um afeto maternal que jamais, sob qualquer circunstância, poderia vir a se tornar algo além disso.

— Não coloque nesses termos.

— Ok. Que tal assim? Eu nem cheguei aos vinte e cinco e você já beira os sessenta. Sou jovem, você é velha, e isso torna um relacionamento amoroso entre nós não apenas biologicamente inviável como socialmente insustentável. Não importa se eu tenha descoberto o amor, aquele sentimento nobre, divino e piegas que todos pregam como a coisa mais importante do mundo. Não importa que não haja nada que a impeça de viver essa experiência. Nada disso importa porque na nossa sociedade, talvez na nossa época, relacionamentos como esse são errados, imorais, e, portanto, proibidos.

Ela percebeu que jamais venceria a discussão. Limitou-se a ouvir os elaborados protestos de Geraldo, cada palavra atravessando sua dignidade com a fúria de um projétil. Ele estava com raiva, e a raiva lhe dava uma força avassaladora. Era impossível contê-lo.

Elizabeth ouviu com resignação tudo o que ele despejou com ódio na mesa do café. Sabia que não era ela o motivo de tanta ira, muito pelo contrário. Ficou claro que Geraldo não nascera para acatar os padrões, ele não apenas *queria* desafiá-los, ele *precisava*; sua alma inconformada carecia daquela transgressão como seu corpo precisava de água e comida. O maior problema estava justamente ali: o que deveria causar algum nível de pânico em Elizabeth só suscitava admiração, uma admiração louca, e uma ponta de inveja da vontade de viver que a juventude de Geraldo esfregava, irreverente, em sua cara.

Não se afastaram, como sugeria a prudência, pois uma força misteriosa os atraía em rota de colisão. Geraldo utilizava com habilidade monumental cada premissa defendida pela professora em suas discussões pós-aula. Elizabeth, tantas vezes golpeada com argumentos irrefutáveis, acabou por ceder; não por ter se convencido de que não havia nada errado naquele relacionamento entre dois adultos, mas porque a tenacidade e a integridade intelectual de Geraldo exerciam nela um poder afrodisíaco contra o qual não tinha forças para lutar.

Quando aconteceu o segundo beijo, consentido, ela fechou os olhos e concentrou-se em um único pensamento: *não reconheço minha idade biológica, a vida não me deu tempo de viver o que precisava, e ele é muito mais maduro que muito homem com décadas de vida nas costas. No fim, nossas almas têm a mesma idade.* Seguiu convicta daquilo que viria a dizer muitas vezes: depois de certa idade, a gente tem a idade que quer ter!

Cultivaram o relacionamento em segredo. Não que se importassem com julgamentos, mas estavam pouco dispostos a dar explicação às pessoas mais próximas e sabiam que nem todos tinham atingido o nível de desprendimento que alcançaram juntos.

A diferença de idade era tema frequente entre eles, falavam disso em conversas prazerosas como as que tinham desde que se conheceram, em que não havia lugar para culpa ou pudor, de modo que podiam explorar concepções mais flexíveis que as convencionais.

Foi assim que chegaram à conclusão de que, como a idade cronológica não corresponde à biológica, não havia razão para praticar condutas sociais baseadas nesse rótulo, e aceitaram de vez um ao outro.

Embora já se permitissem muitas intimidades, o sexo só chegou à relação meses depois. Geraldo já havia concluído a graduação e estava no doutorado, onde ingressou direto, sem passar pelo mestrado graças ao currículo excepcional e às publicações de artigos científicos como primeiro autor. Aconteceu com a naturalidade que os dois sabiam que aconteceria. Foi bom, mas o ápice do relacionamento continuava sendo as conversas; nenhum dos dois superestimava o sexo como a maioria das pessoas fazia.

Aos poucos, foram conhecendo um ao outro como ninguém mais na vida de ambos — nem mesmo seus pais — conseguiram. Divertiam-se com trivialidades que os conectavam, fosse nas semelhanças — como o fato de os dois gostarem da cor marrom — ou nas diferenças: ele odiar jaca, a fruta preferida dela, a ponto de não suportar o cheiro.

Não pensavam muito no futuro, havia um pacto subliminar para viver o presente, uma certeza sem drama de que não ficariam juntos por muito tempo, por isso deveriam aproveitar enquanto estavam. A relação seguia uma dinâmica leve, prática, funcional, perfeita. Então Elizabeth descobriu o inimaginável.

— Estou grávida.

Disse assim, de forma seca, sem rodeios, cerrando os dentes em seguida para não revelar o lábio trêmulo. A ideia de uma mulher quase sexagenária grávida era tão inconcebível para Geraldo que ele demorou a entender aquelas duas simples palavras.

Enquanto esperava para ouvir o que ele diria, Elizabeth foi traída por um leve arquear do canto da sua boca em direção ao queixo. Por lá transbordou todo o desespero que ela tentava conter como uma represa de maturidade e autoconfiança.

De todas as reações possíveis, diante do pânico monumental que ela controlava precariamente, ele escolheu a mais adequada, o acolhimento:

— Se for menina, chamaremos Ana. Se for menino, Henrique.

A gravidez não causava espanto em quem não a conhecia de perto, pois Elizabeth não aparentava a idade que tinha, mas, como médica, ela sabia dos riscos que correria ao levar adiante a gestação. Ainda assim, foi essa a decisão que tomaram em consenso: teriam o filho. A experiência valia o risco, ou pelo menos foi o que Geraldo achou naquele momento, sem saber o quão dilacerante seria a dor de perder, na sala de parto, a única mulher que amou na vida.

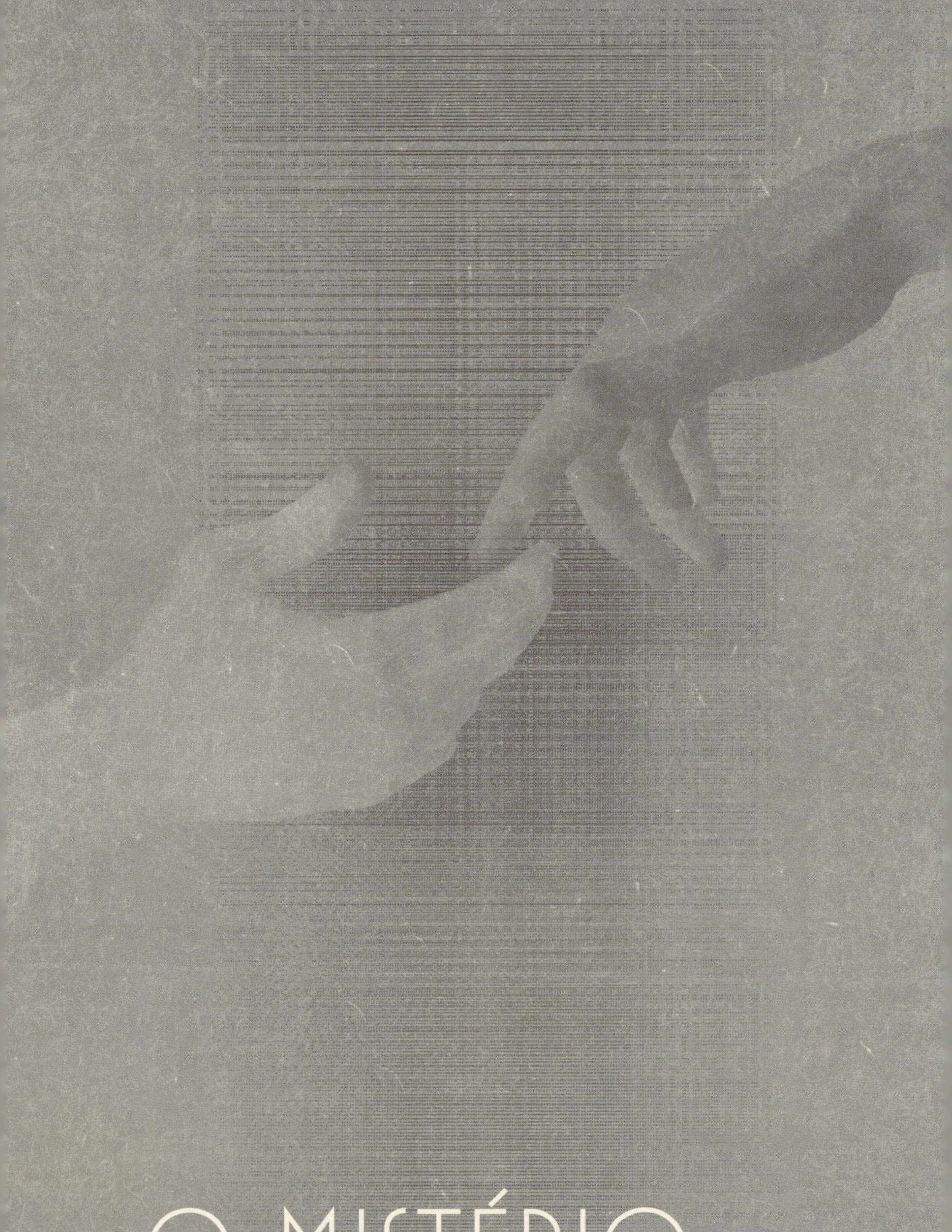

O MISTÉRIO

Após receber a misteriosa mensagem, Antônio se convenceu de que os homens dentro do carro no estacionamento não queriam nada com Gabriela, e sim com ele. Tratou de pensar numa forma de protegê-la antes mesmo da sua própria segurança.

— Pode me dar licença um minuto? Preciso ir ao banheiro.

Sem esperar a resposta, Antônio se levantou e atravessou o salão do pequeno quiosque, sob o olhar desconfiado de Gabriela, em direção a uma porta atrás do caixa. Parou logo que saiu do campo de visão de todos e tirou o celular do bolso.

— Alô, Victor? Preciso de um favor, mas não posso explicar tudo agora...

Victor foi professor substituto por dois anos na universidade em que Antônio trabalhava e os dois se tornaram próximos, mas não se falavam há algum tempo, desde que Victor declarou seus sentimentos pelo colega, e as coisas ficaram estranhas. Antônio não gostava da ideia daquele contato, mas não conseguia pensar em mais ninguém para pedir ajuda; sabia que estava falando com alguém que faria qualquer coisa que ele pedisse. Em outras circunstâncias se sentiria mal por isso, mas, naquele momento, sucessivas descargas de adrenalina já haviam posto seu instinto de sobrevivência acima de julgamentos morais.

Voltou para a mesa fingindo que ainda conversava ao telefone, simulou uma despedida e sentou-se diante do prato com a comida já fria.

— Vou precisar ajudar um amigo com um problema. Ele vai passar aqui pra nos pegar. Vou levá-lo ao aeroporto, porque a pessoa que viajaria com ele desistiu e ele precisa de alguém pra dirigir. Mas não se preocupe, deixaremos você em casa.

— Não precisa, eu me viro.

— Eu insisto. É domingo, está chovendo, é difícil sair aqui do campus sem carro, e você já teve um dia bem difícil.

Antônio se esforçava para exibir alguma naturalidade e não assustá-la. No lugar dela, desconfiaria daquela conversa de pegar carona com um terceiro, mas não conseguira pensar em nenhuma história melhor para usar como desculpa. Tentou se tranquilizar pensando que ela não estava no mesmo estado de alerta que ele, a menos que também tivesse percebido a presença dos homens no estacionamento. *Teria comentado algo se tivesse percebido*. Ele olhou de relance pela janela, e eles continuavam lá. Voltou a se concentrar no prato à sua frente, sem a menor vontade de continuar comendo. Torcia para que Victor não demorasse.

Uma garçonete se aproximou e perguntou se podia levar os pratos. Ambos assentiram. Antônio praticamente não comeu, mas como Gabriela não sabia nada de seus hábitos alimentares — e porque tinha coisa mais importante com que se preocupar —, não reparou nesse detalhe. Estava pensando em outra coisa e aproveitou os últimos instantes com Antônio para fazer mais uma pergunta.

— Sabe o que meu tio fazia nessa empresa?

— Não. Como disse, perdi o contato com ele há muito tempo. Na verdade, nem achei que ainda estivesse trabalhando, já tinha idade mais que suficiente pra se aposentar.

— Mas o quê, exatamente, essa empresa faz?

— A NanoDot é uma gigante do ramo da biotecnologia. Seu tio deve ter feito muito por eles! Lá fazem um pouco de tudo, mas é especializada em PME. É uma sigla para *Peptide-based Mechanical Engineering* ou engenharia mecânica baseada em peptídeos. Resumindo, nanotecnologia de ponta. Eles criam todo tipo de dispositivo com base em minúsculas peças feitas de proteínas.

— É a cara dele.

— Sim, exceto por ser uma multinacional interessada apenas em lucro. O professor Geraldo era um acadêmico, suas motivações eram outras. Além disso, a parte da pesquisa da qual ele mais gostava era apresentar seus resultados ao público. Já a NanoDot vive de segredos guardados a sete chaves.

A garçonete trouxe a conta. Antônio pagou. Gabriela continuava pensativa.

— Será que esses segredos têm a ver com o sumiço dele?

— Me referi a segredos profissionais. Eles investem uma fortuna no desenvolvimento de novas tecnologias, precisam ter cuidado com as informações. Além disso, acho pouco provável que alguém tenha persuadido seu tio a se isolar, se é o que está supondo... Victor, graças a Deus! Já estava aflito por você, que horas mesmo disse que é seu voo? Vamos ter que correr.

O homem olhou meio atordoado para o casal, que já se levantava apressado. Saíram, os três, antes de qualquer apresentação formal.

Victor estacionara em um terreno próximo, conforme as instruções que recebeu de Antônio. Gabriela achou estranho o carro parado tão distante quando sobravam vagas no estacionamento e mais estranho ainda Antônio ter saído pelos fundos como se já soubesse onde o amigo havia parado. Notou também que Victor usava chinelos e uma roupa bastante casual para uma viagem, e que o carro tinha o porta-malas sem tampa... e sem malas. Mas, apesar dos sinais, Gabriela confiava em Antônio. Não sabia exatamente por quê, apenas sabia que deveria, e já lamentava estar prestes a perder sua companhia.

Após um rápido trajeto, chegaram ao endereço de Gabriela. Ela desceu do carro, se despediu, agradeceu e desejou boa sorte a Victor. Antônio quis pedir seu número, mas achou que seria inadequado. Coube a Gabriela a iniciativa.

— Posso pegar seu contato? *Just in case*...

Trocaram os números de telefone. Antônio arrancou o carro como se o embarque de um amigo dependesse dele. Pararam duas quadras à frente.

— Ok. Qual é o babado? Pode ir me contando de uma vez.

— Obrigado, Victor, você me salvou. Vou te contar, sim, podemos ir pra sua casa?

Victor respondeu com um sorriso, fingindo — ou nem tanto — segundas intenções.

Antônio falou sobre Geraldo, sobre a inusitada herança que recebera do orientador falecido, sobre Gabriela, a amostra de tumor e os homens que os seguiram. Victor achou que seria o caso de acionar a polícia, mas Antônio, assustado que estava, sequer anotara a placa do carro que os seguira, e não achava que tinha elementos suficientes para colocar a polícia na história. Também mostrou a Victor a mensagem que recebeu.

— Número desconhecido?

— Sim.

— Menino, quem tem seu telefone deve ter também seu endereço. Você não está pensando em voltar pra casa hoje, está? Vai ficar aqui comigo! Por segurança. Podemos tentar descobrir quem foi o energúmeno que te mandou essa mensagem.

Antônio sentiu que Victor estava se aproveitando da situação, forçando uma intimidade que sempre desejara, uma justa recompensa pelo favor prestado. Porém, não podia negar que estaria mais seguro ali; não conseguiria dormir em seu apartamento, preocupado com uma possível invasão.

A noite, no entanto, não foi muito mais tranquila fora de casa. Antônio não parava de criar hipóteses para o que ocorrera naquele dia. Não estava certo dos próximos passos, mas tinha uma certeza: não desprezaria a amostra, ao contrário, estava ansioso por iniciar as análises.

Não foi trabalhar na segunda-feira nem na terça. Suspendeu suas aulas alegando motivos de saúde. Na quarta, foi ao campus com Victor buscar seu carro no estacionamento do restaurante, depois passou em seu apartamento e fez uma mala às pressas. Ainda não se sentia seguro. E o que era para ser uma noite na casa de um amigo se tornou uma longa estadia. Logo os dois passariam — previsível e inevitavelmente — a dividir a mesma cama.

Apenas na sexta-feira Antônio voltou ao Instituto, ainda desconfiado e temeroso, embora a semana tivesse passado sem qualquer evento suspeito. Não viu mais qualquer sinal dos homens misteriosos. Também não teve o apartamento arrombado como temia que acontecesse nem recebeu novas mensagens, apesar da insistência dele em tentar contato com a pessoa que o escrevera e cuja identidade permanecia um mistério. Escreveu para Gabriela todos os dias, queria ter certeza de que estava bem, o que aparentemente era o caso. Aos poucos a lembrança daquele estranho domingo chuvoso foi deixando de representar uma ameaça, e o professor pôde se debruçar na análise do material colhido pelo médico legista.

Nos primeiros dias dedicou poucas horas à tarefa, mas, à medida que os resultados inusitados foram se sucedendo, debruçou-se no trabalho com um afinco pouco usual, a ponto de Victor começar a se preocupar com sua saúde mental; ele achava que a mensagem misteriosa o deixara obcecado por aquela amostra. Ao fim de um mês, Antônio passava mais tempo no laboratório do que em qualquer outro lugar, chegando a virar noites nas bancadas.

* * *

Passaram-se quarenta dias desde o velório. Como não conseguia dormir, Gabriela levantou-se da cama, cambaleou como um zumbi, desviando-se do inconveniente sofá vermelho no meio da sala, e foi até a cozinha. Pegou um copo no armário e em seguida abriu a geladeira em busca de algo para preenchê-lo. Não que estivesse com sede ou fome, só precisava executar qualquer tarefa simples que desviasse sua atenção dos pensamentos que insistiam em ocupar sua cabeça.

Encontrou uma caixa de leite. Encheu o copo, mas não bebeu, apenas se sentou diante dele com o olhar distante. Continuava perdida em lembranças, rotina desde a notícia da morte do tio. Estava tão absorta nesse estado de espírito estranho à sua personalidade que, a despeito da perspicácia nata, não havia notado que continuava sendo seguida aonde quer que fosse pelos dois estranhos do hospital.

Naquele dia, em especial, havia trabalhado até tarde, e o estado de confusão mental causado pelo cansaço fazia os pensamentos seguirem caminhos estranhos, começando em sua consciência e migrando depois para outro lugar, esfumaçando-se como ocorre nos sonhos.

Estava nessa embriaguez de exaustão quando ouviu o telefone vibrar sobre a mesa. Não se animou a olhar quem ligava, apenas esperou o aparelho parar de se mover. Dez segundos depois, nova tentativa de contato. Novamente, Gabriela esperou até que o inconveniente interlocutor desistisse. Dois minutos se passaram. Terceira tentativa. Não estava com humor para atender ligações, mas como esse estado lhe ocorria com alguma frequência, desenvolveu uma regra pessoal para lidar com a questão: quando não quisesse usar o celular, só atenderia às ligações de quem tentasse contato por mais de três vezes em menos de dez minutos, o que indicava algo de fato urgente.

Esqueceu-se definitivamente do leite e ficou olhando para o aparelho, desejando que as chamadas parassem na terceira. Mas o celular vibrou de novo. Pegou o aparelho e viu na tela o nome de Antônio. *Claro, quem mais ligaria a essa hora? Também não deve estar conseguindo dormir.* Relutou em atender, mas não podia quebrar sua própria regra.

— Alô.

— Gabriela, desculpe ligar a essa hora, mas não pude esperar. Descobri uma coisa sobre seu tio, mas é absurda demais para eu te explicar por telefone. Preciso que venha aqui no laboratório amanhã, você consegue?

— Você está na universidade?

— Sim, trabalhei o dia inteiro numa coisa. É o que quero te mostrar.

— Antônio, vai descansar, você se envolveu demais nisso. Amanhã à tarde eu passo no laboratório, ok? Te aviso quando estiver a caminho. Agora vá dormir, sonhe com os anjinhos.

Ela não esperou a resposta, finalizou a chamada e desligou o celular. Jogou o leite na pia e voltou para a cama.

Por um lado, estava chateada por ter atendido à ligação que não era urgente coisa alguma; por outro, feliz pelo rápido diálogo que lhe tirara do incômodo estado mental em que estava, como se falar em voz alta a tivesse arremessado de volta à realidade. Deitou-se, cobriu-se até a cintura, fechou os olhos e tentou se concentrar na lembrança da voz de Antônio na ligação para afastar os pensamentos inoportunos. Funcionou. Gabriela pegou no sono em minutos.

Acordou de bom humor no dia seguinte. Preparou o café da manhã ao som de músicas aleatórias escolhidas pelo streaming e, enquanto comia seu sanduíche de ovo, pensou em Antônio. *Não fui muito justa ontem, ele parecia aflito. Deve ter descoberto algo realmente importante dessa vez.* Decidiu que anteciparia o encontro, imaginava que estivesse ansioso por isso, e queria compensar a forma rude como terminou a conversa por telefone.

Antônio atendeu ao primeiro toque, como se estivesse olhando para o celular à espera da ligação. Ficou entusiasmadíssimo com a notícia de que ela já estava a caminho e a recebeu ainda no estacionamento. Gabriela estava especialmente radiante naquela manhã, a despeito do jeito extremamente simples como se vestia, ou talvez por isso mesmo. Usava uma calça larga de algodão cru, uma camiseta verde de propaganda de uma editora e um longo brinco apenas na orelha esquerda.

Caminharam até o laboratório. Durante o trajeto, ele não parava de falar, uma empolgação um pouco assustadora, principalmente considerando sua aparência. As olheiras denunciavam a noite em claro, e os cabelos embaraçados davam um tom de loucura às frases que saiam desenfreadas, a maioria sobre como foi difícil chegar à conclusão, como o professor Geraldo era um gênio, que teriam muito trabalho pela frente, e outras coisas descontextualizadas.

Ao chegarem, Antônio pegou alguns papéis, sentou-se à bancada e convidou Gabriela a fazer o mesmo. Ele fechou os olhos, respirou fundo, retomando a calma necessária para iniciar a conversa e depois começou a falar, de forma mais tranquila para alívio dela.

— Você se lembra quando me perguntou sobre a NanoDot e te falei que eles utilizam pequenas peças proteicas para produzir dispositivos nanotecnológicos?

Gabriela achou a pergunta estranha, mas assentiu.

— Pois bem, isso é possível porque proteínas são muito versáteis. O que a NanoDot faz não é nada mais que imitar a estratégia natural das células. As proteínas podem ter os mais diversos formatos e características, por isso pode-se dizer que funcionam como pequenas peças de uma máquina.

— Isso vai ser uma aula sobre proteínas? Tinha me preparado para outra coisa.

— Eu te disse que a descoberta que fiz é absurda, então preciso que você entenda alguns conceitos, caso contrário duvido que acreditará no que vou te mostrar. Apenas tente seguir o raciocínio.

— Sua sorte é que hoje estou de bom humor — respondeu Gabriela, e completou cochichando como se fosse revelar um segredo: — E espero continuar com ele.

— Pois bem, "como as proteínas conseguem ter tantas características distintas?", você deve estar se perguntando.

— Não estou, não.

— Vou explicar. As proteínas são formadas por aminoácidos, que são moléculas simples, bem pequenas, mas com características muito interessantes. Uma dessas características é a capacidade de se ligarem uns aos outros por meio de reação química. Cada aminoácido consegue se ligar a outros dois, de modo que eles podem formar uma longuíssima cadeia linear, que chamamos de polipeptídio.

— Parou! Já deu. Olha, Antônio, nunca gostei de química, na verdade era a única matéria em que eu colava pra passar de ano na escola. Não sei aonde você quer chegar, mas não acho que isso vai dar certo.

— Calma, Gabriela, já vamos chegar na parte importante.

Ela respirou fundo e fez um sinal para que ele continuasse.

— Essas longas cadeias de aminoácidos se enrolam como um novelo de lã para dar origem às proteínas em sua forma tridimensional. Para isso, os aminoácidos da cadeia interagem uns com os outros, ou seja, a mesma sequência de aminoácidos sempre dará origem à mesma proteína, com o mesmo formato. Toda a espetacular variedade de proteínas no nosso organismo é formada dessa maneira e pela combinação de apenas vinte aminoácidos diferentes.

— Só vinte?

A pergunta não refletia um interesse genuíno de Gabriela, apenas uma forma de demonstrar alguma curiosidade em resposta ao entusiasmo do professor e talvez uma tentativa desesperada de interagir para espantar o tédio que aquela enxurrada de informações começava a trazer.

— Na verdade, vinte e um se considerarmos a selenocisteína. Estou falando tudo isso porque é importante você entender que a sequência de aminoácidos que forma uma proteína é uma informação crucial para nossa sobrevivência, por isso precisa ser mantida com precisão, quase não há margens para erro. Imagine, vinte pequenas moléculas capazes de criar as bases fundamentais da vida, assim como apenas vinte e seis letras do alfabeto conseguem dizer qualquer coisa.

A última frase soou poética para Gabriela. Um pouco forçada, mas com alguma profundidade, o que fez surgir um fio de interesse naquela aula particular. Antônio pareceu ter notado que fisgara sua atenção.

— Agora vem a parte realmente importante para o nosso caso. A informação sobre essas sequências, a receita para a construção de cada uma das nossas proteínas, está no nosso DNA.

Antônio abriu seu notebook, virou a tela para Gabriela e deu play em um vídeo. Era uma animação sobre a estrutura do DNA. Primeiro, apareceu a famosa escada retorcida, mas à medida que a câmera dava zoom na estrutura, foi possível perceber que a escada era, na verdade, feita de pequenas bolinhas, que Gabriela supunha serem átomos. A animação seguia partindo a escada em duas partes, quebrando ao meio todos os degraus. Uma das partes desapareceu, e a legenda informou que o código genético estava apenas na metade que sobrou. O vídeo seguia aproximando ainda mais uma porção da "meia escada" restante, que agora lembrava um dos lados de um zíper aberto.

— Chamamos essa estrutura de "fita". O DNA é formado por duas delas, e cada fita, por sua vez, é formada pela união de moléculas menores chamadas nucleotídeos, os degraus da "escada". Eles são apenas de quatro tipos diferentes.

— Já sei, as tais letrinhas do genoma, certo?

— Exatamente! C de citosina, G de guanina, A de adenina e T de timina. As quatro bases nitrogenadas que formam os diferentes nucleotídeos que compõem nosso DNA. É a sequência dessas bases que gera o código para formar nossas proteínas.

— São só quatro letras pra vinte aminoácidos?

Gabriela se surpreendeu com a própria pergunta. Sentiu-se como os colegas nerds do colegial. Mas aquela aula também resgatou nela memórias nostálgicas de conversas com o tio.

— O código transcrito é formado por grupos de três bases chamados códons. Cada códon remete a um dos vinte aminoácidos, à exceção de alguns que indicam o fim da sequência. — Ele pegou uma folha de papel e passou a rabiscar. — Por exemplo, se um fragmento do DNA apresenta a sequência CGAGATTCC, o código será CGA-GAT-TCC, que, por sua vez, representa os aminoácidos arginina, aspartato e serina, nessa ordem.

— Você conhece esse código inteiro assim de cor?

— Não. Decorei esse exemplo pra essa pequena explanação.

— Ok. Você rememorou os meus tempos de escola, muito obrigada por isso! Mas, se demorar para chegar na parte realmente interessante, não sei se vou alcançar o raciocínio...

— Estamos chegando lá. Quando comecei a analisar a amostra de tumor do seu tio, uma coisa me chamou a atenção: uma quantidade muito elevada de mitocôndrias nas células tumorais.

— Mitocôndrias são aquelas coisinhas que ficam dentro da célula, certo?

— Isso. São organelas especializadas na produção de energia para as células funcionarem. É comum encontrar uma quantidade excessiva de mitocôndrias em células tumorais, mas não no tipo de tumor do seu tio.

Gabriela apenas começou a tentar imaginar o que Antônio estava prestes a revelar, mas por alguma razão teve receio de levar as conjecturas adiante e voltou sua atenção novamente à explicação do professor.

— A mitocôndria tem DNA dentro dela. Fiz o sequenciamento, que é a "leitura" desse DNA, para identificar quais proteínas são codificadas. O resultado está nesse arquivo.

Antônio mostrou mais uma vez a tela do seu computador que exibia um gráfico colorido semelhante a um eletrocardiograma, mas muito irregular e, abaixo das linhas em zigue-zague, uma sequência de letras: TGTGCACGCTGG...

— O sequenciamento revelou um DNA mitocondrial sem grandes novidades, com pouco mais de quinze mil nucleotídeos e o código para proteínas bem catalogadas. Mas a maior parte do DNA extraído era composto de um fragmento muito pequeno, pouco mais de mil nucleotídeos, com essa sequência que você vê aqui, que não corresponde a nenhuma proteína conhecida.

— Você descobriu uma proteína nova?

— Não. A princípio parecia apenas uma sequência randômica de nucleotídeos, mas depois percebi uma quantidade enorme da sequência TGA. Esse é um código de parada, não codifica aminoácidos e deveria aparecer apenas no final de cada sequência codificante, mas nesse caso correspondia a dezessete por cento de todo o DNA, o que me deixou ainda mais intrigado. Estatisticamente, é impossível que seja uma sequência randômica. Tentei diferentes *frames* de leitura, ou seja, todas as possibilidades de combinações para formação de códons, e nenhum deles levou a uma sequência de proteína conhecida. Nenhum dos resultados fazia sentido. Li dezenas de artigos científicos, tentei formular algumas hipóteses, mas os dados eram muito diferentes do que mostra a literatura especializada. Foi então que me ocorreu uma ideia.

Gabriela se ajeitou na cadeira, sentia que chegara a hora da tal revelação absurda.

— Pense comigo: seu tio trabalhava numa empresa de biotecnologia que manipula proteínas e DNA para fins comerciais e detém tecnologias avançadas cujos detalhes são segredos absolutos.

Ele morre em condições misteriosas, mas deixa a amostra de um tumor para que seu ex-aluno analise. Esse tumor apresenta uma característica rara que me leva a investigar o DNA mitocondrial. Então descubro uma sequência sem sentido biológico...

— Aonde você quer chegar?

— Seu tio planejou isso. Sabia que eu chegaria nesses dados, queria passá-los pra mim!

A ideia não pareceu absurda de início, mas foram necessários poucos segundos para Gabriela revisar a teoria e reproduzi-la, incrédula, em voz alta:

— Você está me dizendo que meu tio colocou esse DNA dentro das células do tumor dele só pra você encontrar depois?

— Eu disse que iria parecer absurdo. Acredite, se você conhecesse as dificuldades técnicas da manipulação de material genético nesse nível acharia ainda mais improvável.

— Olha, Antônio, me desculpa, mas acho que você está levando isso longe demais. Talvez a explicação seja bem mais simples. Tem de tudo dentro de um tumor, não é mesmo? Certa vez ouvi meu tio dizer que eles não seguem as regras da natureza.

— Gabriela, como cientista, aprendi a buscar sempre a explicação mais simples para os fenômenos, mas nesse caso os indícios se tornavam mais fortes à medida que eu investigava. No início, achei que se tratava do código para uma proteína produzida pela NanoDot, mas por que razão ele compartilharia isso comigo? Traduzi o código em sequência de aminoácidos, simulei a forma da proteína em computadores, busquei semelhança com proteínas descritas em todas as espécies, mas nada disso me levou a um passo sequer adiante. Até que a ficha caiu! Cada um dos aminoácidos que formam as proteínas é representado por uma letra diferente. Quando prestei atenção na sequência de letras, percebi que seu tio deixou uma mensagem. Literalmente. Ele escreveu um bilhete pra mim, usando suas próprias células.

Gabriela permaneceu calada, não sabia o que pensar.

— O códon de parada foi usado para separar as palavras, por isso aparecia com tanta frequência. Nosso alfabeto tem vinte e seis letras, e o código apenas vinte e uma, ficando de fora B, J, O, X e Z, então ele precisou fazer adaptações usando as letras K, W e Y, pouco frequentes no português. K foi usado como B, Y como J e W como O. Palavras com X foram escritas com CH e aquelas com Z foram escritas com S. Não foi difícil entender as adaptações...

Assistindo à perplexidade de Gabriela, e antes de ela supor que ele perdera o juízo — se já não estivesse convencida disso —, Antônio lhe entregou uma folha de papel com dois parágrafos curtos impressos.

— Leia você mesma o resultado da decodificação. Lembre-se: o que você está vendo é a sequência fiel do DNA nas células tumorais do seu tio, convertida para o código internacional de aminoácidos. Nada disso saiu da minha cabeça.

CARW_ANTWNIW_NAW_SE_ASSUSTE_ESSA_FWI
_A_UNICA_FWRMA_QUE_ENCWNTREI_DE_
ME_CWMUNICAR_A_NANWDWT_GUARDA_UM_
SEGREDW_PERIGWSW_VWCE_PRECISA_AYUDAR_
NAW_PWSSW_DISER_TUDW_AQUI_CWLWQUEI_A_
ECHPLICACAW_CWMPLETA_NW_VIDAPLUS_
ESPECIAL_MAS_SW_VWCE_TEM_A_CHAVE_PARA_
DECWDIFICAR_A_MENSAGEM_PRWCURE_NA_
MWSQUITINHA_CHR_CINCW_P_QUINSE_PWNTW_
TRINTA_E_TRES_TERT_INTRWN_UM_KWA_SWRTE_

Caro Antônio, não se assuste, essa foi a única forma que encontrei de me comunicar. A NanoDot guarda um segredo perigoso, você precisa ajudar. Não posso dizer tudo aqui, coloquei a explicação completa no VidaPlus especial, mas só você tem a chave para decodificar a mensagem, procure na mosquitinha chr5p15.33 *TERT íntron 1. Boa sorte.*

Gabriela sentiu um frio lhe subir as pernas ao ler o final da mensagem. Estava considerando tudo aquilo um grande devaneio de Antônio até ver a palavra "mosquitinha". Antônio aguardou, apreensivo, alguma reação dela, que continuava com o olhar fixo no papel e assim permaneceu por longos minutos. Depois ergueu a cabeça, olhou para ele, que pôde notar seus olhos marejados, e falou:

— "Mosquitinha" era o apelido que meu pai usava comigo quando eu era criança.

Antônio entendeu naquele instante onde procurar a tal chave secreta.

— Gabriela, o segredo que seu tio quer nos contar está guardado no seu DNA.

GABRIELA

Ela nasceu no dia vinte e três de dezembro. A parteira, que quase nunca se enganava, havia garantido que seria um menino; levou um susto quando a puxou de dentro da mãe.

— Pois não é uma menina?!

Mais uma expectativa contrariada por Gabriela. A primeira foi existir. Fruto de uma gravidez não planejada de uma menina de dezesseis anos. A segunda foi persistir, depois de duas tentativas de aborto. A mãe não quis segurar a própria filha, um caso clássico e grave de depressão pós-parto, ou pelo menos assim deveria ter sido diagnosticada, mas a conclusão óbvia de todos foi a de que não queria a bebê, não levava jeito para mãe, razão pela qual a avó paterna assumiu a criação da garota.

O pai, um jovem de dezenove anos, ainda morava com a mãe viúva e a ajudava no pequeno comércio da família; esse, sim, não tinha o menor jeito com a criança. A menina viveu a primeira infância entre o empenho da avó em suprir a ausência materna e as desastradas tentativas eventuais do pai de criar algum vínculo afetivo.

A mãe de Gabriela deixou a cidade logo após seu nascimento, mas retornou dois anos depois, quando viu a filha pela primeira vez. A partir de então, as visitas foram se tornando cada vez mais frequentes. Gostava da menina, mas não criara laços com ela; a sogra assumira, de forma perene, o papel que deveria ser seu.

Aos poucos, a convivência contínua acabou por resgatar o relacionamento da moça com aquele que havia sido seu primeiro namorado, o pai de Gabriela. Casaram-se apenas no civil, contrariando a avó da garotinha que a queria dama de honra. Mudaram-se com a filha para um pequeno apartamento construído em cima da loja, que passou a ser administrada pelo casal. Gabriela ficou com os pais só por uma semana; ela chorava todos os dias de saudade e acabou voltando para aquele que considerava seu verdadeiro lar.

Foi assim que, aos cinco anos, Gabriela passou a viver uma situação, no mínimo, peculiar. Tinha pai e mãe vivos, casados e morando juntos, mas ela morava com a avó, sua única referência real de núcleo familiar, na mesma pequena cidade, convivendo cada vez menos com os pais, cavando um abismo que se faria intransponível.

Gabriela amava a avó. A terna senhora supria razoavelmente o papel de mãe, mas lhe faltava a figura paterna, uma ausência subjetiva que se tornou concreta aos oito anos, quando ver os pais dos colegas de escola despertou nela a súbita consciência do vazio nesse espaço em sua vida; vazio esse que viria a ser preenchido de modo muito eficiente pelo seu tio Geraldo.

Ele era o tio que entendeu que aquela cidade não era suficiente para ele, que deixou tudo para trás e partiu em busca da felicidade, ou pelo menos era assim que Gabriela passaria a enxergar Geraldo pelo resto da vida. Mas, para a menina de oito anos, ainda era apenas o tio da capital que trazia presentes todo fim de ano (e o único de quem recebia dois presentes distintos: um de aniversário e outro de Natal).

Tudo mudou quando ela fez dez anos.

Como sempre, Geraldo foi passar os festejos com a família, mas dessa vez depois de um ano inteiro ausente. Costumava visitar sua cidade natal quatro vezes por ano, ele chamava de "viagens das quatro estações". Nunca avisava o dia exato da chegada, não gostava de saber que estariam à sua espera. Naquela ocasião, porém, Gabriela não via o tio desde o Natal anterior e, desde essa última visita, assistiu à aflição de sua avó — não a chamava de mãe, embora a entendesse como tal — aumentar a cada virada de estação com as notícias genéricas que recebia do caçula, sempre com uma desculpa para não aparecer.

— Mas, Geraldinho, já tem oito meses que a gente não te vê!

— Já expliquei, mãe, o doutorado é diferente, exige muito de mim, não é como na faculdade, quando eu tinha períodos de recesso bem definidos. Agora passo o tempo todo no laboratório pra dar conta do projeto.

— Sem tirar férias? E isso não é ilegal, não?

— Não tem nada ilegal, mãe, não estou sendo forçado a nada. Mas se não tiver uma rotina pesada, não vou dar conta da tese. Olha, é pior no início, depois vou ter mais tempo, e prometo que vou voltar a fazer minhas viagens das estações. Sou eu quem mais sente falta, acredite! Principalmente da sua torta de banana…

Era sempre assim, ele sabia desviar o assunto da melhor forma. Mas sua mãe captava a tristeza disfarçada.

Geraldo não fez festa de formatura. Na verdade, deu à família a notícia da conclusão do curso junto com a do ingresso no doutorado. Sua mãe ficou magoada, queria colocar o anel no dedo do filho. *Se é uma formatura, deve ter um anel.* Mas a mágoa se diluiu na saudade, nunca ficara longe de um filho por tanto tempo.

Gabriela, por sua vez, ficou genuinamente surpresa ao descobrir o quanto gostava do tio, pois percebeu que também sentia falta das visitas ao longo do ano, embora ele não costumasse trazer presentes nessas. *Tomara que ele venha no Natal, nem ligo se não me trouxer nada dessa vez.* Ela foi a primeira a abraçá-lo, em um pulo, antes mesmo de ele largar as malas. A demonstração de afeto da sobrinha o emocionou profundamente, e sua mãe confirmou naquele momento que havia algo errado; Geraldo não era de molhar os olhos por qualquer coisa.

De fato, ele não trouxera nada para Gabriela; em vez disso, a levou para passear e escolher o próprio presente. Uma bicicleta. Dessa vez um só, de Natal e aniversário, mas Gabriela não se importou, estava extasiada.

— Que bom que gostou! Espere só até poder andar numa de marcha.

A avó de Gabriela ficou surpresa com a extravagância do presente. Ela sabia que o filho estava ganhando algum dinheiro como professor, mas não achava que tinha toda aquela estima pela sobrinha. Foi o próprio Geraldo quem ensinou a menina a andar na bicicleta nova, sem rodinhas. Várias lições que terminavam em quedas e arranhões recompensados com sorvete. Foi numa dessas visitas de fim de tarde à sorveteria da praça que ele teve com Gabriela a conversa que o fez assumi-la, no seu íntimo, como filha.

— Tio, por que você tá triste?

— Não estou triste.

— Tá, sim, todo mundo tá falando. Você tá diferente das outras vezes. E não sorri. Mas não tem problema se não quiser me contar, eu também fico muito triste de vez em quando e não gosto de falar com ninguém.

A honestidade infantil de Gabriela o desarmou.

— Estou triste porque perdi uma pessoa próxima, uma amiga.

— Ela era muito velha?

A pergunta o surpreendeu.

— Por que a pergunta?

— Outro dia fiquei imaginando como vai ser quando a vovó morrer e fiquei muito triste. Ela percebeu e me perguntou o que eu tinha. Falei o que estava pensando e ela disse que é normal perdermos pessoas mais velhas, que eu precisava me acostumar com a ideia.

Que resposta dura para uma criança!

— Ela está certa, mas também está muito saudável, então não acho que você precise se preocupar com isso por enquanto.

— Eu sei, mas não dá pra evitar, tenho muito medo de ficar sem minha avó. Às vezes tenho até pesadelo com isso. Eu sei que ela vai morrer um dia, mas tenho medo que ela morra antes d'eu crescer. Espero que isso só aconteça depois que eu for embora daqui.

— Você pretende se mudar de cidade?

Ela balançou enfaticamente a cabeça em sinal positivo, depois deu uma longa lambida no sorvete.

— E seus pais?

— Não quero morar com eles. E eles também não querem que eu more lá. Ah! Não pense que eles não gostam de mim, eles gostam muito, vivem dizendo que me amam, mas eu sei que a vida deles é melhor lá, sem mim, e a minha é melhor com minha avó.

— E você, gosta deles?

— Gosto — respondeu ela com certa indiferença —, menos quando meu pai me chama de "mosquitinha". Já falei pra ele parar, mas ele continua.

— E por que ele te chama assim?

— Diz que eu faço muito barulho no ouvido dele, mas é só quando vou na casa dele e ele tá vendo futebol na televisão.

— É por isso que planeja ir embora da cidade?

— Não. Quero sair daqui porque a cidade é muito pequena, e o mundo é muito grande, e eu só tenho essa vida pra viver.

Uau! Será que ela só tem dez anos mesmo? Ele ruminou por um tempo aquela resposta enquanto contemplava Gabriela finalizando seu sorvete com as mãos lambuzadas e um bigode de creme. Pensou nos futuros possíveis para ela, os bons e os não tão bons. Antes de pedir que se levantasse e fosse lavar as mãos para voltarem para casa, ele passou a mão em seu cabelo alaranjado e finalizou a conversa:

— Sim, era velha, pelo menos mais do que eu.

* * *

Geraldo passou onze dias com a família e partiu depois da Folia de Reis, prometendo que estaria mais presente. A mãe duvidou da promessa, ainda mais depois de ter percebido o filho tão diferente sem descobrir o motivo. Um mês depois de sua partida, foi surpreendida por uma carta. Dizia que estava com saudades e que voltaria em breve para uma visita. Contava coisas que ela não entendia sobre seus experimentos, mas achava muito interessantes, e perguntava por Gabriela.

A carta foi o assunto da semana. Tinham telefone, mas ela sentia muito mais a presença do filho nas palavras escritas do que nas faladas, como se ter algo em que pegar deixasse ele mais próximo que ouvir sua voz. Ela respondeu da mesma forma, numa carta em que contava, dentre outras amenidades, que Gabriela agora ia para a escola de bicicleta.

No mês seguinte chegaram dois envelopes: um para a mãe e outro para a sobrinha. Na visita do outono, falaram muito sobre as cartas. Ele parecia menos triste. Ficou apenas um final de semana, tinha experimentos em andamento, mas foram dois dias intensos. Depois disso, parou de se corresponder com a mãe por cartas, mas se esforçava para ligar semanalmente. Agora era Gabriela quem escrevia para ele, e era sempre correspondida.

Trocaram mais de cinquenta cartas ao longo de dois anos. Com o tio, Gabriela se sentia livre para escrever sobre qualquer coisa, e adorava as respostas sempre inteligentes que recebia. Sentia que ele não a subestimava como a maioria dos adultos. Era incentivada por ele a deixar a criatividade fluir também na forma. Escrevia em alfabetos alternativos inventados por ela, hieróglifos coloridos acompanhados do manual para decifrá-los, textos escritos de trás para frente e máscaras mágicas, sendo essas últimas suas preferidas.

Sob o olhar curioso da avó, a menina passava horas abrindo pequenos buracos quadrados em folhas de papel que, se colocadas sobre a página certa, do livro certo, revelavam as letras da mensagem secreta. Geraldo entrou na brincadeira das máscaras mágicas e escondia mensagens em livros diferentes, que ela pegava na escola ou na biblioteca pública e acabava lendo por curiosidade. Foi assim que, mesmo à distância, ele fez de Gabriela uma leitora voraz.

Quando percebeu que não daria conta de oferecer tudo que podia para a sobrinha por meio daquela interação precária, Geraldo lançou-se no desafio de convencer a mãe a deixá-lo levar Gabriela para morar com ele na capital.

— Só quero fazer por ela o que meu tio fez por mim. Mãe, quero que ela tenha as mesmas oportunidades que a senhora me deu.

— É diferente, Geraldo. Ela é uma menina.

— E por isso merece menos?

— Não venha botar palavra em minha boca, seu moleque! Você sabe muito bem do que eu tô falando. O mundo é diferente pra mulher, Geraldo, você não sabe. E tem mais! Quando seu tio te levou, ele era mais velho, já tinha esposa, e só não tiveram filho porque não quiseram. Você, não. Ainda é novo, mora sozinho, vive sei lá como.

— Por que a senhora não me faz uma visita? Conhece meu apartamento, o bairro onde moro, minha rotina por uns dias... Se achar que dou conta, conversamos sobre Gabriela ir comigo. Ela está tão empolgada.

— Gabriela está numa idade difícil.

— A menina é mais madura do que a senhora imagina, às vezes fico até assustado com o que leio nas cartas, é como se uma adulta tivesse escrito.

Foram pelo menos dez longos telefonemas sobre o assunto até que ficasse acordado que Gabriela viajaria com Geraldo duas semanas depois do seu aniversário de doze anos. A mãe não se opôs, mais porque tinham o consentimento da sogra do que por convicção de que seria bom para a filha. O irmão de Geraldo, porém, relutou em autorizar a mudança, mas foi convencido por todos os demais de que não poderia privá-la de um futuro melhor.

Um ano depois, Gabriela perdeu a avó num atropelamento.

O suporte mútuo de tio e sobrinha foi fundamental para superarem a perda. Depois do trágico acidente, Geraldo só voltou à sua cidade natal uma única vez, sem Gabriela, ocasião em que brigou com o irmão, que o culpava pela morte da mãe, ou pelo menos por tê-la privado da alegria de conviver com a neta em seus últimos meses de vida.

Gabriela estudou na melhor escola que Geraldo pôde pagar, e trocou de colégio quando o tio descobriu que ela estava sofrendo bullying. Ele foi seu professor particular quando teve dificuldades, seu confidente quando arrumou o primeiro namorado, seu conselheiro quando iniciou sua vida sexual e, acima de tudo, seu melhor amigo, como ela não cansava de defini-lo.

Quando Geraldo defendeu sua tese de doutorado, Gabriela tinha apenas catorze anos. Ao abraçar o tio depois da defesa, sentiu que algo estava errado, deveria ser uma mulher a abraçá-lo, uma que o amasse, mas não como ela o amava; alguém com quem ele pudesse dividir a vida, as preocupações, a cama. Foi quando ela se deu conta de que ele não tinha, ou não parecia ter, qualquer relacionamento afetivo para além daquele entre os dois.

A sobrinha tentaria puxar o assunto muitas vezes a partir dali, mas o tio era escorregadio quando se tratava do tema. Por muitas vezes, Gabriela chegou a elucubrar que Geraldo levava uma espécie de vida dupla, que tinha outra família a quem dar atenção, pois para ela era inconcebível o tempo que ele passava fora de casa supostamente trabalhando, até mesmo aos finais de semana. Talvez tenha sido por isso, ao menos em parte, que decidiu ir morar sozinha tão logo atingiu a maioridade.

Um apartamento minúsculo no subúrbio da cidade, cujo aluguel era pago com ajuda do tio. Mas era só isso, Gabriela não permitia que ele ajudasse em mais nada. Mobiliou seu canto com coisas de segunda mão e um sofá vermelho ridículo que encontrou no lixo (nunca contou essa parte para o tio, que detestava o móvel).

No começo, tirava o sustento de um emprego de auxiliar em uma clínica odontológica. Depois virou secretária executiva em um escritório de advocacia. Mas o emprego que durou mais tempo foi na companhia de limpeza municipal; pagava pouco, mas ela ficava na equipe responsável pela limpeza das praias, trabalhava descalça, ouvindo o barulho do mar, somente no turno da manhã, e folgava de sexta a domingo. Cada novo emprego (em especial o último) era acompanhado de protestos enfáticos do tio. Para Geraldo, Gabriela desperdiçava sua inteligência; mal sabia que a engenhosidade dela era muito distinta da dele, tinha outra natureza, era de uma sutileza e sensibilidade que ele jamais entenderia.

Gabriela via o mundo de forma muito particular: era patologicamente empática com todos e com tudo, sentia quando alguém estava com problemas, ainda que disfarçasse muito bem; não tinha as ambições mais comuns da idade; não se dobrava à cultura do consumo; gostava de admirar as coisas belas só pelo prazer de admirá-las; perdoava sem dificuldades e se entregava de corpo e alma a cada nova paixão, assustando aqueles por quem se apaixonava.

Também escrevia poesias, só para ela. Um dia mostrou, despretensiosamente, um dos textos para Geraldo. Gabriela jamais poderia supor a mudança de rumo que aquela leitura provocaria na vida de ambos.

O tio entendeu de súbito que ela tinha alma de artista, o tipo de coisa que não se desenvolvia por vontade, ganhava-se por sorte — já se apaixonara por alguém assim. A partir daquele dia, cessaram as cobranças para fazer faculdade. Geraldo passou a incentivar a sobrinha a publicar suas criações, chegando a inscrevê-la, sem sua autorização, em um concurso literário. Gabriela tirou o primeiro lugar. Foi pega de surpresa com o entusiasmo do tio com sua carreira de escritora; dele, ela esperava qualquer coisa, menos isso. O tio não cansava de surpreendê-la. Como esperar de um gênio da química, ou o que fosse que ele estudasse, um pesquisador com devoção irrestrita à ciência, abertura para acolher uma alma que só queria a leveza do mundo e mais nada? Por mais de uma vez Gabriela se pegou pensando que experiência teria aberto aquela pequena fresta na grossa carapaça de ceticismo de seu tio.

Quatro anos e três livros depois, passou de autora a colaboradora no grupo editorial que a publicara. Leitora assídua que era, dali à editora júnior foi um pulo. Foi quando convidou uma amiga e colega de trabalho para abrirem a própria empresa, uma pequena editora com uma equipe mínima e quase nenhum orçamento.

Gabriela era responsável, dentre outras coisas, pela curadoria inicial dos manuscritos que recebiam e ainda ajudava na preparação dos textos. Fazia questão. Publicavam principalmente contos e poesias. Tinha um olho de águia na escolha dos autores e tudo que publicavam tinha boa repercussão. Logo a pequena editora angariou prêmios e alguma notoriedade.

Em relação à sua vida amorosa, foi certamente muito mais movimentada que a do seu tio, mas, aos trinta e cinco anos, depois de muitas experiências com todos os desfechos possíveis, continuava solteira, por opção, e feliz.

Tudo ia muito bem, e isso a assustava. Não era supersticiosa, mas tinha uma convicção perturbadora de que a vida nunca permitia longos períodos de calmaria, de modo que vivia a constante expectativa de uma tragédia iminente. E ela veio, na forma da indecorosa traição de sua sócia.

A amizade entre as duas era verdadeira e foi o que sustentou a sociedade mesmo nos momentos mais desafiadores. Porém, era recorrente a discussão sobre a ampliação do escopo da editora. Enquanto Gabriela não abria mão da proposta original, sua sócia queria expandir os horizontes publicando obras mais comerciais, como ela definia alguns projetos que Gabriela recusava. Não sabiam, mas esse equilíbrio entre a visão mercadológica e empreendedora de uma, e romântica e ideológica da outra foi o segredo da prosperidade do negócio. Quanto mais a editora se destacava em premiações e críticas das obras publicadas, mais propostas recebia de autores que não se encaixavam no estilo, segundo Gabriela, mas que tinham alto potencial para sucesso de vendas, segundo a colega.

O caldo entornou quando Gabriela foi irredutível em aceitar uma dessas propostas, mas sua sócia comprou a briga como nunca fizera antes. As duas discutiram feio. Só então veio à tona o fato de que nunca houve uma sociedade formal. Gabriela depositava uma confiança cega na amiga, como lhe era habitual. A sócia, a princípio com a sincera intenção de reduzir burocracias e não ficar importunando Gabriela com assuntos técnicos, registrou a editora apenas em seu nome (o que veio a ser muito conveniente quando decidiu seguir sozinha nos negócios). Gostava de Gabriela, mas não misturaria amizade com estratégia comercial.

Da noite para o dia, Gabriela viu tudo que construiu ser tirado dela, seu sonho desmoronar; mas o que mais a machucou não foi a traição em si, e sim sua própria reação. Pela primeira vez em toda sua vida, não conseguiu perdoar e isso a incomodava mais do que todo o resto. Sentia como se houvessem roubado sua essência, sua leveza. Procurou desesperadamente seu melhor amigo para desabafar, pedir ajuda, receber um abraço que seria o único antídoto para sua agonia, mas Geraldo não atendia o telefone e nunca estava em casa. Ligou para a universidade, precisava encontrá-lo pessoalmente. Descobriu que o tio pedira demissão há um ano. *Como assim? O que aconteceu? Por que ele não me disse nada?* Perguntas que levaram à questão devastadora: *Quando foi mesmo a última vez que nos falamos?*

E foi assim que Geraldo sumiu do mundo, como se tivesse simplesmente deixado de existir.

Enquanto tentava entender o que estava acontecendo, Gabriela rememorou os últimos dezessete anos desde que deixara o apartamento do tio. No início, a presença dele era diária em sua vida, fosse nos telefonemas ao anoitecer para saber como foi o dia, fosse nas rápidas visitas de sábado ou nas eventuais e alegres ocasiões em que aparecia de surpresa e dormia na casa dela. Depois que a editora começou a dar certo, os compromissos e as viagens frequentes foram reduzindo os encontros, mas as conversas por telefone seguiam semanais, na maioria das vezes sobre problemas com os negócios ou para ouvir toda sorte de conselhos, sempre seguidos à risca.

Com o tempo, os telefonemas rarearam. Acompanhar os negócios, fazer a curadoria de um sem-número de originais e administrar relacionamentos intensos foram consumindo cada vez mais o tempo de Gabriela, que, cada vez menos, precisava do tio. *Quando foi mesmo que o vi pessoalmente pela última vez? Acho que foi quando veio passar o Natal aqui... Nossa! Isso foi há cinco anos!* Foi invadida por uma angústia que crescia à medida que tomava consciência do distanciamento progressivo que permitira.

Gabriela percebeu que sucumbira à armadilha que jurou evitar. A rotina da vida adulta lhe roubou preciosos momentos. Sentiu-se culpada, fraca, igual a todas as outras pessoas do mundo de quem ela sentia pena ao ver presas na areia movediça de suas vidas profissionais, a carreira engolindo o entusiasmo de se existir. Pensou nas vezes em que o tio tentou se aproximar e foi ignorado e, mesmo sem a certeza de estar resgatando memórias dessas ocasiões ou fantasiando situações, alimentou ainda mais sua culpa.

Seguiu procurando. Descobriu que Geraldo vendera seu apartamento, saíra do emprego sem dar explicações e jamais voltara à cidade natal. Fez inúmeras buscas do seu nome na internet, procurou em obituários, procurou a polícia no auge do desespero (que não levou o sumiço do velho muito a sério), mas de nada adiantou. Terminou por aceitar que o tio fizera sua escolha, a abandonara, e ficaria louca se continuasse tentando entender o motivo. Mas, de vez em quando, se pegava pensando em quem, de fato, havia abandonado quem.

Gabriela sofreu tanto com a sequência de infortúnios que se consolava pensando que havia zerado sua dívida de felicidade com a vida, estava pronta para um novo e longo período de calmaria. Transformou toda a intensidade dos sentimentos em palavras, escreveu compulsivamente por semanas para dar vazão a tudo que precisava expurgar de si. Ao final, havia concebido sua obra-prima, um livro que misturava realismo fantástico e poesia numa ficção que beirava o abstrato, mas arrastava o leitor sempre de volta à cruel realidade do mundo cada vez que começava a alçar voo pelos devaneios da personagem principal. O livro lhe rendeu um novo prêmio, dessa vez o mais importante da literatura nacional. "Uma metáfora poderosa, uma ressignificação da prosa poética" e "intensa, visceral e sublime" foi como alguns críticos literários respeitados descreveram o trabalho.

Ela se reergueu, abriu sua própria editora que, aos poucos, tomou o lugar da antiga no mercado. Sua antiga sócia, que se casara com o escritor cujo livro provocou a cisão entre as duas, jamais voltou a procurá-la.

Gabriela nunca mais foi a mesma, perdeu a leveza d'alma que lhe era marca registrada, mas conseguiu com o tempo a serenidade de que precisava para levar a vida. A consolidação da carreira, o amadurecimento pessoal e os anos de terapia deram conta de trazer de novo a calmaria, e, tão logo a vida se deu conta disso, lançou-a na próxima tempestade quando levou à sua porta um senhor de nome Carlos, que lhe deu a primeira notícia sobre o tio em anos: ele estava morto.

O FILHO

Ao ouvir a frase, Gabriela franziu a testa e olhou, confusa, para Antônio.

— Como assim no meu DNA? O que isso quer dizer?

Ele tomou de volta o "bilhete" impresso. A referência chr5p15.33 indicava a exata localização, no genoma, do gene da telomerase, a proteína que Geraldo estudava e que conhecia como ninguém. Agora que decifrara o final da mensagem, sabia que as informações que ele queria revelar estavam, de alguma forma, contidas na sequência desse gene da sua sobrinha, assim como o primeiro texto fora escrito em código no DNA de sua própria amostra biológica. Mas, ao responder, poupou Gabriela de mais uma aula de bioquímica.

— Ele também escreveu uma mensagem usando a sequência de um dos seus genes, provavelmente uma mensagem bem maior.

— Impossível! Como ele conseguiria colocar qualquer coisa dentro do meu DNA? Não vejo meu tio há tanto tempo quanto você.

— O professor Geraldo não colocou nada em lugar nenhum, apenas se utilizou do seu código genético para construir a mensagem, deve ter tido acesso a ele em algum momento. Ainda não sei exatamente como fez isso e como decifrar esse enigma, mas as pistas estão todas aqui.

Gabriela ficou introspectiva por algum tempo. Antônio respeitou o momento, aguardando calado até que ela dissesse algo.

— Meu tio descobriu uma mutação no meu DNA. Foi logo quando fui morar com ele. Eu vivia perguntando sobre seu trabalho, adorava ver seu esforço tentando me explicar, embora eu não me esforçasse muito para entender. Gostava da forma como ele demonstrava um conhecimento profundo de coisas muito complexas. Um dia ele me disse que tinha usado o DNA dele mesmo na pesquisa que estava fazendo. Usou também o da minha avó e o do meu pai. Achei o máximo! Pedi que usasse o meu também. Na hora me pareceu uma boa ideia, mas, quando descobri que envolvia coleta de sangue, eu desisti. Um tempo depois, acho que para provar que era corajosa, sei lá, pedi pra ele fazer a coleta. Quando perguntei sobre a pesquisa, ele disse que tinha descoberto uma mutação no meu DNA, uma que nem ele, nem minha avó, nem meu pai tinham. Lembro que fiquei fantasiando que eu teria superpoderes, que seria como os heróis da TV.

Um nó na garganta a interrompeu. Achava que havia superado a morte do tio, perdoado seu crime de desaparecer de sua vida — estava até de bom humor naquele dia específico —, mas enquanto falava, as lembranças dos primeiros anos no apartamento de Geraldo lhe encheram de nostalgia, revelando que o luto — que ela julgava encerrado — estava bem ali, latente, segurando teimoso a porta que ela se esforçava para fechar.

Antônio quis perguntar se ela se lembrava de algum detalhe sobre essa mutação e se tinha mais alguma informação que pudesse ser útil na interpretação daquelas pistas. Queria pedir para que ela falasse mais a respeito. Mas não fez isso, respeitou a emoção que mais uma vez via o assunto fazer aflorar nela. Percebeu que a ligação daquela mulher com o tio era maior do que ele supunha.

— Gabriela, será que...

— Você quer uma amostra? Fique à vontade — falou, estendendo o braço em sinal de prontidão para a coleta de sangue.

Antônio ligou para uma colega de trabalho, que faria o favor de realizar a coleta. Saíram do Instituto de Biologia a pé em direção à Faculdade de Saúde. Ele, excitado com a ideia de investigar a próxima etapa daquele mistério; ela, ainda tentando se situar na realidade. Uma grande empresa com um segredo nefasto, um cientista morto depois de desaparecer por anos, mensagens misteriosas escondidas em tumores e DNA... não conseguia — ou não queria — acreditar nesse enredo. Era como se uma trama se desenvolvesse de forma elaborada demais, sendo difícil aceitar que não fosse tudo ficção. Ficou esperando o momento em que Antônio não conteria mais a gargalhada e revelaria a pegadinha.

O cérebro de Antônio trabalhava a mil organizando as informações e elaborando o cronograma dos próximos passos daquela investigação. Precisava decifrar a outra parte do enigma. Comprara algumas ampolas da edição especial do VidaPlus assim que descobriu o conteúdo da mensagem nas mitocôndrias de Geraldo, mas ainda não sabia por onde começar com elas, e esperava que o sequenciamento daquele gene apontasse a direção. Antes de chegarem ao destino, como se lesse seus pensamentos, Gabriela perguntou:

— VidaPlus é aquele chip de vitaminas que passa na TV?

— Sim, mas não é um chip. O VidaPlus é um dos muitos produtos da NanoDot.

— Achei que eles fizessem minimáquinas...

— A nanotecnologia tem uma infinidade de aplicações, as farmacêuticas estão entre as que dão retorno mais rápido do alto investimento em pesquisa e desenvolvimento. Além disso, a NanoDot vem diversificando suas áreas de atuação, como toda boa multinacional que sonha em monopolizar todos os mercados possíveis. No fim, a especialidade passa a ser ganhar dinheiro, com o que quer que seja.

— Isso me deixa assustada. Que tipo de coisa pode sair daí?

Antônio sentiu o celular vibrar e tirou-o do bolso. Uma mensagem do mesmo número estranho de seis semanas atrás:

"Desculpe não ter respondido antes, não estava pronto. Soube que você foi próximo do meu pai. Gostaria de encontrá-lo pessoalmente para conversarmos. Me chamo Henrique, aguardo seu contato.".

— O que houve? Parece que viu um fantasma!

— Parece que sempre que te encontro alguém resolve me mandar uma mensagem dramática.

Chegaram à sala de coleta. A professora de enfermagem parecia ter mão de pluma, mal deu para sentir a picada da agulha borboleta. Precisaram usar material para coleta infantil, os únicos disponíveis. Gabriela sentiu uma satisfação estranha, mas também um receio ao ver o sangue percorrendo todo o comprimento do capilar até gotejar no tubo transparente. Não era a primeira vez que era submetida à coleta de sangue, mas era a primeira em que via mais do que um líquido vermelho naquele tubo; via ali sua essência, seus segredos mais profundos prestes a serem devassados por equipamentos e o que fosse que usassem para ler informação genética.

Enquanto caminhavam de volta ao laboratório, Antônio decidiu que não havia por que esconder de Gabriela que o filho de Geraldo fizera contato, afinal, ela já estava envolvida até o pescoço, ou melhor, até o DNA.

— Henrique, seu primo, fez contato comigo. Quer me conhecer.

— Uau! Então ele existe mesmo.

— Você gostaria de vir junto?

Gabriela parecia desconfortável com a ideia de conhecer seu primo, quando na verdade o que a incomodava era, de fato, a ideia de sua existência. Ela ainda não tinha consciência disso, pois não estava acostumada ao ciúme, até ali não tivera oportunidade de exercê-lo. Enquanto continuava a conversa com Antônio de forma automática, se perguntava se aquele Henrique teria vivido mais com Geraldo do que ela, se teria recebido dele mais carinho, se o tio também teria desaparecido para o filho como desapareceu para ela ou se foi com essa outra família que passou as últimas três décadas. Antônio percebeu que a amiga — já se permitia considerá-la dessa forma — estava distante. Tentou acessá-la convidando-a para acompanhar o processamento da sua amostra, mas ela preferiu ir embora, prometendo que voltaria para acompanhar algum experimento qualquer dia.

Despediram-se com um abraço, não um do tipo desajeitado como costuma ser o primeiro entre duas pessoas, mas um abraço caloroso, demorado, sincero, que selava um acordo sem palavras de apoio entre os dois. Eles compartilhavam as mesmas emoções: medo e empolgação pelo que estavam vivendo e pelo que os aguardava.

Antônio voltou para o laboratório e iniciou o protocolo de extração de DNA. Realizava como um robô os procedimentos que já executara centenas de vezes, o que lhe dava espaço mental para pensar na resposta que daria a Henrique. Chegou a escrever e apagar a mensagem três vezes antes de enviá-la.

"Olá, Henrique. Será um prazer encontrá-lo, mas tenho uma rotina bastante restritiva. Seria um problema nos encontrarmos no meu trabalho?"

A resposta veio em trinta segundos.

"Sem problema. Segunda, 9h. Pode ser?"

Antônio achou aquela objetividade deselegante. Acabara de dizer que tinha uma rotina de trabalho complicada, o que significava que era ele quem deveria definir o horário mais conveniente para o encontro. Mas o fato era que segunda pela manhã era o horário mais conveniente, não dava aula às segundas e esse era o momento reservado à preparação de reagentes pelos estudantes no laboratório e manutenção periódica dos equipamentos. Respondeu de imediato:

"Às 10h."

Não queria sair por baixo.

* * *

Antônio chegou à casa de Victor mais tarde do que planejara. Encontrou o namorado bem-vestido e perfumado. Victor não se encaixava nos padrões convencionais de beleza, mas não se podia dizer que era feio, ainda mais quando decidia se arrumar. As combinações sempre cuidadosas de peças de roupa e o jeito como penteava o cabelo ralo — quando tinha tempo para isso — o favoreciam de tal forma que a barriga saliente e os dentes um pouco tortos passavam despercebidos.

— Você está bonito!

— Você, não! Achei que tinha se esquecido do nosso compromisso.

— Desculpa, Victor, precisei ficar até mais tarde do que planejava no laboratório.

— Oh, que grande novidade, não é mesmo?

— Você não vai acreditar no que descobri.

— Você contou quantas vezes me disse essa frase na última semana?

— Se você preferir um namorado que não tem nada muito interessante pra contar, eu guardo as descobertas pra mim.

— Quero ouvir, sim, seu chato, mas no restaurante. Vai tomar um banho ou vamos perder a reserva.

Era a primeira vez que saíam juntos; a ideia foi de Antônio, para compensar as noites que passou no laboratório trabalhando no projeto Geraldo. Ele havia voltado para seu apartamento, mas passava os finais de semana na casa de Victor, ou pelo menos era esse o combinado. O laboratório, no entanto, vinha sempre em primeiro lugar, o que provocava um estranho sentimento de culpa em Antônio. O acolhimento e as demonstrações diárias de carinho de Victor, que o haviam empurrado para aquele relacionamento, finalmente conquistaram seu coração, e ele começava a levar a sério o namoro. Compartilhava com o companheiro, em tempo real, todas as informações sobre suas análises, tinha nele a imensa conveniência de ser alguém da área. Victor era professor de biologia celular, foi ele quem chamou atenção para a quantidade e formato anormais nas mitocôndrias da amostra de tumor de Geraldo.

Escolheram a melhor mesa do restaurante, na sacada, com vista para o mar. Antônio esperou abrirem o vinho antes de entrar no assunto que queria, o único assunto das conversas. Sabia que Victor ficaria impressionado. Contou tudo em detalhes. Falou sobre o significado do termo "mosquitinha" na mensagem, que Gabriela confirmara que Geraldo teve acesso a seu material genético e até relatou que ele descobrira uma mutação, embora não estivesse certo de que essa informação procedia.

— Fico pensando quais informações ele está tentando nos passar, espero não estar me envolvendo em algo maior do que eu daria conta.

— Não consigo imaginar o que você não daria conta, meu bem — disse Victor, pousando a mão em seu ombro.

Trocaram olhares afetuosos; era o tipo de afago que fazia Antônio se sentir revigorado para continuar a exaustiva labuta que o finado orientador lhe impusera. Aproveitou o ensejo para informar que precisaria ir novamente ao laboratório no dia seguinte. Ouviu os justos protestos de Victor, já que prometera não trabalhar mais aos domingos, mas tentou convencê-lo de que as circunstâncias exigiam. Além disso, não conseguiria sequer dormir se adiasse o início do sequenciamento; precisava fazer uma análise do gene o quanto antes, saber se Gabriela tinha algum polimorfismo ou mutação relevante para o caso.

— Você está se deixando envolver demais, Antônio. Não percebe o nível de ansiedade que isso está te causando? Você vai acabar adoecendo.

Mas Antônio ignorou o comentário.

— Ah, tem mais uma coisa! Recebi uma nova mensagem do número misterioso. Você não vai acreditar: o número é do filho do professor Geraldo, ele quer me conhecer.

— Meu Deus! Antônio, isso é muito arriscado.

— Como assim?

— Como assim "como assim"? O cara te segue, consegue seu número, te manda mensagens ameaçadoras, não retorna suas tentativas de contato, agora quer te encontrar, e você acha que tá de boa?

— Não tem como saber se ele tem mesmo algo a ver com o episódio do hospital, e a mensagem não era ameaçadora, pareceu ameaçadora naquele contexto. Victor, se ele não queria que eu analisasse a amostra provavelmente sabia da mensagem, pode ter informações importantes. Além disso, marquei o encontro na universidade, na segunda, é um local bem movimentado.

— Você marcou um encontro?!

Victor olhou incrédulo para Antônio. Sabia que aquele mistério em torno da morte de Geraldo e do segredo que ele tentava revelar era tudo em que ele estava se concentrando, mas naquele momento ficou claro que o problema era maior do que ele imaginava; havia se tornado uma obsessão capaz de corromper sua capacidade de julgamento, correria aquele e quaisquer outros riscos absurdos que se impusessem ao desfecho dessa história. Soube que não conseguiria dissuadi-lo, Antônio estava convicto, e Victor não conhecia nada mais sólido e imutável do que aquela convicção. Seu namorado tinha a cabeça mais dura do universo. Respirou fundo e completou:

— Tudo bem, mas eu vou com você.

Antônio abriu a boca para dizer que não era preciso, mas desistiu. Não valia o esforço, sabia que era a única forma de terminar aquela discussão. Assentiu, demonstrando propositalmente sua contrariedade, e mudaram de assunto.

No dia seguinte, Victor fingiu não perceber quando Antônio levantou-se tentando não fazer barulho e saiu sem tomar café da manhã. *Ainda é madrugada! Isso está saindo do controle.* Ele se preocupava com a saúde do namorado, mas também com seu trabalho, o que aquilo poderia fazer com sua carreira. Desde a morte de Geraldo, ele passou a se dedicar quase exclusivamente àquele assunto. Perdia prazos de processos administrativos, faltava a reuniões e até recebeu uma advertência do chefe de departamento por reclamações encaminhadas por estudantes à ouvidoria do Instituto sobre a conduta relapsa do docente.

Não que Antônio fosse um excelente professor. Como pesquisador, sua competência era inquestionável, mas nunca levou jeito para lecionar. Sua didática era péssima e os alunos só cursavam a matéria com ele por falta de opção. Isso causava em Victor um sentimento de injustiça, já que ele, sim, era um ótimo professor, amado pelos alunos da faculdade particular em que dava aula e extremamente dedicado na atualização de suas práticas pedagógicas. Havia tentado dois concursos para docente em universidades públicas, mas ficou em segundo lugar em ambos.

Antônio voltou antes das onze horas. Explicou que não queria passar o domingo inteiro no trabalho e por isso saiu cedo, para estar de volta antes do almoço.

— Deixei o sequenciamento rodando, o resultado vai chegar no meu e-mail quando o arquivo estiver finalizado. Mas não se preocupe, só vou analisar amanhã, temos o resto do dia livre. Algum plano?

Victor sorriu. Almoçaram na praia, foram ao cinema e depois a um bar antes de voltarem para casa. Foi um dia divertido como Antônio não vivia há tempos, ao fim do qual ostentava a orgulhosa sensação de dever cumprido. Sabia que precisava cuidar da relação, que havia se tornado de fato importante para ele, mas tinha também outra motivação, talvez mais forte, para tentar relaxar um pouco: a preocupação de Victor com sua saúde mental. Antônio tinha plena consciência de que se tornara, aos olhos do namorado, um obsessivo-

-compulsivo, e se não se esforçasse para desfazer essa imagem, deixaria de ter seu apoio — moral e técnico — na empreitada que era o projeto Geraldo.

No fim do dia, depois que Victor adormeceu um pouco embriagado, Antônio abriu ansioso seu laptop. Passou a noite em claro analisando os dados do sequenciamento.

Na manhã seguinte, depois de um energético tomado às escondidas e um demorado banho frio de Antônio, e de um café da manhã reforçado de Victor, saíram juntos para o encontro. De tão satisfeito que estava com o dia anterior, Victor nem reparou nas olheiras do companheiro.

Enquanto o namorado dirigia, Antônio pegou seu celular e revisou a troca de mensagens com Henrique. Percebeu que não havia mencionado o local exato do encontro, escreveu apenas "no meu trabalho", e o outro sequer questionou onde seria. Henrique já sabia. Sentiu um arrepio na nuca e um embrulho no estômago. Será que estava sabendo medir o risco que corria? Tarde demais, o relógio já marcava nove horas e quarenta e seis minutos.

Chegaram ao estacionamento. Na entrada principal do Instituto, Gabriela aguardava.

— Gabriela, o que faz aqui?

— Bom dia, Antônio. Bom dia, Victor, tudo bem? Não pude segurar a ansiedade, vim acompanhar seu trabalho, quero ver o que vai descobrir com minha amostra de sangue.

— Muito providencial sua presença, Gabriela, você vai poder conhecer seu primo com a gente.

Gabriela reagiu com um sobressalto à fala de Victor. Antônio lançou um olhar de reprovação para o namorado. *Por que ele fez isso? Não era o momento de envolver Gabriela, precisava me certificar de que é seguro o bastante.* Pensava em alguma forma de dispensá-la educadamente, convencê-la de que seria melhor voltar outro dia, mas era tarde demais; antes que pudesse dizer qualquer coisa, viu Gabriela encher os olhos d'água enquanto olhava para algo, ou alguém, por sobre seu ombro. Antônio virou-se e viu Henrique caminhando em sua direção. Reconheceu-o de imediato, tinha muitos traços do professor Geraldo, embora fosse muito mais novo.

Para Gabriela foi como voltar ao passado e ver o tio que a ensinara a andar de bicicleta. Era forte, mais do que o tio jamais fora. Usava óculos, tinha um corte de cabelo moderno com um topete e trazia a barba feita, um hábito que não herdou do pai, mas ela conseguia ver nele o Geraldo de quarenta anos atrás. Os olhos eram os mesmos, o mesmo sorriso permanente de canto de boca que conquistava qualquer um. Foi um choque. Quando os olhares se cruzaram, ele também levou um susto.

— Bom dia. Com licença, procuro o professor Antônio, de bioquímica.

— Sou eu. Você deve ser o Henrique. Deixe-me apresentar o professor Victor, e essa é…

— Gabriela! Não acredito, sou seu fã!

— Muito prazer… primo.

— Espera um pouco, você é a sobrinha do meu pai? A que ficou com o carro? Meu Deus! Como eu poderia imaginar?! Já li todos os seus livros, você é fantástica!

Antônio voltou-se para Gabriela com cara de marido traído.

— Gabriela, você é escritora? E nunca me disse nada?

— Você nunca perguntou.

— Não é só uma escritora, é A escritora! — emendou Henrique.

— Você mora na cidade, Henrique? — perguntou Victor, mais para disfarçar o constrangimento de Antônio do que por curiosidade.

— Sim, trabalho em uma clínica veterinária no centro.

A conversa seguiu com assuntos triviais por mais alguns instantes antes de todos irem para o laboratório. Ao entrarem, Antônio reparou o brilho nos olhos de Henrique; o rapaz fitava as bancadas como um devoto faria com o altar. Demorou-se olhando cada equipamento como se visse ali relíquias sagradas. Antônio tentou imaginar que sentimento tomava o coração do filho ao conhecer parte importante da história do pai tão de perto. Sentiu uma súbita empatia por ele, o que despertou um leve ciúme em Victor, que, por sua vez, tentava interpretar o motivo do olhar fixo do namorado para o novato.

Gabriela também tentava, sem sucesso, desviar o olhar de Henrique, atraída que estava por ele como que por um ímã. Experimentava uma sucessão de lembranças despertadas por aquele homem que acabara de conhecer, memórias que ela não tinha ideia de que ainda repousavam em algum lugar secreto de sua mente. Sentiu uma gratidão enorme por Henrique tê-las destravado e queria abraçá-lo, chorar em seu ombro, dividir com alguém a dor do luto. Queria perguntar por que ele não foi ao velório, se vivia com o pai, quem era sua mãe, se era casado... queria dividir em minutos com o parente recém-chegado os anos que deveriam ter compartilhado. Ou será que queria compensar com ele todo o tempo que negou ao tio? Estava confusa, perdida numa torrente violenta de pensamentos. Sem que os outros percebessem, saiu do laboratório e caminhou até o estacionamento para tomar um pouco de ar, precisava se recompor.

Henrique continuava observando cuidadosamente o laboratório. Parou diante de um equipamento específico.

— É um dos que meu pai deixou pra você?

— Sim, é um equipamento de HPLC, um cromatógrafo.

— Estava na sala dele da última vez em que fui visitá-lo. O que mais ele deixou?

— Um sequenciador, mais moderno que o nosso, um cromatógrafo para CG e um sintetizador de peptídeos com tecnologia de ponta, desenvolvida pela própria NanoDot.

Henrique deu um sorriso pesado, como se rememorando falas do pai. Antônio imaginou que, provavelmente, ele não entendera metade das palavras, mas julgava serem equipamentos importantes. E eram, de fato. Geraldo parecia saber exatamente do que o laboratório precisava, mesmo com tantas atualizações desde que ele o deixara.

Antônio ensaiava em sua cabeça como abordar o assunto que realmente lhe interessava, mas pôde poupar o esforço já que Henrique tomou a iniciativa.

— Professor Antônio, queria me desculpar pela mensagem do outro dia, sobre a amostra de tumor do meu pai. Tudo isso tem me abalado muito. Sabia que estava doente, mas não pude prever o que ele planejava, mesmo com os sinais que agora parecem tão claros. Quando soube do desejo dele em doar as células tumorais para estudo, fiquei perturbado, imaginando um pedaço dele sendo manipulado por estudantes descuidados, olhando no microscópio cada detalhe como se invadissem a privacidade do seu corpo sem pedir licença... pareceu uma profanação. É ridículo, eu sei.

Mas Antônio não achava ridículo. Na verdade, sentira algo semelhante enquanto dissecava a amostra na cabine de fluxo laminar. Revelou a Henrique que não descartara a amostra.

— Fez bem. Se era o desejo dele, que se cumpra. A última vez em que estive com meu pai foi há algumas semanas. Depois disso, ele não me permitiu mais visitá-lo. Parecia atormentado. Eu achei que fosse pela condição de pele, sabe? Pensei que havia piorado e o desfigurado ainda mais... Continuamos nos falando por telefone, mas ele parou de atender minhas ligações poucos dias antes da tragédia...

Henrique interrompeu a fala quando percebeu a presença de Gabriela à porta do laboratório. Ela tinha os lábios trêmulos e uma lágrima escorria pelo seu rosto. Ele andou em sua direção, a abraçou, e os dois choraram juntos.

***

O encontro com Henrique foi breve, mas impactante para todos.

Antônio teve, na aprovação dele para uso das células tumorais de Geraldo, o reforço na motivação para dar continuidade às investigações. Mais que isso, assumia a tarefa agora como uma questão de honra.

Para Victor, a despeito de toda a emoção que presenciou, pairava ainda a dúvida sobre as reais intenções de Henrique, o que mantinha em guarda sua preocupação.

Já Gabriela, que deu no primo o abraço que guardara em segredo para o tio, sentiu de fato como se estivesse abraçando Geraldo; naquele momento, o tempo pareceu parar para ela pedir perdão mentalmente, sem saber ao certo por que estava se desculpando, mas com isso tirando toneladas das costas. Combinaram de se encontrar para uma conversa mais tranquila, sem a inconveniência das emoções recém-afloradas. Marcaram na praia, sugestão dela.

* * *

No dia seguinte, a caminho da editora, Gabriela passou no laboratório. Queria notícias sobre a análise de seu DNA.

— Nenhuma pista, iniciarei ainda hoje a análise do VidaPlus, mas encontrei a mutação a que seu tio se referiu, estava bem escondida.

Gabriela sorriu e se ajeitou na cadeira como um aluno dedicado quando o professor anuncia o início da aula.

— Olha só, nossos genes são divididos em porções que se alternam: os éxons e os íntrons. Os éxons guardam a sequência da proteína, os íntrons são sequências aleatórias que servem, basicamente, para separar um éxon do outro — Antônio falava gesticulando, como se manipulasse objetos invisíveis. — A célula precisa editar esse material, retirando os íntrons e juntando os éxons, para conseguir a sequência completa. A mutação a que seu tio se referiu está no primeiro íntron do seu gene, uma sequência não codificante, por isso não achei de primeira.

— Que coisa mais complicada!

— É uma estratégia para produzir diferentes proteínas a partir do mesmo gene, pela recombinação dos éxons de diferentes formas. Enfim, o importante aqui é que mutações nos íntrons não chegam a ser um evento muito raro, e não são relevantes, pois não alteram a sequência codificante.

Gabriela não gostou da explicação, no fundo ainda tinha a expectativa de confirmar ser portadora de algo único, especial. Antônio notou a decepção e tratou de consertar o malfeito:

— Mas sua mutação é notável por um motivo, trata-se de uma inserção. As mutações mais comuns são do tipo substituição, quando um nucleotídeo, uma "letrinha", é trocado por outro, mudando apenas um códon e preservando o restante do código intacto. Uma inserção significa a adição de um novo nucleotídeo, sem qualquer troca, o que muda completamente o código inteiro a partir daí.

— Como assim?

Antônio pegou um pedaço de papel e escreveu um número: 3455230.

— Observe esse número. Se trocarmos o zero por um, por exemplo, não alteramos quase nada em ordem de grandeza. Agora, se em vez de trocarmos, adicionarmos o número um ao final, em vez de três milhões teremos trinta e quatro milhões, porque o novo algarismo "empurrou" todos os demais. Uma baita diferença! É exatamente o que uma mutação do tipo inserção faz, muda todas as combinações, as trincas ou códons, à frente dela.

Fez uma pausa para ela processar as informações, depois continuou:

— Acho que foi por isso que seu tio escolheu esse gene seu para usar como código. A sequência no seu íntron é única, só quem tem acesso a ela poderá decodificar a mensagem.

Ela sentiu-se como se reconquistasse seus superpoderes. Antônio previu que seria assim, escolheu cada palavra com esse intuito.

Despediram-se com um abraço. Gabriela retomou seu caminho para o trabalho. Antes de sair, ela aproveitou-se de um momento em que Antônio não olhava para deixar sobre a bancada um exemplar do seu livro de maior sucesso. Autografado.

O COMEÇO

O breve intervalo de tempo entre a descoberta da existência de Elizabeth no universo e sua trágica morte foi o período mais feliz e transformador da vida de Geraldo; sua história pode ser dividida em antes e depois dela.

Antes de Elizabeth, ele era o estudante inteligente e simpático que, inexplicavelmente, conciliava a presença em todas as festas no campus com oito disciplinas por semestre, horas de iniciação científica no laboratório e boas notas. Surpreendia também o fato de ser amigo do estudante que, à exceção do desempenho acadêmico, era seu completo oposto.

De fato, Davi não gostava de festas e cursava estritamente as disciplinas obrigatórias do curso. Achava uma perda de tempo assistir às aulas se fossem opcionais, como fazia Geraldo. Era três anos mais velho que o amigo, mais extrovertido que ele, porém menos carismático. Tinha duas paixões: programação e biologia. Fez da primeira seu hobby e, da segunda, a escolha profissional, por acreditar que não seria difícil atuar como programador sem diploma na área, dadas as suas habilidades e sua capacidade autodidata, o que não era verdade para a segunda área de interesse. Mas quando conheceu a bioinformática na faculdade, encontrou a razão da sua existência. Geraldo foi a única pessoa, desde que ingressara na universidade, que alimentava seu entusiasmo pelo tema com perguntas instigantes, curiosidade genuína e uma disposição exemplar para ouvi-lo sem ficar entediado.

Todos os semestres, um turno de um dia da semana era reservado por Geraldo em sua grade horária para passar no laboratório em que o amigo desenvolvia seus projetos de iniciação científica. Era um ambiente completamente diferente do laboratório de bioquímica aplicada. Computadores e cabos por todos os lados, caixas e pastas empilhadas em prateleiras e amontoadas no chão, em um cantinho da sala. No outro canto, uma mesinha com uma cafeteira ao lado dos ganchos de parede com mochilas penduradas. No fundo, ao lado da porta que dava para a minúscula sala compartilhada por dois professores, quatro baias como as que havia na biblioteca, sempre com um ou dois alunos com fones de ouvido e notebooks.

Geraldo achava aquele lugar ao mesmo tempo exótico e acolhedor, talvez pelo silêncio que não se via no laboratório em que fazia seus estudos com proteínas. Nas tardes ou manhãs que passava ali, enquanto Davi estava ocupado, aproveitava para colocar em dia o estudo de alguma disciplina. Fazia mais para se sentir normal do que por necessidade, já que parecia ter o dom de absorver em sala de aula até mais do que o próprio professor conseguia abordar; era isso ou ler algum artigo científico recente sobre qualquer coisa relacionada a bioquímica.

Essas ocasiões de estudo, no entanto, eram raras, pois Davi sempre aproveitava ao máximo sua presença para atualizá-lo sobre os andamentos de seus projetos. Participava de dois, um na linha de cada pesquisador, situação bastante incomum já que os professores costumavam disputar os melhores alunos, nunca compartilhá-los. Mas Davi dava conta de tudo, e ninguém queria abrir mão dele. Ambas as linhas de pesquisa focavam na criação de novos algoritmos, uma para análise de dados de *transcriptoma* e a outra para modelagem molecular de polipeptídeos, campos totalmente distintos quanto aos fundamentos teóricos necessários para o desenvolvimento dos códigos.

— Conseguimos, Geraldo, agora o código vai funcionar!

— Esquisita essa frase, tem um verbo no passado, um advérbio do presente e outro verbo no futuro — retrucou Geraldo, sorrindo.

— Ah, vai se ferrar! — respondeu Davi, devolvendo o sorriso. — Ainda não temos o resultado, mas eu sei que vai funcionar. O problema não estava nas regras de seleção do modelo com menor energia livre, mas no cálculo de energia em si. Havia inconsistências tão óbvias na termodinâmica que qualquer idiota perceberia, não sei como deixei passar.

— Já está rodando a simulação?

— Sim, começamos hoje cedo, mas os primeiros resultados dos cálculos só devem sair amanhã. Estou elétrico. Essa ansiedade é foda!

— Tomara que dê certo, seria muito bom poder trabalhar com modelagem de proteínas dependendo menos de supercomputadores.

— Sua frase tem um verbo no futuro do pretérito que deveria estar no futuro do presente — debochou Davi de olhos fechados e expressão esnobe.

Geraldo não conteve o riso.

— Ok. Corrigindo, *será* muito bom poder trabalhar com modelagem de proteínas sem precisar de supercomputadores. A propósito, falando em computador, acabo de me lembrar que deixei o CD com os arquivos que você pediu no laboratório.

— Sem problemas, você me entrega depois.

— Nada disso, fiquei até tarde ontem à noite salvando cada um dos artigos em PDF e separando em pastas por assunto. Vou lá buscar, coisa rápida.

— Eu vou com você, uma chance de finalmente conhecer seu laboratório.

Geraldo ficou na dúvida se a fala continha alguma indireta, mas não era o estilo de Davi. De todo modo, lamentou sua descortesia de nunca o ter convidado para conhecer o laboratório de bioquímica, sendo frequentador assíduo do de bioinformática.

Enquanto caminhavam, Davi continuava falando sobre a solução que encontrara para o problema com o protótipo de software de modelagem, mas calou-se subitamente ao chegarem à porta do laboratório; fora interrompido pelo impacto visual do lugar. Vidrarias, reagentes, centrífugas, termocicladores e espectrofotômetros espalhavam-se em prateleiras de estantes e nas longas bancadas dispostas em paralelo numa sala ampla e excessivamente iluminada por lâmpadas fluorescentes e pela luz natural das quatro janelas de vidro. Distribuíam-se, em volta das bancadas, quase uma dúzia de alunos com jalecos brancos e micropipetas nas mãos. Um ambiente muito diferente daquele ao qual Davi estava acostumado; ali tudo evocava um senso de ordem e uma impressão de esterilidade.

Também eram dois os professores responsáveis, mas as salas eram individuais. Davi olhou para dentro de uma delas, que tinha a porta aberta. Um homem grisalho estava de costas para eles assistindo, em seu computador, ao que parecia ser uma animação curiosa, com um personagem de pernas compridas e cabeça grande se equilibrando e caminhando sobre uma barra cilíndrica. Geraldo reparou que o amigo olhava para dentro da sala.

— Aquele é meu orientador.

— O que ele está assistindo?

Geraldo esticou o pescoço para ver a tela do computador. Explicou ao amigo que era um vídeo que o professor gostava de usar na aula sobre proteínas motoras. Mostrava a cinesina transportando uma vesícula intracelular.

— É uma proteína caminhando ali no vídeo?

— Davi, você faltou às aulas de biologia celular?

— Meu professor dava aulas com transparências em um retroprojetor.

— Credo! De biologia celular? Um belo desperdício, as imagens mais lindas do mundo estão naquela matéria. Olha lá, deixei seu CD em cima da minha bancada.

Davi dividia o cérebro entre continuar a conversa com Geraldo e rever mentalmente aquele vídeo infinitas vezes num loop vertiginoso e inevitável, fazendo germinar uma ideia ainda imatura e amorfa, mas que ganharia contornos concretos rapidamente.

À noite, em casa, Davi buscou na internet por animações sobre a cinesina. Mesmo com a qualidade sofrível dos vídeos produzidos à época, ele ficou maravilhado: a proteína de fato caminhava, elegante, um passo de cada vez, sobre um microtúbulo, carregando com inabalável persistência uma vesícula centenas de vezes maior que ela. Sabia que eram reações químicas que implicavam alterações sequenciais do formato da cinesina, mas não conseguia afastar a impressão de estar diante de um ser vivo completo, executando, obstinado, sua tarefa; um pequeno ser bípede que pensava na vida enquanto caminhava, e não uma molécula, não um punhado de átomos apenas existindo e sucumbindo às implacáveis leis da termodinâmica. *Se bem que, no fim, é o que somos: um amontoado de átomos sucumbindo às implacáveis leis da termodinâmica.* Sacudiu a cabeça e se repreendeu. *Que visão mais simplista e preguiçosa! Há definições muito mais profundas de quem somos do que aquelas que cabem no mundo material.* Interrompeu o debate filosófico mental para não desviar o foco e continuou assistindo.

Um vídeo levou a outro, e mais outro, e mais um... Davi foi dormir às quatro da madrugada com mil imagens de proteínas na cabeça.

Assistiu à interação entre moléculas de actina e miosina, organizadas para produzir a contração muscular; ao motor proteico rotacionando a uma velocidade impressionante; às longas fibras estruturais em movimentos sincrônicos que faziam mexer o flagelo de um espermatozoide, impulsionando-o em sua desesperada corrida para virar alguém; ao maravilhoso gerador de energia que era a bomba de prótons girando na membrana da mitocôndria para transformar comida em combustível para a vida; ao trocador de sódio e potássio que fazia do neurônio uma verdadeira pilha elétrica para condução de impulso nervoso...

Ele ficou atordoado com a inquestionável conclusão de que, milhões de anos antes da Revolução Industrial, as células já operavam, em nível microscópico, verdadeiras máquinas de alta complexidade. Eram maravilhas da engenharia que os seres humanos, a despeito do avanço tecnológico nos capítulos mais recentes da sua história, ainda não haviam concebido em escala visível. *E se fosse possível utilizar esses nanoequipamentos para atividades não necessariamente relacionadas à célula? E se fosse possível usar a mesma lógica biológica para construir outros, com os objetivos mais diversos?*

As perguntas se acumulavam rapidamente. *Admitindo os átomos como sendo o limite do que podemos utilizar como matéria-prima, as células podem nos ensinar como fabricar as menores peças do mundo e, assim, as menores máquinas do mundo.* Esse pensamento elevou ao teto seu nível de excitação. Passou a imaginar o impacto de uma tecnologia dessa natureza em todas as áreas da ciência. De repente, os projetos nos quais trabalhava perderam qualquer vestígio de relevância, havia algo muito mais importante em que investir esforços.

Não podia perder tempo, estava ansioso por dar à humanidade um salto tecnológico sem precedentes. Sabia que o faria, mesmo que ainda não soubesse que criaria a NanoDot.

Geraldo notou a mudança de comportamento. As empolgantes estratégias de programação de outrora se tornaram uma obrigação mantida exclusivamente para garantir o pagamento da bolsa que recebia por trabalhar nos projetos. Davi ouvia e perguntava mais sobre a pesquisa de Geraldo. Da noite para o dia, passou a se interessar por alterações pós-traducionais, engenharia genética, biotecnologia e temas correlatos.

O amigo surfou a onda. Adorava explicar em detalhes tudo o que sabia, fez de Davi um apaixonado por proteínas como ele. A inversão da lógica das conversas entre os dois foi como um presente de despedida naquele último semestre de Davi na graduação. Geraldo tinha certeza de que ele faria mestrado e continuaria a visitá-lo no laboratório, mas foi surpreendido com a notícia de que, não só não se inscrevera no programa de pós-graduação, como desistira da carreira acadêmica e iria embora da cidade. Tinha, segundo ele, "outros planos, planos maiores".

A ausência foi mais sentida por Geraldo do que por seu amigo. Davi, recém-formado, se lançou na empolgante jornada para tirar do papel seu empreendimento, enquanto o amigo continuava, sem ele, a rotina de estudante. Mas a falta durou pouco, logo a antiga amizade foi substituída pela correria do doutorado e por uma avassaladora paixão por uma professora mais velha.

Já a história de Geraldo depois da passagem de Elizabeth em sua vida seria sombria e deprimente, como foram os primeiros dias depois da tragédia de sua partida prematura, não fosse a boia em que se agarrou para não se deixar afundar no mar de dor que parecia sem fim: sua sobrinha.

Convencido de que seu relacionamento com a professora não teria a aprovação da mãe e do irmão, ele decidiu postergar a conversa sobre o assunto. Quando Elizabeth engravidou, pensou em apresentá-la à família, mas precisavam evitar longas viagens devido à gravidez de risco. *Melhor assim, chegando com um bebê não darei qualquer oportunidade de se meterem na minha vida. Além disso, uma criança muda tudo, conquista corações, é geneticamente programada para isso, o que vai facilitar muito as coisas.*

A saudade acumulada, as desculpas mal contadas, o cuidado, a espera e a expectativa para apresentar à mãe sua própria família só aumentaram sua desolação. Sem saber o que fazer, amargando sozinho sua tragédia secreta, escolheu um caminho: apagaria Elizabeth da sua história e junto com ela aquele período feliz e trágico. Era a única forma de seguir, a única maneira de manter sua sanidade mental, foi o que sua mente brilhante corrompida pela tristeza o forçou a acreditar. Ignorava, com isso, o óbvio: que aquele amor deixara algo que não poderia ser simplesmente apagado.

Naquele fim de ano, chegou à casa da mãe sozinho, fazendo um esforço sobre-humano para simular felicidade. Mas seu coração em cacos era como um chocalho pendurado no pescoço, chamando a atenção de todos que o conheciam o suficiente, gritando que havia algo errado, que aquele não era o mesmo Geraldo que os visitava pelo menos quatro vezes por ano, mas que agora sumia por um ano inteiro. Então sua sobrinha o abraçou, arrancando o disfarce cuidadosamente preparado para a ocasião, deixando escapar, na forma de lágrimas que quase nunca eram vistas pela família, uma gota do seu sofrimento. Sentiu como se abraçasse Elizabeth, como se abraçasse o filho que não levou consigo para conhecer a avó, depois apertou o abraço, como se Gabriela fosse na verdade sua mãe, de quem se privava dos merecidos afagos e consolos. Naquele momento, criou um laço com a menina que levaria para o resto de seus dias.

Ele tinha vinte e cinco anos, ela dez, mas conversavam como dois adultos; ele, pela absoluta falta de habilidade na comunicação infantil; ela, porque conseguia estabelecer diálogos mais complexos e profundos que as outras garotas da mesma idade.

Aos poucos, Geraldo foi vendo em Gabriela uma vítima das circunstâncias familiares, um talento desperdiçado, alguém que ele poderia… não, ele *deveria* ajudar. Não foi fácil convencer toda a família a deixá-lo levar a garota para morar com ele na capital, mas nunca se arrependeu da decisão, mesmo quando foi afrontado pelo pai de Gabriela na reunião sobre a herança da mãe. A sobrinha alegrava seus dias, era a ponte entre ele e o mundo real fora do laboratório. Tornaram-se amigos, confidentes, pai e filha.

Quando não estava com Gabriela, Geraldo estava dando aulas como professor substituto ou no laboratório. De vez em quando pensava no filho e, consequentemente, em Elizabeth, mas varria logo o pensamento para longe, lembrando a si mesmo de que tomara uma decisão, não havia volta. Era assim que expurgaria aquele fantasma, não queria voltar a sentir a insuportável dor que conhecera. *Se eu tivesse ficado com o bebê, talvez fosse mais fácil superar… Pare, Geraldo! Pare de se torturar, esqueça o que não pode ser mudado e siga sua vida*! Ele não se permitia o luxo do luto, havia muito trabalho a fazer, muita coisa a que se dedicar; e havia Gabriela, que dependia dele, confiava nele, precisava dele, e ele não a decepcionaria.

Quanto aos seus estudos, já era naturalmente bom no que fazia, mas a canalização de todas as suas energias no projeto, ainda que por um motivo infeliz, fez dele o aluno mais dedicado do programa, resultando em um progresso assombroso na pesquisa. Fez em meses o que muitos não faziam em anos. Defenderia a tese com oito artigos publicados, mas não sem antes se desentender com o orientador a ponto de romperem relações pessoais. Isso ocorreu por causa de um experimento não autorizado.

— Foram apenas duas amostras, professor, três com a minha. E os resultados foram incríveis, nossa hipótese foi…

— Pare, Geraldo, você não percebe o que fez? Não temos autorização para uso de amostras humanas no projeto, sua pesquisa é *in vitro*, não se lembra?

— Eu sei, mas eu te mostrei os resultados preliminares. Pensei que se eu…

— Pensou errado! — interrompeu com um grito. — Já tinha chamado sua atenção naquela ocasião.

O orientador respirou fundo para se controlar antes de continuar em um tom menos agressivo:

— Geraldo, uma coisa é usar uma amostra sua em sua própria pesquisa; não que seja correto, mas todo cientista acaba por fazer algo assim em algum momento, já que é seu corpo, seu DNA. Não é a forma adequada de conduzir as coisas, mas há menos implicações éticas. Mas envolver outras pessoas é totalmente diferente.

— As "outras pessoas" são minha família, e eles concordaram!

— Pior! Não é assim que funciona, você sabe muito bem, precisa de aprovação do Comitê de Ética, termo de consentimento assinado.

— Mas não é um estudo amostral, é só uma prova de conceito, a análise do comitê leva meses!

— Esses dados são inúteis, Geraldo.

O professor tentava terminar a discussão, mas Geraldo não se conformava com o que, para ele, era uma grande falta de bom senso. Insistiu uma última vez:

— Mas não houve qualquer intervenção, só fiz um sequenciamento, de um gene só.

— Dados inúteis, Geraldo, inúteis e ilegais, não nos complique. Não vá ferrar tudo agora!

Nos três primeiros anos do doutorado, ele havia cumprido todo o cronograma do projeto e ido além dos objetivos iniciais de análise de cinco proteínas relacionadas à manutenção tumoral. Seguiu colaborando com projetos de alguns colegas, mas insistiu tanto para complementar sua pesquisa na reta final com novos dados que obteve a anuência do orientador para incluir uma proteína nova no estudo, a telomerase, sobre a qual vinha lendo bastante e que se tornara sua nova obsessão.

Para um dos experimentos, Geraldo usou uma amostra do próprio DNA. Queria testar uma teoria envolvendo o *splicing* alternativo do gene que codifica a proteína. Como precisava da confirmação dos resultados, convenceu a mãe e o irmão a doarem amostras de sangue. Também tentou usar uma amostra de Gabriela, mas ela tinha uma variante diferente dos demais, de modo que descartou do estudo. Os experimentos confirmaram sua teoria. Esses resultados não chegaram a constar na tese e jamais foram publicados, mas constituíram premissas fundamentais para projetos de Geraldo, já como professor, que lhe renderiam reconhecimento como um dos maiores nomes no estudo do papel da telomerase no câncer.

Geraldo prestou concurso para docente mesmo antes de concluir a pós-graduação. Emendou o doutorado com a carreira institucional, literalmente, já que tomou posse no dia seguinte à sua defesa de tese. Tornou-se professor adjunto da mesma universidade onde estudou. Não quis dividir o laboratório com seu orientador; conseguiu um pequeno espaço no corredor oposto para fazer as coisas do seu jeito. Em um ano já tinha o próprio laboratório razoavelmente montado com equipamentos desatualizados, mas funcionais, doados por colegas, e alguns novos comprados com financiamento de diferentes agências de fomento. Pouco tempo depois, quando seu orientador se aposentou, Geraldo voltou para o antigo laboratório para ocupar seu lugar. Foi nesse período que Gabriela decidiu ir morar sozinha.

No início, tentou dissuadi-la da ideia, achou que a decisão tinha a ver com sua falta de tempo com a sobrinha, mas ela deixou claro que não era o caso; e Gabriela não mentia sobre seus sentimentos e motivações. Logo percebeu que precisava permitir que ela caminhasse com as próprias pernas. Acompanhou em detalhes sua vida nos primeiros meses. Opinou sem cerimônia sobre os empregos que conseguia e chegou a discutir com ela quando a ouviu dizer que sua realização profissional estava em catar lixo na praia. Esse absurdo o levou a tentar, por todas as vias, mas sem sucesso, convencê-la a cursar a faculdade. Às vezes dormia na casa dela, uma forma de manter o vínculo e sondar mais de perto como estava vivendo. Sempre a encontrava aparentemente feliz. Numa dessas visitas, percebeu Gabriela concentrada na leitura de um texto manuscrito. Perguntou do que se tratava. *Poesia, claro! É a cara dela.* Pediu para ler e teve o consentimento após alguma resistência.

Ela passou o caderno para o tio com uma cara de descontentamento fingido. Geraldo começou a ler em silêncio, alternando momentos de concentração com outros de expressões cômicas e exageradas de alguém impressionado, assentindo em câmera lenta enquanto arqueava as sobrancelhas e projetava para frente o lábio inferior. Gabriela assistia sorrindo à performance. Se fosse outra pessoa estaria envergonhada, mas a intimidade com ele era tanta que não se importou em dividir algo que considerava muito pessoal. Aos poucos, as feições divertidas do tio foram cedendo lugar à seriedade. Mais ou menos do meio do texto em diante, Geraldo já não conseguia tirar os olhos do papel e não fez questão de disfarçar a emoção ao final da leitura.

Em qualquer outra situação ficaria desconfortável em chorar diante de outra pessoa, mas olhou para Gabriela para se certificar de que ela notara suas lágrimas, pois, lhe faltando os adjetivos, essa foi a forma mais honesta de emitir uma opinião sobre o que acabava de ler. Seria possível supor que a lembrança — consciente ou não — de Elizabeth tenha influenciado sua reação à poesia da sobrinha, mas não seria justo com o talento legítimo de Gabriela. O texto falava sobre a passagem do tempo, tema exaustivamente explorado em todos os gêneros da literatura. Mas a sutileza das metáforas, a forma firme de escrita e a serenidade com que conduzia as palavras criavam uma abordagem tão profunda e leve que provocava uma espécie de choque no leitor, um estranho paradoxo que forçava a imersão no tema e impunha a reflexão sobre nossa impotência diante dele: o tempo.

Gabriela recebeu com surpresa a reação de Geraldo. Tinha consciência da força daquelas palavras, experimentara ela mesma a sensação que via agora no tio quando leu seu próprio texto. Conhecia — ainda que por modéstia ou receio não admitisse — sua habilidade com a poesia, mas o que a surpreendeu foi ver, pela primeira vez desde que se lembrava, ele chorar.

Geraldo tentou convencê-la a publicar a poesia, essa e outras que tivesse escrito, mas ela se negou. Tinha medo de perder o prazer em escrevê-las se as compartilhasse, gostava da ideia de que ela era a única a julgar o próprio trabalho. Sem que Gabriela visse, ele fotografou o texto, depois de novas tentativas infrutíferas de convencimento, digitou o poema e inscreveu ele mesmo em um concurso literário. Sabia que era errado, que estaria expondo a intimidade da sobrinha sem seu consentimento, traindo sua confiança, e isso lhe causava pânico, mas não conseguia controlar suas ações quando estava convicto de que tinha razão, e nesse caso tinha a mais absoluta certeza de duas coisas: uma era que Gabriela ganharia o concurso, a outra era que privar outras pessoas da beleza que ela conseguia produzir era errado, inconcebível.

O professor ficou receoso quando enviou, por e-mail, sem pensar muito no que fazia, o resultado do concurso para a sobrinha. *Jamais me perdoará*. Aguardou ansioso a resposta, que não veio na forma de mensagem, mas de um toque de campainha. Abriu a porta, como de costume, sem perguntar quem era. Levou um susto ao ver Gabriela diante dele.

— Seu filho da mãe! — gritou e pulou no pescoço do tio, radiante, envolvendo-o em um daqueles abraços que só ela sabia dar.

Geraldo sabia que a partir dali ela voaria, mas não estava pronto para o distanciamento natural que decorreria do sucesso de sua carreira de autora e de empresária do ramo. A vida, porém, era generosa com ele, e nunca lhe tirava, total ou parcialmente, uma pessoa sem trazer-lhe outra. Geraldo conheceu Antônio no mesmo dia em que Gabriela, pela primeira vez desde que viera morar na capital, recusou a visita do tio por causa de um compromisso. Era um caminho sem volta.

Antônio era um rapaz quieto e introvertido, por isso a discussão em voz alta com seu orientador chamou a atenção de todos no laboratório, incluindo Geraldo. O professor estava furioso com a iniciativa do aluno de procurar, sem consultá-lo, o chefe da divisão de oncologia do Hospital Universitário. Ele havia marcado, sem consentimento do professor, uma reunião para propor uma parceria visando à obtenção de amostras de tumor para compor um biorrepositório.

Geraldo não resistiu a prestar atenção à briga enquanto fingia corrigir provas em sua mesa e, quanto mais ouvia, mais ficava do lado de Antônio. O que seu orientador via como imprudência, arrogância e insubordinação, ele via como iniciativa, ousadia e proatividade. Não pôde deixar de reviver o conflito que ele protagonizou naquela mesma sala, dada a semelhança das situações — embora no seu caso tivesse havido, de fato, um desvio de conduta mas, no de Antônio, o problema era apenas ego ferido. No mesmo dia, conversou com o colega, sugeriu assumir a orientação para evitar novos atritos, fez parecer um grande favor o que era uma grande oportunidade de ter do seu lado um jovem obstinado.

Geraldo apoiou como pôde todas as iniciativas de Antônio. Ajudou-o a montar o banco de amostras, deu acesso irrestrito a dados de pesquisa e autorizou o uso dos equipamentos mais sensíveis. Davam-se muito bem, mas não houve tempo de desenvolver uma relação que ultrapassasse o nível profissional. Por um lado, havia a natureza das atividades, que exigia deles longas horas de trabalho solitário em câmaras de fluxo laminar, privando-os de interações mais efetivas no campo da comunicação. Por outro, houve a mudança de Geraldo para o novo campus. Contudo, as limitações no relacionamento interpessoal não os impediam de se considerarem amigos, e de se respeitarem mutuamente de forma sincera.

A universidade passaria por uma expansão, o novo campus seria aberto na zona leste, extremo oposto da cidade, para acomodar novos cursos de saúde. Geraldo foi convidado para coordenar parte das atividades de implantação. Aceitou o convite ninguém soube porquê, já que quase não tinha tempo para nada.

Inicialmente, visitava as instalações uma vez por semana, mas, com o adiantar das obras e a necessidade de acompanhar mais de perto, passou a se ausentar com mais frequência do laboratório. Antônio se virava bem sozinho, tomava conta do lugar e ajudava os outros alunos, chegando a ser coorientador de alguns deles.

Quando o primeiro prédio do novo campus ficou pronto, Geraldo improvisou nele um pequeno laboratório, numa sala que viria mais tarde a ser a biblioteca. Os equipamentos eram arcaicos, mas garantiriam que ao menos parte dos seus experimentos pudesse ser realizada diretamente por ele. Ao professor não bastava supervisionar os alunos, como faziam os colegas; queria estar na bancada para sempre, nasceu para aquilo.

Antônio ajudou no transporte dos poucos equipamentos que comporiam o laboratório provisório onde o orientador deveria trabalhar por um ano apenas, mas onde acabou por se instalar por tempo indeterminado devido ao atraso das obras. Era verdade que a conveniência de trabalhar sem ser interrompido e sem precisar ministrar tantas aulas não apressava Geraldo para voltar à sua antiga rotina.

Suas visitas ao antigo local de trabalho passaram a ser esporádicas. Sua sala já pertencia, na prática, a Antônio, que, com sua inabalável autoconfiança e habilidade de gestão do espaço, fez a presença de Geraldo cada vez menos necessária e sua ausência cada vez menos sentida.

Foi naquele laboratório de improviso, trabalhando sozinho sob protesto do supervisor do RH, que Geraldo foi surpreendido num final de tarde por uma visita que se materializou como um fantasma à porta.

— Davi!

Ele estava mais magro, e o cabelo que antes escorria pela testa agora formava uma espécie de topete bem penteado, mas continuava usando camisas de numeração acima da sua.

— Como vai, meu velho amigo? Foi difícil te achar!

Abraçaram-se. *Que merda de lugar é esse? Por que ele não está no Instituto?*

Uma parede de concreto aparente e o teto — ainda sem forro, com canos à mostra sob a laje — davam o tom do ambiente. Era uma sala ampla, quatro vezes maior do que o laboratório no Instituto de Biologia, com seis pequenas janelas. O novo local de trabalho do professor ocupava apenas um dos cantos, deixando a maior parte do espaço vago. Seis mesas de madeira de tamanhos e formatos variados, nas quais ficavam os poucos equipamentos usados por Geraldo, faziam as vezes de bancadas. Em algumas prateleiras das estantes que seriam, anos mais tarde, ocupadas por livros, repousavam reagentes e vidrarias. Encostadas à parede ficavam a geladeira, o freezer e uma mesinha com um computador onde ele passava a maior parte do tempo. As lâmpadas fluorescentes que iluminavam todo o lugar aumentavam a sensação de que o laboratório não passava de um amontoado de parafernálias esquecidas em um canto qualquer.

Davi estava curioso para saber da vida do amigo, mas tinha pouco tempo, queria se concentrar no que o levara ali.

— Há quanto tempo não nos falamos! Por onde tem andado, Davi?

— Estive fora por um tempo, no exterior, fui fazer o mestrado.

— Achei que tinha me dito que não queria mais saber da academia.

— E não queria, mas foi a única forma de aprender sobre redes neurais e interagir com o pessoal da inteligência artificial.

— Você não existe! Quer dizer que seu lance agora é IA.

— Em breve será também o seu, o de todos nós, dentro e fora da academia. É um caminho sem volta, meu chapa.

Como sempre, Davi era pura empolgação. Resumiu como pôde para Geraldo tudo que vira e aprendera nos últimos anos. Falou sobre a revolução que a inteligência artificial desenhava no horizonte, sobre os conceitos de *machine learning* levados ao extremo e, sem que Geraldo entendesse como ele conseguia pular de um assunto para o outro de forma tão rápida, sobre nanotecnologia e suas aplicações. No fim, estava falando sobre empreendimentos e visão de mercado.

— Abri uma empresa, Geraldo, um negócio visionário no ramo da biotecnologia que vai mudar tudo o que a gente conhece.

— Quanta modéstia!

— E quero você nela comigo.

— Claro, só um segundo, vou tirar minhas coisas da gaveta e escrever uma carta entregando meu cargo.

— Estou falando sério, Geraldo. Imagine uma empresa capaz de construir qualquer proteína que você imaginar, com qualquer formato, qualquer funcionalidade. Não como toda empresa de biotecnologia faz, estou falando de proteínas não codificadas em genomas conhecidos, não forjadas pela natureza, mas desenhadas por engenheiros para compor nanoestruturas complexas. Seríamos capazes de construir qualquer coisa.

— Você quer fazer nanomáquinas de proteínas?

A pergunta foi feita em tom jocoso, mas Davi não riu, e Geraldo entendeu que ele estava falando sério. Conhecia o amigo o suficiente para saber que não era um exemplo hipotético. Se ainda não tinha conseguido aquela façanha, devia estar próximo disso.

— Sei que parece maluquice, mas escute, a tecnologia necessária está sendo criada nesse momento, e com o ritmo atual de progresso em todas as áreas, estará disponível muito em breve. Pense comigo: há algum tempo já conseguimos prever com razoável grau de certeza a forma de proteínas mais simples a partir de sua sequência primária de aminoácidos. A ideia da NanoDot é fazer o caminho contrário, engenhar uma proteína e depois tentar criar uma sequência primária que resulte exatamente na proteína desenhada. É aí que entra a inteligência artificial. Com a quantidade de informações que já temos hoje, relacionar sequências de aminoácidos com as formas tridimensionais determinadas por cristalografia e ressonância magnética nuclear passa a ser uma opção tangível. É uma questão de modelagem.

— Pode ser, mas estamos falando de criar proteínas para fins não biológicos, a natureza não tem padrões para isso.

— Tem certeza? O que dizer das proteínas motoras, das estruturais, das bombas mais eficientes que turbinas de hidrelétricas e dos filamentos mais fortes que cabo de aço? Sob esse ponto de vista, as células funcionam como nanomáquinas complexas com funções múltiplas. Podemos nos inspirar nelas. É como criar um robô a partir da adaptação de dispositivos já utilizados em computadores, ventiladores e carros, por exemplo.

— São premissas muito interessantes, mas há muitos problemas de ordem prática. Por exemplo, os cálculos de simulação exigiriam uma capacidade de processamento absurda. De quantos supercomputadores precisaríamos?

— Foi por isso que ingressei no mestrado. Precisava ter acesso à tecnologia que tornará os algoritmos de modelagem obsoletos muito em breve. Não serão necessários supercomputadores para fazer as simulações se utilizarmos tecnologia de ponta em processamento de informação. Geraldo, agora o potencial da IA pode parecer limitado pra você, mas no futuro, quando estiver disponível a todos os mortais, criando conteúdos complexos na forma de textos, imagens, vídeos, códigos de programação, músicas, tudo a partir de comandos simples e um clique no mouse, talvez você mude de ideia. E isso tudo está mais perto do que você imagina.

— Não fale como se eu fosse um total ignorante sobre IA!

— Mas você é! O que posso fazer? Você só acha que sabe do que a IA é capaz, como eu também já achei um dia.

— E quanto à montagem das nanomáquinas? Usando seu exemplo, desmontar ventiladores e carros e reorganizar os componentes com novas funções é um trabalho manual, realizado com ferramentas específicas. Mas não dá pra manipular peças nanométricas.

— É verdade. As condições biológicas de síntese de uma proteína funcional são extremamente complexas, quase impossíveis de se reproduzir em laboratório, por isso teremos que usar tecnologia baseada em célula. Não vamos abandonar os biorreatores e microrganismos que já são usados hoje, só dar uma nova função pra eles. A verdadeira mágica está em prever a sequência que resultará exatamente na proteína que foi desenhada.

— Há uma diferença razoável entre o que se faz hoje e o que você está propondo. Para funcionar, essas proteínas desenhadas por seus engenheiros devem não apenas ter o formato e as características elétricas pretendidas, mas a predisposição natural de interagir espontaneamente com as outras, no momento exato e na posição adequada.

— Exatamente! — Davi transbordava excitação. — Irá requerer o desenvolvimento de uma nova área de pesquisa. Cara, é tão bom conversar sem precisar perder tempo detalhando as coisas... Ah, meu amigo, senti sua falta.

— Davi, isso seria como montar o seu robô apenas atirando as peças de forma aleatória umas sobre as outras.

— Eu sei, mas não é tão impossível como parece. Vou te poupar dos argumentos termodinâmicos, mas pense da seguinte forma: se você colocar todas as peças do nosso robô hipotético numa caixa e balançar por um tempo, e se cada peça for desenvolvida de forma tão precisa que só se encaixará de uma única maneira nas demais, e se a forma resultante do encaixe de todas for tão estável que elas se organizem espontaneamente dessa maneira, você terá o seu robô sem precisar de ferramentas para montá-lo. Claro que o processo precisaria ocorrer em múltiplas etapas, milhares delas, mas você entende aonde quero chegar, não é?

Geraldo entendia, mas não conseguiu disfarçar sua incredulidade. Davi prosseguiu:

— Pode parecer meio absurdo logo que se ouve, mas é aí que entra o segundo fundamento dessa revolução: a computação quântica! Em breve seremos capazes de cálculos inimagináveis, e qualquer limite conhecido hoje poderá ser quebrado!

Geraldo nunca havia ouvido aquele termo antes, mas dito por Davi, sabia não se tratar de um delírio fantasioso. Sentiu um calafrio ao tentar imaginar a que limites ele poderia estar se referindo.

— Então é isso, você veio me convidar para andar com você pela estrada de tijolos amarelos.

— Entrar na toca do coelho, eu diria. Qual é, Geraldo? Eu sou um gênio, mas preciso de ajuda.

— Já comentei sobre sua modéstia hoje?

— É você quem precisa abandonar essa falsa modéstia e assumir de uma vez sua genialidade também! Ah, e espere só até conhecer Carlos, ele é meu anjo.

— Seu o quê?

— É um termo da área empresarial, não importa. Carlos é quem está tornando tudo isso possível em termos financeiros. Ele é muito esperto, o tipo de pessoa que parece prever o futuro. Se ele se convenceu a investir dinheiro (muito dinheiro) nesse projeto, tenho certeza de que conseguirá te convencer de que não estou louco.

A resposta foi não. Pelo menos por enquanto. Sem ressentimentos. Mas a partir daquele dia Geraldo retomou o contato com o amigo, e veria sua startup se tornar um unicórnio nos anos seguintes, se assombrando com cada nova confirmação das profecias de Davi, até ser finalmente seduzido.

A BUSCA

O mar estava agitado como costumava ser nos dias mais nublados, embora aquela tarde fosse de sol pleno e céu azul. Gabriela contemplava o oceano à sua frente deixando-se tomar pela tranquilidade que só ele lhe oferecia. Não poderia ter escolhido lugar melhor para o encontro com Henrique. Chegou uma hora antes do combinado; não por ansiedade, mas para entrar em sintonia com o ambiente. Enquanto aguardava, tentou não pensar na conversa que teriam. Não era do tipo que ensaiava diálogos, valorizava a espontaneidade.

Henrique também chegou mais cedo, e viu Gabriela sentada na mureta da orla, à sombra de uma amendoeira, assim que desceu do táxi. Evitou se aproximar de imediato, ficou contemplando a paz que aquela cena bucólica transmitia. Só uma coisa passava mais tranquilidade que observar o mar: observar alguém observando o mar. A figura de Gabriela com o olhar fixo no horizonte e a cabeleira laranja ao vento era o que dava sentido à existência de tudo em volta dela. O mar esverdeado com inúmeras linhas brancas, o barulho das ondas quebrando e até o cheiro forte, trazido pelo vento, das algas acumuladas na areia, pareciam estar ali apenas para emoldurá-la. Quando ela se virou, como se sentisse que era observada, recebeu Henrique com um sorriso largo, daqueles que parecia que só ela sabia dar.

— Chegou cedo.

— Acho que não fui o único.

— Gosto desse lugar, me traz lembranças de um tempo descomplicado.

— Posso imaginar, aqui tudo parece mais simples.

— É o efeito infinito. Quando estamos diante de coisas muito grandes, como o mar, mudamos nossa perspectiva sobre o tamanho das outras coisas, incluindo os problemas.

Contemplaram juntos o oceano à frente por um longo tempo, como se o diálogo já tivesse se estabelecido em algum nível, mas ele sentia que ela ansiava por falar, e que tinha muito a dizer. Virou-se para a prima e falou com um sorriso gentil:

— Vá em frente, pode perguntar.

Ela varreu seu imenso repertório de perguntas acumuladas nos últimos anos, era difícil saber por onde começar.

— Ele falava de mim?

— Sim. Não muito, mas sempre se emocionava quando falava. Suspeito que evitava o assunto porque o fazia sofrer.

— Como era a relação entre vocês?

— Faz mais ou menos um ano que descobri que ele estava vivo. Não tive uma infância e uma adolescência muito fáceis, nem gosto de falar sobre isso, e encontrar meu pai era a promessa de dias melhores. Ele vivia na NanoDot, morava no trabalho. Há apartamentos funcionais na sede da empresa onde ficam alguns funcionários. Passei a visitá-lo pelo menos duas vezes por semana.

— Henrique — ela fez uma pausa triste —, por que ele desapareceu? Digo, para mim.

— Não sei. Ele falava pouco sobre a família, nunca me deu detalhes sobre meus avós, tios... Mudava de assunto sempre que eu tentava colher alguma informação. Com o tempo, parei de insistir, passei a viver simplesmente como seu filho, sem esmiuçar o passado. Supus que o dele não tivesse sido mais fácil que o meu. Mas estava feliz, apesar daquela doença esquisita na pele, alguma condição rara que ele nunca me explicou muito bem. Acho que a doença progrediu a ponto de ele não querer mais ser visto... Mas é só uma teoria. Ultimamente eu conversava com ele apenas por telefone, e-mail e cartas. Engraçado como fazia questão de escrever no papel. Dizia que somos mais nós mesmos quando falamos, mas somos mais sinceros quando escrevemos.

Gabriela conteve as lágrimas, tentou evitar o melodrama e se concentrou em informações mais objetivas, como aquela história sobre doença de pele. Não se lembrava de nada do tipo na época em que morou com o tio. Henrique continuou:

— Deve ter sido difícil pra ele. Não sei o quanto a doença comprometeu sua capacidade de trabalho. Não era vaidoso, não acho que sua aparência física o incomodasse tanto, mas se foi impedido de fazer o que amava, deve ter entrado numa depressão profunda. O diagnóstico de câncer pode ter sido a gota d'água. Não me contou a respeito, eu fiquei sabendo pela carta que ele deixou ao se mat... Ao partir. Mas não foi surpresa, pelo que sei meu avô e o tio dele morreram de câncer, parece algo hereditário. O que me fez redobrar a atenção com minha saúde, diga-se de passagem.

— Nós fomos muito próximos um dia. Acabei me acostumando com a ausência, mas nunca consegui ocupar o vazio que ele deixou. É difícil de explicar, tínhamos uma conexão muito forte.

— Acredito, dava para perceber quando ele falava de você. A voz dele mudava, o olhar ficava distante... Acho que até o vi chorar uma vez. Ele a amava, Gabriela, tenho certeza disso. Devia ter motivos para fazer o que fez, mas os levou com ele. Sinto muito.

— Ele te contou que foi ele quem me lançou no mundo da literatura?

— Não. Mas adoraria ouvir essa história.

Gabriela contou sobre o poema, o concurso e todo o resto. Por "todo o resto" entenda-se tudo que foi capaz de lembrar desde o dia em que foi com o tio escolher sua bicicleta até o último Natal que passaram juntos. Foram horas de conversa. Às vezes achava que estava sendo inoportuna, mas Henrique demonstrava um interesse tão real, ouvia com tanta atenção e com um brilho tão genuíno no olhar, que ela não conseguia parar. Emendou uma história na outra até o pôr do sol e, no final, ainda recitou para Henrique uma de suas poesias.

No fim do dia, decidiram esticar o encontro com um jantar. Dirigiram-se para o restaurante favorito de Gabriela. Ela pediu vinho; ele, chá. Depois de quatro taças, ela estava contando para o primo, boquiaberto, detalhes sobre a mensagem oculta na amostra de tumor.

* * *

Antônio olhava para a tela há mais de dez minutos tentando encontrar algum padrão no gráfico quando Gabriela entrou em sua sala, acompanhada.

— Oi, Gabriela. Obrigado pelo livro. Olá, Henrique, que surpresa! Não sabia que viria também.

Gabriela antecipou a explicação:

— Antônio, contei pro Henrique sobre a mensagem.

— Sim, e fiquei furioso comigo mesmo por quase colocar tudo a perder com aquela ideia ridícula de não querer que estudassem a amostra do meu pai.

Antônio olhou para Gabriela, contrariado, mas tentou relevar o deslize. *Talvez seja uma boa ideia tê-lo ao nosso lado, esteve mais recentemente com o professor Geraldo, pode fornecer pistas importantes para juntarmos as peças do quebra-cabeça.* De todo modo, fez uma nota mental para conversar com Gabriela sobre os riscos de sair envolvendo outras pessoas sem uma discussão prévia. Então percebeu que Henrique olhava, curioso, o gráfico na tela do seu computador.

— É um cromatograma, estou tentando analisar a amostra de VidaPlus para decifrar a próxima pista — explicou Antônio.

O gráfico consistia em uma série de linhas retas, finas e perfeitamente verticais, com diferentes comprimentos e distâncias variadas entre elas.

— Tem os espectros das frações? Ou só o padrão cromatográfico?

Antônio e Gabriela olharam simultaneamente para Henrique, surpresos. Antônio levou alguns segundos para responder, tentou elaborar uma resposta que testasse os conhecimentos dele.

— Não temos um espectrômetro de massa acoplado.

— E como pretende determinar a composição?

— A composição é conhecida, está na bula, podemos comparar com padrões. — Ele deu um clique e linhas vermelhas foram acrescentadas ao gráfico. — Estou procurando algum sinal adicional, mas não encontrei nada até agora.

Gabriela interveio:

— Henrique, não sabia que veterinários mexiam com essas coisas.

— Não mexem, por acaso estagiei por um semestre no laboratório de toxicologia da faculdade de medicina veterinária, ainda me lembro de algumas coisas sobre cromatografia. Além disso, vi meu pai analisando alguns cromatogramas, uma das poucas coisas em que ele não era tão bom. Eram minhas oportunidades de exibir algum conhecimento pra ele.

— Bem, seja bem-vindo ao time — disse Antônio com um sorriso malicioso.

— Alguém pode me explicar para o quê, exatamente, estamos olhando? — Virando-se para Antônio, Gabriela completou: — Resumidamente.

— O VidaPlus é, em termos gerais, uma mistura de dois tipos de nanopartículas para liberação prolongada de vitaminas no organismo. Imagine cápsulas muito pequenas que circularão na sua corrente sanguínea por meses liberando de forma lenta e gradual todas as vitaminas de que você precisa.

— Sim, eu vi o comercial na TV.

— Algumas das nossas vitaminas se dissolvem em água, outras não, por isso o VidaPlus precisa ter dois tipos dessas cápsulas. O que fizemos foi separar as duas. Começamos as análises pelos lipossomas, que são as nanocápsulas de gordura. Esse equipamento é um cromatógrafo a gás, deixado para mim pelo professor Geraldo. O que ele faz é separar todos os componentes dos lipossomas e mostrar cada um como um pico, que são essas linhas. A altura de cada pico é proporcional à quantidade do respectivo componente.

Enquanto Antônio dava sua explicação, Henrique continuava olhando, concentrado, para o gráfico. Esperou ele parar de falar para pedir permissão para pegar o mouse do computador. Henrique deu um zoom na linha horizontal, que formava a base do gráfico, da qual saíam as linhas verticais. Continuou aumentando o zoom até que só fosse possível ver a linha de base, depois foi arrastando o cursor para fazer o gráfico correr da direita para a esquerda. Parou quando chegou a um ponto em que apareceram novas linhas verticais equidistantes.

O espanto de Antônio foi tanto que ele deu um passo para trás. *É óbvio! Qualquer componente adicional estaria em concentração muito abaixo da dos componentes principais, perto do limite de detecção. Uma mensagem discreta que passaria despercebida por qualquer análise convencional.* Antônio não estava acostumado à altíssima resolução da cromatografia gasosa, por isso essa ideia não lhe ocorrera antes, mas não pôde deixar de sentir uma ponta de humilhação pela rapidez com que o novato solucionou o problema.

Sem tirar os olhos da tela, e movendo o gráfico para um lado e para o outro, Henrique seguia varrendo aquele estranho código de barras antes de dar seu veredito:

— Ele colocou uma série de compostos com diferentes massas moleculares. — Virou-se para Gabriela e continuou em tom professoral: — Se você conhece a sequência de saída das substâncias, pode modular a quantidade de cada uma na amostra, assim os picos terão a altura que você quiser.

Antônio complementou, feliz pela descoberta e preocupado com seu protagonismo ameaçado:

— Agora precisaremos arrumar um espectrômetro para saber que moléculas são essas. Provavelmente hidrocarbonetos e ácidos graxos.

— Talvez não seja necessário — sugeriu Henrique. — Você disse que esse foi um dos equipamentos que meu pai deixou. Se ele sabia que não era possível determinar as estruturas, deve ter pensado num código baseado apenas no cromatograma. O tempo de retenção ou a altura de cada pico pode representar um número ou uma letra...

Antônio concordou com um aceno. E saiu para buscar papel para a impressora.

Com o gráfico impresso, sentaram-se na cabeceira de uma das bancadas do laboratório como três adolescentes diante de um jogo dos espíritos. O gráfico ampliado apresentava a misteriosa sequência de cinco linhas verticais, cada uma com um comprimento, sendo a primeira bem mais curta que as demais. Uma figura pateticamente simples que nenhum deles conseguia decifrar. Logo a tarefa entediou Gabriela.

— Não entendo por que ele se deu ao trabalho de inventar toda essa coisa complicada de códigos secretos — disse ela. — Não podia simplesmente ter dito o que queria direto pro Henrique?

— Se ele descobriu de fato algo que comprometa a NanoDot, devia estar sendo bem monitorado — ponderou Henrique. — Pra falar a verdade, isso explica o comportamento estranho nos últimos contatos comigo por telefone, era como se quisesse me dizer algo, mas não pudesse. Dava pra sentir a aflição dele, parecia estar com medo.

Antônio se interessou pela conversa:

— Acha que ele pode ter tentado te enviar alguma pista do que estava acontecendo?

— Não sei, as conversas giravam basicamente em torno de sua pesquisa com a telomerase.

— Telomerase! — gritou Gabriela, assustando Antônio. — Henrique, era essa a palavra que eu fiquei horas tentando lembrar naquela noite no restaurante. Foi nesse gene aí que meu tio colocou a mensagem.

— Não me espanta, a telomerase era a paixão do meu pai. Dedicou a vida ao estudo do papel dessa enzima no câncer.

— É uma proteína, não é isso?

Antônio se antecipou à Henrique na resposta:

— Sim, responsável por alongar nossos telômeros, estruturas que funcionam como um contador de tempo, encurtam à medida que envelhecemos.

— Interessante.

Gabriela sabia que "interessante" era o comando para que Antônio encarnasse o professor sabichão e começasse a falar sem parar, mas naquele dia estava especialmente aberta a novas informações, talvez pela sensação que lhe causava olhar aquele gráfico como um turista olhava hieróglifos num museu, enquanto os dois pareciam músicos diante de uma partitura.

— Para crescermos ou para repormos tecido corporal — começou Antônio — nossas células precisam se dividir. A cada divisão, nosso DNA é duplicado para que cada célula-filha leve consigo nossa informação genética. Porém, a cada duplicação o DNA encolhe um pouco, perde parte das suas extremidades. Para não perdermos informação genética, em vez de genes, essas extremidades carregam uma sequência repetitiva, que vai sendo consumida a cada divisão: são os telômeros. Quando a célula atinge determinado número de divisões, os telômeros ficam muito curtos para ela continuar o processo de forma segura, então ela entra em senescência, ou seja, para de proliferar para sempre. É isso ou morrem. Esse número máximo de vezes que uma célula consegue se duplicar é conhecido como limite de Hayflick.

— E a telomerase... — interveio Gabriela, tentando podar a prolixidade de Antônio.

— A telomerase é a enzima que adiciona nucleotídeos nas pontas do DNA para alongar os telômeros, voltando os ponteiros do relógio biológico, deixando as células mais distantes desse limite.

— Tá, e o que isso tem a ver com câncer?

— Na verdade, tudo, Gabriela. No organismo adulto, o gene da telomerase é silenciado em quase todas as células. Uma espécie de proteção contra proliferação descontrolada, que é a definição do câncer. Assim, para a doença se desenvolver, as células tumorais precisam dar um jeito de "religar" esse gene e voltar a expressar telomerase. Chamamos esse fenômeno de imortalização celular.

Henrique, que nem parecia prestar atenção à conversa entre Antônio e Gabriela, interrompeu a aula com um comentário:

— Irônico, não? Nos tornamos mortais para evitar o câncer, e o câncer se torna imortal para nos matar.

— Há um pouco de exagero aí — retrucou Antônio. — Morremos porque nosso corpo envelhece e, embora o encurtamento dos telômeros seja um marcador desse envelhecimento, mantê-los longos não significa fugir da morte. Nosso corpo se desgasta com o tempo, estamos expostos a oxidantes, radicais livres, acúmulo de mutações...

— Prefiro a abordagem do Henrique — sentenciou Gabriela, sabendo que provocava Antônio, e o fazendo propositalmente, mas também porque, de fato, via poesia na forma como o primo colocava a questão.

Antônio estava pronto para uma tréplica, mas foi Henrique quem falou:

— Um, onze, oito, seis e nove!

— Do que você está falando?

— O código no cromatograma, acho que é uma sequência numérica. Se tomarmos o primeiro pico como parâmetro unitário, essas são as alturas relativas dos quatro seguintes.

Antônio sentiu uma profunda antipatia por Henrique.

— É uma interpretação possível, mas mesmo que esteja correta, estamos olhando apenas para os lipossomas, ainda precisaremos analisar a fração hidrossolúvel. Essa faremos por HPLC, será mais fácil, domino melhor a técnica.

* * *

Não foi mais fácil. Horas de análise de dados, e Antônio não encontrou nada. Depois de quatro dias de trabalho intenso e ininterrupto, aquele hiato na investigação teve forte efeito sobre o moral. Ele começou a duvidar que chegaria a algum lugar, revisou todos os resultados anteriores para ter certeza de que não eram de fato devaneios. Mas não quis compartilhar seu fracasso com Henrique e Gabriela; dividiu sua frustração apenas com Victor.

— Antônio, tenha calma. Você descobriu muita coisa em pouco tempo, não pode ficar nesse estado de nervos só porque ainda não tem todas as respostas.

Era difícil ter calma. Não era só o segredo da NanoDot que Antônio buscava. Algo lhe dizia que Geraldo não cometera suicídio, fora assassinado, certamente descobriu algo que custou sua vida. Precisava desvendar aquele enigma para fazer justiça ao mestre.

— Só descobri as mitocôndrias porque você me deu um empurrão, e o código nos lipossomas quem encontrou foi o Henrique.

— Ah, vá! Pare logo com isso. Seu professor não teria te dado uma missão se não acreditasse que você conseguiria cumprir. Mas que eu acho muito esquisitas todas essas habilidades do veterinário, ah, isso eu acho!

— Não começa, Victor. Já disse que não tem por que se preocupar com Henrique nem por que ter ciúmes dele.

— Ciúmes?

— Sim. Acha que não reparei?

— Não seja ridículo! Só estou preocupado com sua segurança. Nossa segurança. Você acabou de conhecer esse menino.

— Esse "menino" é filho do professor Geraldo, esteve com ele nos últimos meses, visitou seu laboratório, conversava com ele sobre o único assunto que o interessava — a pesquisa — e está disposto a ajudar. Henrique representa nossa melhor chance de desvendar logo esse mistério e acabar de uma vez por todas com essa história.

— Não vejo a hora! Até lá vou ficar aqui, de olho, você goste ou não, tá bom? Já disse que você não está em condições de avaliar riscos. Você está obcecado, meu querido, não raciocina direito quando o assunto é esse.

A forma como o companheiro insistia em apontar sua incompetência emocional para lidar com a situação, somada à desconfiança persistente que Victor nutria contra Henrique, foram motivações mais do que suficientes para Antônio mudar de ideia e dividir os resultados com o veterinário cromatografista.

Encontraram-se novamente no laboratório, dessa vez sem Gabriela. Antônio abriu os arquivos com os cromatogramas. Eles analisaram e debateram os dados por mais de uma hora, sem qualquer conclusão ou pista. Cansados de forçar os cérebros a encontrar padrões secretos, começaram a conversar sobre outras coisas. Foi quando Antônio teve a oportunidade que estava esperando para tocar em outro assunto.

— Henrique, preciso te contar uma coisa. No dia do velório do seu pai, eu e Gabriela fomos seguidos por dois sujeitos num carro do hospital até aqui.

Henrique ficou apreensivo.

— Um homem alto e magro e outro de barba longa e óculos pretos?

— Você conhece? — perguntou Antônio, espantado.

— Não, mas também tive a impressão de estar sendo seguido por eles, por mais de uma vez, depois da morte do meu pai.

— Tem alguma ideia de quem poderiam ser?

— Não tinha até agora, mas se estão seguindo todo mundo para quem meu pai deixou alguma coisa, ou acham que estamos ricos, e se for isso já observaram o bastante para desistir, ou...

— São da NanoDot.

— Gabriela não está com medo?

— Ela não sabe, consegui convencê-la de que foi um engano. Mas me preocupo muito com sua segurança. Gabriela é uma pessoa muito especial, precisamos cuidar dela, protegê-la.

— Há quanto tempo se conhecem?

— Nos vimos pela primeira vez no velório, mas às vezes tenho a impressão de que nos conhecemos desde sempre. Ela tem essa magia. Realmente temo por ela, mas isso só vai acabar quando descobrirmos o que a NanoDot está escondendo. Até lá estamos todos correndo risco, estamos lidando com gente muito poderosa.

Henrique ouvia concordando com a cabeça. Quando Antônio parou de falar, ele titubeou antes de perguntar:

— Antônio, havia muita gente no velório?

Ele não teve certeza do que deveria responder, então apenas assentiu com a cabeça. Henrique sorriu, emocionado, despediu-se e saiu. O professor ficou imaginando qual seria sua decepção ao descobrir que o velório estava esvaziado. No meio dos pensamentos, uma lembrança e uma luz no fim do túnel. *Diogo!*

Diferente das nanocápsulas lipossolúveis que analisaram primeiro, aquelas eram compostas por polímero de carboidratos. Carboidratos são moléculas que permitem inúmeras combinações. Se houvesse mesmo um código, estaria ali, na própria nanocápsula, não no seu conteúdo interno. E se havia alguém capaz de ajudar, esse alguém era seu antigo colega de laboratório. *Para onde mesmo disse que havia se mudado?* Precisava encontrá-lo o quanto antes! Sentiu uma descarga de adrenalina e uma nova onda de empolgação que resgatou das sombras sua autoestima. *Estou de volta ao jogo! Vou cumprir a missão, professor Geraldo, como ninguém mais faria!*

ANTÔNIO

Ele se assumiu gay aos dezesseis anos. Foi expulso de casa pelo pai. Após intervenções da mãe, foi readmitido. Anos mais tarde desejaria não ter sido; talvez viesse a ser uma pessoa diferente, melhor, se não tivesse voltado.

Filho único por imposição natural — havia recomendações médicas para sua mãe evitar uma segunda gravidez —, o menino era muito ligado ao pai, um elo forjado por uma admiração contagiante. Na época, não era comum que negros se formassem na universidade, muito menos fizessem pós-graduação. Antônio aprendeu que o pai era "mestre em engenharia elétrica" muito antes de entender o que isso significava, só sabia que fazia dele uma pessoa importante, que chegou a algum lugar mágico e abstrato onde poucos chegavam. Foi isso que garantiu um emprego que pagava bem e o respeito das pessoas. Vivia repetindo para o filho que a educação era a coisa mais importante da vida, que conhecimento era algo que ninguém tomava. O engenheiro não media esforços para pagar a melhor escola e incentivar toda sorte de atividade que, na sua concepção, induzisse o amadurecimento intelectual.

O que Antônio mais admirava no pai, principalmente quando se tornou adolescente e passou a ler o mundo à sua volta de forma mais crítica, era o modo como ele enfrentava as situações de preconceito. Presenciou várias. Ainda menino, antes de conhecer o significado de racismo, já conseguia notar a forma diferente como eram tratados por toda parte aonde iam e como isso o afetava de uma maneira difícil de explicar. Um sutil desconforto pelo jeito desconfiado como algumas pessoas brancas olhavam para eles; pela forma mais impessoal de tratamento em restaurantes, lojas, supermercados; e, especialmente, pelo estranhamento que sempre causava em algum observador casual o pai saindo do trabalho usando uma camisa bonita e entrando em seu carro em vez de pegar um ônibus.

As lições que recebeu nesse âmbito foram as mais importantes. Via como seu pai rebatia com altivez as investidas racistas. "A melhor forma de enfrentar quem quer te derrubar é não cair", era o que ele dizia sempre. Dizia também que Antônio não era inferior a ninguém e que não poderia deixar que o fizessem duvidar disso, que não havia nada de errado com ele, que precisava exigir respeito — não porque quisesse, mas porque merecia. As falas e os exemplos constantes fizeram do pai sua referência irretocável de autoaceitação, por isso mesmo recebeu como um atordoante soco no estômago sua reação ao anúncio feito de forma tranquila e despretensiosa de que estava namorando outro rapaz.

Antônio ficou menos de uma semana fora, na casa de uma amiga da mãe que o tinha quase como filho. Quando voltou, encontrou uma mãe visivelmente cansada das intensas discussões domésticas ocorridas em sua ausência, e um pai distante.

Distante. Essa era a palavra exata para defini-lo. Não estava com raiva; jamais foi agressivo, não demonstrava sequer tristeza ou decepção, mas Antônio preferiria qualquer uma dessas coisas à indiferença com que passou a ser tratado. O namoro com o colega de escola terminou em menos de um mês. A iniciativa foi de Antônio; não porque sua família tivesse se oposto de forma explícita, mas porque não conseguia se desvencilhar da sensação permanente de que o namorado fora o culpado pela perda do amor paterno, o que deteriorou com voraz rapidez aquele relacionamento ainda imaturo.

Começou assim o suplício diário de tentar reconquistar seu ídolo, primeiro de forma explícita e consciente, depois como característica arraigada em sua personalidade. Quase todas as escolhas de Antônio entre os dezesseis e os dezoito anos, quando saiu de casa para fazer faculdade, foram influenciadas por essa dinâmica doentia. Entrou no time de vôlei, o esporte favorito do pai, mesmo preferindo futebol, e se esforçou de verdade para levar o time às finais do campeonato local, mas jamais contou com a torcida dele. Leu os livros de Sidney Sheldon, mesmo preferindo Machado de Assis, mas nunca teve abertura para discuti-los; falava sobre os livros num humilhante monólogo à mesa de jantar sem conseguir arrancar um comentário sequer. Melhorou as notas na escola, passou no vestibular, conseguiu o primeiro estágio, sem jamais receber as migalhas de reconhecimento que desejava desesperadamente.

Antônio não precisava que ninguém lhe dissesse o óbvio; que não fizera nada de errado, que não deveria passar a vida tentando provar coisa alguma, que jamais seria feliz tentando reconquistar a relação perdida, que seu pai devia ter traumas muito profundos e que a revelação de sua orientação sexual deveria ter sido um forte gatilho que o fez se fechar em si mesmo. Sim, entendia tudo isso, com a mesma clareza que sabia que jamais se livraria daquele sentimento de abandono, da necessidade subjacente de provar que era bom e da impotência diante de não conseguir. Foram muitas sinapses feitas, muitas conexões sedimentadas numa fase de ampla plasticidade neural, como viria a saber mais tarde.

Por insistência da mãe, chegou a fazer algumas poucas sessões de terapia. Sabia que era verdade tudo o que ouvia ali, mas verdades não corrigiam cicatrizes como quem desfazia uma blusa de crochê para recomeçar de onde errou o ponto. Nesse caso, só restava lidar com a realidade de quem se era, e tentar conviver consigo mesmo da forma mais feliz que conseguia. Foi o que Antônio fez. Escolheu formar-se na área da saúde, porque se identificava, é verdade, mas também para provar a si mesmo que não faria engenharia só para agradar ao pai. Mas entrou no mestrado para provar que era tão bom quanto ele, e no doutorado para superá-lo, e só depois tomou gosto de fato pela pesquisa.

O mestrado foi conturbado e desafiador. Convenceu um professor, que trabalhava com canais iônicos no laboratório de bioquímica aplicada do Instituto de Biologia, a orientá-lo num estudo de câncer de mama. Foi caótico. Não sendo a linha de pesquisa do professor, Antônio teve que se virar praticamente sozinho. A escolha do tema se deu, principalmente, porque ele achava que câncer era um assunto importante, que chamava a atenção, inspirava admiração. Gostava de responder, para quem perguntasse o que fazia, que buscava a cura do câncer. Embora soubesse que estava exagerando, em última análise, esse era o propósito da pesquisa: gerar informações que, somadas a milhares de outras, produzidas por pesquisadores em todo o mundo, poderiam levar ao desenvolvimento de novas tecnologias terapêuticas. Portanto, não mentia em sua resposta.

Defendeu a dissertação do jeito que foi possível. Saiu-se bem dentro das limitações. Seu pai foi à defesa, mas saiu antes do final.

Diziam que o diploma apagava o sofrimento; deveria ser verdade, porque Antônio decidiu ingressar no doutorado sob orientação do mesmo professor. Ampliou o escopo do estudo para outros tipos de câncer. Já estava acostumado com a indisposição do orientador em ajudá-lo no que fosse mais restrito ao seu projeto. Passou a tomar mais iniciativas por conta própria, o que foi deixando o professor descontente, mas fazia os resultados aparecerem.

Para além das culturas de células comerciais que fazia durante o mestrado, Antônio queria trabalhar com amostras de pacientes oncológicos. Sua ideia era incluir análise de algumas mutações e marcadores tumorais para dar a robustez que, segundo seu julgamento, sua tese de doutorado deveria ter. Embora seu orientador tivesse concordado com a proposta, protelava as providências para dar entrada no pedido de análise do projeto no Comitê de Ética em Pesquisa. Tinha sempre algo mais urgente a fazer. Antônio insistiu em muitas ocasiões que só precisava que o professor fizesse o primeiro contato com o hospital e, acordada a parceria, ele mesmo cuidaria da parte burocrática. Mas nada acontecia, e Antônio continuava assistindo, angustiado, ao seu prazo regulamentar ser consumido enquanto o atraso no cronograma do projeto só aumentava. Foi então que decidiu ir ele mesmo ao encontro dos responsáveis pela oncologia do hospital.

Não foi uma boa ideia.

— Você não pode falar em meu nome.

— Não falei em seu nome, apenas disse que você era meu orientador porque perguntaram. Falei por mim mesmo, apresentei meu projeto de doutorado e sugeri a parceria. Ficaram animados com a ideia do biorrepositório…

— Não é esse o problema, Antônio, a questão é você passar por cima de mim e procurar outros pesquisadores para estabelecer uma parceria conosco sem meu consentimento prévio.

— Mas eu tinha seu consentimento, nós...

— Eu faço o primeiro contato, Antônio, eu! Depois você faz o que quiser, mas há protocolos a se seguir, as coisas não são tão simples quanto você pensa.

— Mas...

— Mas coisa nenhuma, você precisa entender o seu lugar!

Péssima escolha de palavras. Antônio estava de fato arrependido de sua atitude. Reconhecia que se precipitara, que fora desrespeitoso ao privar o orientador de participar daquela iniciativa. Deveria, no mínimo, ter avisado o que faria em vez de esperar que ele descobrisse pelo diretor do hospital, seu amigo. Embora o professor estivesse muito exaltado, a discussão fluía na direção de um pedido de desculpas de Antônio e talvez seu reconhecimento de que agiu mal, junto ao chefe da divisão de oncologia com quem se reunira. Mas aquela frase, dita naquele tom, ativou um gatilho poderoso, despertando um Antônio que ninguém naquele laboratório conhecia.

— E qual seria o meu lugar? Poderia ser mais específico?

— Você entendeu o que eu quis dizer.

— Não. Acho que não entendi. Eu deveria esperar até que finalmente tivesse concluído suas prioridades e se lembrasse de que tem um orientando para acompanhar? É isso, senhor superior? Enquanto isso, meu projeto seguiria parado porque você é muito importante para tirar a bunda da cadeira e cruzar a rua para uma reunião de meia hora?

— Antônio, eu não admito...

— Não! Sou eu que não admito. Não sei quem te falou que seu PhD te faz melhor do que alguém, mas mentiram pra você. Sua ilusão de autoridade é só vaidade, mais nada.

— Saia da minha sala!

— Por quê? Não tem preparo emocional pra discutir com um aluno? Não é o que se espera de um professor de...

— SAIA DA MINHA SALA!

Antônio se calou com o grito do orientador, claramente desestabilizado. Estava ele também fora de si, mas ainda lúcido o suficiente para perceber que não devia levar aquilo adiante, então deu as costas e saiu.

No dia seguinte, foi procurado pelo outro professor do laboratório de bioquímica aplicada, Geraldo, que se ofereceu para assumir sua orientação no lugar do colega em nome da paz no ambiente de trabalho. Foi embaraçoso, mas Antônio aceitou, mesmo porque não lhe restavam muitas alternativas.

A mudança de orientador foi um divisor de águas em sua vida. Teve de Geraldo todo o apoio que jamais tivera do antigo professor, mesmo quando, pouco tempo depois, ele se ausentou para cuidar da abertura do novo campus da universidade. A ausência era esporádica no início, mas depois se tornou mais frequente e, aos poucos, Antônio foi se tornando o responsável pela parte do laboratório que cabia a Geraldo. Gozava de total confiança dele. Gostava disso, de estar no comando, mas não pelos motivos aparentemente óbvios. Não era da sensação de poder que gostava, tampouco almejava status, apenas se sentia confortável ao saber que estava ajudando a manter a ordem e sendo reconhecido por isso.

Só faltava uma coisa para tudo ficar perfeito, e ela aconteceu: seu ex-orientador pediu transferência para outra universidade. Antônio suspeitou ter sido ele a motivação da mudança; o clima amistoso entre os dois jamais se reestabelecera, mas achava esse pensamento muito prepotente para dividi-lo com alguém, e nunca procurou saber o que realmente acontecera. O fato é que, com o laboratório "só para ele", terminou por assumir antecipadamente o lugar que viria a ocupar de forma definitiva tão logo terminasse seu doutorado: o de professor da casa, mantendo a tradição iniciada por Geraldo de suceder seu mentor.

Antônio estava na pequena sala anexa ao laboratório, sentado em frente ao computador, revisando um artigo recém-escrito, quando recebeu a ligação da mãe. Saiu imediatamente para encontrá-la no hospital.

— Quando foi que aconteceu?

— Nessa manhã. Ele se levantou antes de mim. Quando cheguei no banheiro, já encontrei ele no chão.

— E como ele está agora?

— O médico disse que está bem, mas ainda não podem dizer se ficará com sequelas. Não me deixaram ver.

— Vou tentar falar com alguém.

Antônio ia saindo em direção à recepção interna quando sua mãe segurou seu braço.

— Estou com medo, meu filho.

Ele a abraçou. De alguma forma, sabia o que ela queria dizer. Não era medo de ficar viúva o que a afligia, embora amasse o marido, mas de como seria a vida dali para frente.

Quando finalmente puderam entrar na sala, encontraram um paciente em sono profundo, igual ao que dera entrada na emergência, mas, ao mesmo tempo, muito diferente. Só no dia seguinte souberam que o AVC lhe roubara quase todos os movimentos. Teve alta em duas semanas.

Para surpresa de todos, a única pessoa de quem aquele homem teimoso permitia receber cuidados era o filho. Antônio mudou-se novamente para a casa da mãe. Era quem dava banho e alimentava o pai, rituais da inesperada reaproximação, lidando com um misto inconcebível de sentimentos que iam da alegria à culpa por tirar, da desgraça dele, a sua felicidade.

Sua rotina foi profundamente alterada e precisou prorrogar por dois anos seu doutorado. Também nesse momento contou com a sensibilidade e a compreensão de Geraldo.

— Leve o tempo que precisar — ele disse. — Já tenho meu PhD, você terá o seu quando for a hora!

Seu orientador era uns quinze anos mais velho que ele, mas tinha uma maturidade que fazia essa diferença parecer muito maior. Em demonstração de gratidão, Antônio fez questão de continuar cuidando do laboratório, aonde ia diariamente, apesar da distância entre a casa da mãe e a universidade, para garantir que estava tudo em ordem. Cuidava mais dos experimentos dos outros do que dos dele. Geraldo havia montado um laboratório improvisado no novo campus em construção e dificilmente saía de lá; chegou até a cadastrar Antônio como coorientador dos estudantes de mestrado.

O pai de Antônio não pôde ir à sua defesa de tese, mas torceu por ele e quis saber como havia se saído. Foi assim que ocorreu a reconciliação entre pai e filho, sem qualquer pedido de desculpa de nenhum dos lados, sem que tocassem uma só vez no assunto da relação entre os dois, sem troca de palavras de rancor ou de afeto. Foi um processo silencioso, diluído no tempo que compartilharam como cuidador e cuidado.

Seis anos depois, Antônio perdeu o pai. Sofreu, se enlutou, mas não mais do que um filho por um pai. Sem exageros patológicos. Conseguiram se acertar em vida, a tempo. Mas a história entre os dois já havia deixado as indeléveis marcas em seu caráter.

Depois da morte do pai, sua mãe mudou de cidade, indo morar com a irmã também viúva. Venderam a casa. Antônio comprou um pequeno apartamento perto do campus, onde já trabalhava como professor efetivo. Foram tantos acontecimentos em sua vida que a distância que tomara de Geraldo lhe passou despercebida, ainda mais depois que finalizou o doutorado. Já não via o professor pessoalmente, foi parando, também, de fazer contato por qualquer outra via.

Com a inauguração do novo campus, Antônio supôs que Geraldo decidira ficar definitivamente por lá. De vez em quando lembrava-se dele, como quando mudou o nome do laboratório para Bioquímica do Câncer. Nessas ocasiões, fazia uma nota mental para procurá-lo, saber como estava, esclarecer a situação do laboratório, inclusive a responsabilidade legal pelo patrimônio. Mas havia sempre algo urgente a fazer, uma tarefa administrativa para lhe roubar tempo, uma emergência para resolver, e Geraldo foi se consolidando como um personagem do seu passado, existindo apenas em conceito, sem exercer qualquer influência em sua vida presente. Só se deu conta de seu desaparecimento naquele fatídico domingo em que recebeu a ligação de um desconhecido informando sua trágica morte. Desde então, paradoxalmente, Geraldo nunca esteve tão presente em sua vida.

Depois que anotou o endereço do local do velório e desligou o telefone, Antônio se pegou pensando em como seu orientador estaria depois de tantos anos. Tentou imaginá-lo com rugas e cabelo branco, mas teve dificuldade de se lembrar detalhes de sua fisionomia. Na verdade, Geraldo só voltaria a ter um rosto em suas memórias depois de conhecer Henrique e reconhecer nele os traços do orientador.

Henrique parecia ter herdado outras características do professor, além dos traços físicos, como a curiosidade, o interesse pela ciência e a facilidade em aprender. *Seriam atributos geneticamente transmitidos? Ou resultado da relação entre os dois?*, pensava Antônio com frequência. Henrique se envolveu tanto no projeto Geraldo que passou a frequentar o laboratório mais até que os próprios alunos de Antônio. O empenho e interesse foram tantos que, sem que ninguém entendesse muito bem como ou quando acontecera, decidiu que entraria, ele mesmo, no mestrado em bioquímica para dar continuidade aos estudos mais recentes do pai.

— A vida é mesmo louca, não é, professor Antônio? Quem diria que o orientando do meu pai se tornaria o meu orientador?

Antônio sorriu, lembrou-se de uma conversa que tivera uma vez com Geraldo, quando estava ajudando na transferência de alguns equipamentos para o laboratório improvisado no Campus II. Conversavam enquanto ele dirigia a caminhonete:

— Não se preocupe, cuidarei de tudo no laboratório quando não estiver.

— Não estou preocupado, sei que cuidará.

Era verdade. Geraldo conhecia seu aluno, daria um rim por um elogio, por isso mesmo os usava com parcimônia. Eram guardados para quando Antônio de fato superava as expectativas ou realizava tarefas penosas que não faziam parte de suas obrigações.

— Professor, posso perguntar uma coisa?

— Claro.

— Por que está fazendo isso? Não sente como se estivesse abandonando o que construiu?

— Por que você abandonou seu orientador?

Antônio corou.

— Não tive escolha, fiz o que era preciso.

— Eu também preciso fazer o que estou fazendo, e preciso fazer isso neste momento.

— Mas logo agora que as pesquisas começam a apresentar os melhores resultados? O grupo está mais produtivo do que nunca e estamos a um passo de concluir o mapeamento.

— Antônio, você é um cara muito esperto, um cientista brilhante, mas precisa parar de ver a vida como uma fita beta.

— Como assim?

— Você se concentra demais nas consequências de curto prazo das escolhas que faz. É como numa fita beta, em que cada aminoácido interage apenas com o que está imediatamente antes e imediatamente depois dele.

Antônio achou esquisita — e despropositada — aquela alusão à estrutura secundária das proteínas assim, do nada, mas entrou no jogo.

— E como eu deveria ver a vida?

— Não como uma sucessão retilínea de fatos, mas como um percurso sinuoso de experiências; cada uma capaz de influenciar diretamente decisões e eventos muito à frente no tempo, como aminoácidos numa alfa-hélice.

O CÓDIGO

"Preciso falar com você, encontrei o que me pediu."

Victor esperou até a hora do almoço para enviar a mensagem para Antônio, embora tenha conseguido o contato de Diogo antes das nove da manhã, não foi difícil. Sabia que, assim que ele lesse a mensagem, deixaria o que estivesse fazendo e sairia correndo ao seu encontro, e não queria atrapalhar sua aula. Combinaram de não se comunicar sobre assuntos relativos ao projeto Geraldo por telefone ou e-mail. Henrique e Gabriela foram orientados a fazer o mesmo. Ele acatou de pronto, ela achou que era um exagero paranoico, mas foi voto vencido.

Antônio e o namorado se encontraram no quiosque do campus, onde aproveitaram para almoçar.

— O que vai fazer?

— Ligar pra ele, marcar uma visita ainda essa semana se possível. Vou até lá.

— Pessoalmente? Essa passagem vai custar um rim! Por que não conversam por telefone? Você pode comprar um chip com um número novo, não precisa usar o seu.

— Claro, vou ligar para um colega com quem não trabalho há anos e dizer que nosso ex-professor deixou uma mensagem secreta para mim dentro das mitocôndrias de suas células tumorais indicando um segredo sombrio da maior empresa de biotecnologia do mundo, que só poderá ser revelado através da leitura do DNA de sua sobrinha abandonada, mas preciso de uma chave-código que eu acredito estar na nanocápsula do VidaPlus. Muito simples.

— Não seja ridículo, você tem todos os resultados, pode compartilhar o sequenciamento e o cromatograma. Ele é um cientista, Antônio, não vai poder negar os fatos.

— É o tipo de coisa que leva um tempo pra digerir, não sabemos qual será a reação dele. Você sabe que precisa ser feito pessoalmente, não posso atirá-lo no meio disso tudo por telefone, nem seria seguro.

Victor sabia, mas não gostava nem um pouco da ideia de tê-lo distante, mesmo que por pouco tempo. Antônio ensaiou dizer que

Henrique iria junto. *Melhor não, um passo de cada vez*. Antes disso, precisava contar a outra novidade:

— Ah, acredita que o Henrique me pediu para orientá-lo no mestrado?

O almoço acabou ali. A primeira reação de Victor foi balançar a cabeça em sinal de desaprovação, mas quando percebeu que Antônio estava realmente considerando orientar o rapaz, ficou irritado. Disse repetidas vezes que era loucura. Insistiu, com um tom de voz alterado, que não conheciam Henrique e que não tinham certeza de suas reais intenções, mas via que Antônio interpretava a reação como mais uma crise de ciúmes, o que só aumentava sua raiva.

— Victor, ele é muito bom, você não pode negar isso. Não foi só o lance da cromatografia. Sabia que ele está conseguindo operar sozinho o sintetizador de peptídeos? Estudou por conta própria e devorou o manual. É uma tecnologia nova, Victor, não é nada fácil.

— Tá, ele é um menino sabido, que bom pra ele. E é filho do professor Geraldo e tudo mais. Mas ainda que tenha a melhor das intenções, está vivendo muita novidade. Acha mesmo que esse entusiasmo terá dois anos de fôlego?

— Ele quer continuar o trabalho do pai, acho que essa motivação dura mais que dois anos.

De fato, o afinco com que Henrique trabalhava e a forma como se interessava por tudo que tinha relação com as pesquisas de Geraldo fizeram o sentimento que suas habilidades causavam em Antônio mudarem de algo entre ameaça e inveja para um tipo estranho de compaixão.

— Continuo não achando uma boa ideia, mas não vou brigar com você, faça o que achar melhor.

Aquela estava longe de ser a forma como Victor costumava finalizar uma discussão. Não desistia tão depressa. Antônio temeu que o namorado estivesse se cansando, desistindo dele. Teria que repensar a ideia de levar Henrique na viagem.

Quando voltou para o Instituto, Antônio foi direto para o anfiteatro. Deu uma aula terrivelmente ruim, não conseguia se concentrar.

Liberou os alunos quase meia hora mais cedo, para alegria e alívio geral. Foi direto ao laboratório de onde fez a ligação.

— Alô? Aqui é o Antônio, tudo bem?

— Antônio...

— Nos encontramos há algumas semanas no velório do professor Geraldo.

— Claro! Tudo bem com você? Que surpresa.

A conversa foi rápida. Antônio falou apenas o essencial, que o senhor que o abordara na saída do funeral lhe passou algumas informações sobre Geraldo, que estava tentando ajudar seu filho a resolver algumas questões relativas à pesquisa do pai — "Sim, ele tem um filho, também ficamos surpresos" — e que não poderia dar muitas informações, mas estaria em sua cidade para um compromisso e gostaria de aproveitar para encontrá-lo e conversarem pessoalmente.

— Claro. Não sei como eu poderia ajudar, mas estou às ordens.

De fato, as passagens estavam caríssimas, ainda mais compradas de última hora, mas Henrique assumiu a despesa, pagou pelas quatro. Antônio tentou convencê-lo a ficar, mas foi impossível; em vez disso, Henrique sugeriu que fossem todos: ele, Antônio, Gabriela e Victor. Toda a equipe do projeto Geraldo em busca do quinto membro da liga.

Antônio fingiu alguma resistência, mas sabia que a viagem coletiva era a melhor forma de resolver o impasse. Viajar só com Henrique seria o estopim para uma crise no seu relacionamento. Já levar Victor junto seria uma forma de tentar aproximá-lo do seu mais novo aluno de mestrado, já que conviveriam pelo menos por dois anos. Além disso, a presença de Gabriela mostraria que não era uma questão pessoal, todos os interessados estariam lá. Apresentou a ideia para o namorado como se fosse dele e não o deixou saber quem financiaria o passeio. Victor ficou satisfeito com a possibilidade de acompanhá-lo, apesar da inconveniência de reorganizar sua agenda semanal da noite para o dia.

Chegaram no fim da tarde de uma quarta-feira, o encontro com Diogo seria na manhã seguinte. Para surpresa de todos, partiu de

Antônio a proposta de saírem à noite para relaxarem um pouco, com a promessa de que ninguém tocaria no assunto que os levara ali. Todos concordaram, especialmente Victor, que via na iniciativa uma forma de Antônio admitir que sua preocupação com a saúde mental dele era legítima.

Foram a um barzinho perto do hotel, atraídos pela voz belíssima de uma cantora que se apresentava ao som de um violão. Sentaram-se, pediram os drinques e tentaram interagir de alguma maneira, mas a condição de não falar sobre o único assunto que os unia impôs um empecilho ao diálogo natural.

Ficaram prestando atenção à música. De vez em quando alguém fazia um comentário sobre uma trivialidade qualquer e recebia respostas automáticas dos demais. O clima não chegava a ser de constrangimento, mas era um pouco desconfortável. A dinâmica mudou quando as bebidas da segunda rodada foram dos copos aos cérebros, e a cantora fez uma pausa na apresentação. Gabriela abriu os trabalhos:

— Fiquei sabendo que o Henrique entrou no mestrado.

— Não é bem assim, eu só decidi que entraria, mas precisamos aguardar o processo seletivo.

— Desse jeito serei oficialmente a única da turma fora do mundo acadêmico.

— Você não precisa disso, Gabriela. — falou Victor. — Está em outro patamar, tem mais talento que nós três juntos.

— Ah, Victor, você é um amor, obrigada. Mas estou quase convencida a entrar para a área de vocês.

— Sério? — exclamou Antônio.

— Claro que não! Se bem que as horas de aula com você já devem me dar direito a algum certificado, pelo menos.

Todos riram. Gabriela continuou:

— Mas, falando sério, Henrique, o que te levou a tomar essa decisão?

— Tinha planos de fazer mestrado desde a graduação, mas sabe como é, me formei, comecei a trabalhar, precisava juntar uma grana, e fui deixando isso pra depois. A morte do meu pai, e conhecer Antônio, reacenderam meu interesse pela pesquisa. Sei que já passei um pouco da idade, mas nunca é tarde, não é mesmo?

— Como assim passou da idade? Isso é um ultraje! — Gabriela adotou seu tom teatral de brincadeira. — Se está se chamando de velho, o que pensa de nós? Devemos ser seu conselho de anciãos.

Todos riram novamente, o clima já era de completa descontração. Victor tomou de novo a palavra, estava mais interativo que de costume.

— É assim mesmo, Gabriela, aos trinta e poucos a gente acha que todo mundo com mais de quarenta é idoso.

— E quem disse a vocês que eu não tenho mais de quarenta? — retrucou Henrique.

— Meu bem, se você tiver quarenta anos passa o segredo dessa fórmula da juventude para sua prima aqui, por favor.

— Não tem fórmula, não posso fazer nada se você não herdou os melhores genes da família.

— Olha que eu mando estudar seu DNA! — continuou Gabriela. — Conheço umas pessoas boas nisso.

Mais risadas.

A conversa sobre amenidades continuou até o fim da apresentação musical. Falaram sobre o novo projeto de livro de Gabriela, a coleção de rolhas de Victor, memórias divertidas da infância de cada um e até sobre o passageiro do avião que roncava muito alto, um tópico que se desdobrou numa discussão tão intensa que fez todos perceberem que já estavam um pouco bêbados e pedirem a conta.

Voltaram para o hotel com uma leveza que não sentiam há muito tempo. Mais do que o efeito do álcool e a descontração, era a nítida e espontânea consolidação dos laços interpessoais o principal componente daquela sensação. Todos se deitaram pensando a mesma coisa. *Mesmo que não consigamos a ajuda de Diogo, a viagem já valeu a pena.*

* * *

Diogo se assustou quando viu a comitiva que o aguardava no pátio do bloco de salas de aula, onde marcaram o encontro. Achava que conversaria com Antônio apenas. Depois das apresentações, seguiram para a sala dele. Antônio foi direto ao assunto. Todos assistiram a um desfile de dados, gráficos e figuras na tela de seu notebook e reconheceram seu esforço em ser sucinto, na medida do possível. Ainda assim, foram quarenta minutos de fala ininterrupta. Diogo permaneceu calado durante toda a apresentação, sob olhares curiosos dos demais, sem esboçar qualquer reação significativa.

— E é por isso que viemos pedir sua ajuda, Diogo, estamos emperrados nessa parte do enigma.

— Não sei o que dizer, Antônio, isso tudo é muito doido.

— Eu sei, todos nós sentimos o mesmo.

— Também não sei se poderei ajudar muito, tenho trabalhado pouco na área de materiais. O que posso fazer é a caracterização das nanopartículas, talvez algumas imagens de microscopia eletrônica de varredura...

— Acha que consegue a determinação da composição dos carboidratos da cápsula?

— Depende, não é tão simples estudar a estrutura polimérica sem informações preliminares.

— Qualquer informação que conseguir já poderia nos ajudar.

— De que tipo de informação acha que estamos falando?

— Não temos certeza, mas tenho um palpite. Números. Uma sequência enorme de números, milhares deles, talvez centenas de milhares, em ordem crescente.

Diogo ficou espantado com a especificidade do palpite. Os demais já tinham ouvido de Antônio a explicação quando se encontraram no aeroporto. Ele continuou:

— A informação biológica contida no DNA usa um sistema de base quatro, quatro letras. É muito simples convertê-lo em um sistema de base dois.

— Um código binário! — exclamou Diogo, começando a entender aonde ele queria chegar.

— Exatamente. Se o que o professor Geraldo pretendia fazer era uma denúncia contra a NanoDot, que é o que nos parece, não bastaria contar do que se trata, seria necessário apresentar provas. Acho que ele estava tentando nos passar arquivos completos.

— Li algo a respeito alguns anos atrás, substituir transístores por moléculas de DNA para armazenamento de dados...

— Exatamente — continuou Antônio. — Não é uma tecnologia usual em computação, principalmente pelas dificuldades na síntese e no sequenciamento de DNA em larga escala. Mas o arquivamento de informações em DNA para posterior decodificação em arquivos de formatos diversos já é bastante consolidado. Não é difícil achar softwares livres para conversão de código genético em binário. Fotos, vídeos, áudios, planilhas, coordenadas, textos... Ele pode ter colocado qualquer coisa aí!

Embora já tivesse ouvido a explicação detalhada, com direito a desenhos no guardanapo da lanchonete do aeroporto, Gabriela ainda encarava aquilo com incredulidade. Para ela era muito difícil conceber a ideia de que seu DNA pudesse guardar um vídeo do YouTube. *Me sinto como um pen drive ambulante.* O pensamento a fez sorrir. Antônio continuava expondo sua teoria:

— A abordagem convencional é sintetizar DNA com a sequência que codifica o arquivo desejado. O professor Geraldo não devia ter essa opção, então usou uma sequência que já conhecia.

— O meu DNA — interrompeu Gabriela, levantando comicamente a mão, como um aluno que responde à chamada.

Diogo olhou para ela, em seguida de volta para Antônio.

— Então vocês acham que devemos encontrar uma sequência numérica que indica a posição dos nucleotídeos que compõem o código do arquivo. É isso?

Todos assentiram. Henrique complementou:

— Ou "dos arquivos", no plural. Meu pai pode ter colocado muita coisa à disposição.

— Pouco provável. — Victor colocou um pouco de desdém na fala. — O gene da telomerase tem menos de quarenta mil pares de bases, isso não chega a cinco quilobytes.

Diogo tentava assimilar tudo que acontecera na última hora, mas quanto mais pensava nos detalhes, mais absurda ficava a história. Pegou-se com o olhar fixo em Henrique, lembrando de Geraldo. Embora não tenha trabalhado diretamente com ele, reconhecia a genialidade do professor. Em mais de uma ocasião viu Geraldo tirar da cartola soluções mirabolantes e eficientes para problemas que pareciam insolúveis. Em uma dessas ocasiões foi o próprio Diogo o beneficiado. Foi quando discutia com um colega o resultado decepcionante de um experimento e bastou Geraldo passar por perto e olhar os dados para propor a intervenção que salvaria sua dissertação.

— Farei o possível, podem deixar as amostras comigo. Amanhã mesmo iniciarei os testes.

— Quanto tempo acha que vai levar?

— Farei o mais rápido que puder, Antônio, mas não consigo fazer nenhuma previsão enquanto não tiver uma primeira análise das amostras.

— Claro, no seu tempo!

O quanto antes, por favor! Estamos correndo risco e morrendo de ansiedade.

* * *

O voo de volta seria no dia seguinte. Gabriela propôs repetir o programa da noite anterior, mas Antônio decidiu ficar no hotel com Victor, que não se sentia muito bem, e apenas Henrique a acompanhou. Dessa vez a música era apenas instrumental, uma apresentação de viola caipira. A conversa surgiu de forma muito mais espontânea do que na noite anterior, sem que os drinques precisassem catalisar.

Novamente falaram sobre coisas simples, que lembravam que havia vida além da trama de mistério em que foram envolvidos. Tagarelaram por um bom tempo e só deram uma pausa para apreciar o músico quando perceberam que tocava "Roda Viva", de Chico Buarque, coincidentemente a canção preferida de ambos. Gabriela aprendeu a gostar com o tio, mas Henrique ouvia desde criança.

Aplaudiram com entusiasmo ao final, depois Gabriela assumiu o mesmo semblante contemplativo de quando Henrique a encontrou na praia. Estava quieta, mas não parecia preocupada, apenas serena.

— Em que está pensando?

Ela observou sua taça. Pegou e levou até a boca, bebendo lentamente um gole do gim. Devolveu a taça à mesa e observou por mais alguns segundos como se esperasse o líquido dentro dela se acalmar antes de falar. Só depois respondeu à pergunta, ainda com o olhar perdido em algum lugar longínquo à frente.

— Em como a vida é louca. Há três meses eu não conhecia nenhum de vocês, não sabia que tinha um primo e levava uma vida sem grandes surpresas.

— Preferia sua vida antiga?

— É uma vida só, não dá pra dividir em partes. Quanto às surpresas no caminho, não vou mentir, não gosto muito delas, mas aprendi a admirá-las. Sabe, Henrique — finalmente olhou para ele —, estou pensando em um novo romance. — Voltou a olhar para o nada. — Sentimentos são meu motor criativo, minha fonte de inspiração para tudo que escrevo, e tenho vivido muitos deles nos últimos dias. Nunca sei o que vão se tornar, que tipo de trabalho vai nascer da materialização do meu estado de espírito. É um processo caótico e imprevisível, mas eu sinto quando ele vai começar, e é o caso desse exato momento. Mas dessa vez será diferente, há um ingrediente novo.

— Que seria...

— Não tenho a menor ideia. Talvez uma nova forma de ver a realidade, novas perspectivas, informações que eu não tinha até então, experiências de ressignificação... Ainda não sei exatamente o que esse projeto terá de novo, mas sei que será diferente de tudo o que eu já fiz. Tem a ver com vocês, sabe? Você, Antônio, Victor... Tenho aprendido tanto com todos!

— Vai escrever um livro sobre bioquímica? O Antônio seria o primeiro na fila do lançamento.

Ela sorriu novamente da piada. Henrique pôde sentir o deleite de satisfação do seu córtex pré-frontal por conseguir provocar aquele sorriso. Não importava que ela preferisse olhar para aquele horizonte imaginário a encará-lo enquanto conversavam, ele só queria continuar assistindo àquele momento mágico em que uma ideia surge na mente de um artista. Um embrião ainda, intangível, tênue, mas forte, inexplicavelmente forte. Ele podia sentir: era como assistir a uma fecundação, um evento tímido e microscópico, e, ainda assim, maior que uma supernova, pois, em um instante, cria-se um destino inteiro.

Gabriela continuou:

— Hoje, enquanto Antônio explicava para Diogo aquela coisa toda sobre salvar PDF no DNA, fiquei pensando em como somos capazes de esconder segredos em níveis tão profundos. Então comecei a fazer uma retrospectiva do que tenho ouvido, especialmente as tentativas de Antônio de me fazer entender esse mundo molecular de vocês. De repente, me dei conta de como há subjetividade onde eu acreditava só haver lógica pura e dura, como há arte na vida, em tantos níveis e de tantas formas. Lembrei-me do que você falou quando Antônio me explicava sobre a telomerase.

— Meu pai tinha ideia fixa com essa enzima.

— É compreensível. Um mecanismo físico, quase uma pequena máquina, que guarda a porta da imortalidade. Quem não se encantaria? — Olhou novamente para ele. — Eu sei, eu sei, estou viajando, mas essa sou eu.

— Gabriela, não há ciência de verdade sem alguma poesia. Além disso, nossas premissas se fundamentam em como o conhecimento nos foi estruturado. Supor que a telomerase é desligada nas nossas células adultas para que sejamos protegidos do câncer e outras consequências ruins da proliferação celular exagerada é uma conjectura embasada no que sabemos e nas convicções predominantes. Uma alternativa seria dizer que a telomerase é desligada porque Deus não nos quer imortais.

— Você acredita em Deus?

— Não.

— E por que dá um exemplo com Ele?

— Porque também não desacredito.

Gabriela tomou o último gole do seu drinque.

— O poema que escrevi, o que ganhou o concurso, chama-se "O Cheiro do Tempo". Fala sobre o que a passagem do tempo significa para nós, mortais.

— Eu conheço. De todos os seus trabalhos, segue sendo meu preferido.

— Você acha que um dia venceremos a morte?

— Em termos biológicos?

— Nos termos que preferir.

— Não. No início do século XX, as pessoas morriam aos quarenta como idosos, e isso foi ontem. Acho que nossa tecnologia ainda vai prover um aumento significativo na nossa expectativa de vida, isso é biologicamente possível, as tartarugas estão aí para provar. Tem até uma espécie de esponja-do-mar, estima-se, que pode viver por dez mil anos! Mas mesmo as tartarugas e esponjas um dia morrem. E você, o que acha?

— Que há muitos meios de vencer a morte.

Gabriela respondeu olhando em seus olhos de uma forma desconcertante. Henrique entendeu que ela falava dele, que via nele o tio que amou e de quem sentia falta. *Ou talvez esteja falando de forma genérica*. Ele abriu um sorriso.

— Não acredito que estou tendo essa conversa! Não apenas acabo de ter um diálogo profundo com a maior poeta do mundo, como recebi *spoilers* do próximo trabalho da minha escritora favorita.

Ela devolveu o sorriso.

Gabriela não conseguiu dormir naquela noite. Não teve uma crise de insônia, de ansiedade ou de preocupação, apenas passou a noite sentada na escrivaninha do quarto do hotel escrevendo em seu caderno de anotações.

***

Passaram-se duas longas e torturantes semanas desde o encontro com Diogo. Antônio checava pelo menos dez vezes ao dia o celular quase analógico recém-comprado à espera da resposta do colega. A aguardada mensagem chegou no durante uma aula sobre cinética enzimática. O celular vibrou sobre a mesa. Ele olhou para o *display*, uma palavra apenas.

"Consegui!"

Seguiu com a aula, mas já havia perdido a concentração. Atrapalhou-se em todas as frases que tentou construir. Para sua sorte — e a dos alunos —, a mensagem chegou faltando cinco minutos para o final da aula.

Os últimos estudantes ainda nem tinham deixado o anfiteatro quando Antônio ligou para Diogo.

— Mas, Antônio, acha seguro conversarmos por aqui?

A NanoDot detinha tecnologias inimagináveis e, principalmente, dinheiro, muito dinheiro. Se, trabalhando lá por décadas, Geraldo precisara recorrer àquela estratégia extrema para compartilhar informações, a capacidade de monitoramento da empresa deveria ser impressionante. Essas foram as premissas que fizeram o grupo adotar práticas de comunicação mais cuidadosas. Portanto, não, não era seguro conversarem por telefone. Mas como Victor já tinha diagnosticado há tempos, Antônio perdera a capacidade de julgamento racional quando se tratava de satisfazer sua ansiedade compulsiva sobre aquele assunto.

— É seguro, esse é um número pré-pago registrado no nome de outra pessoa e não há razão para você se preocupar com o seu, você não tem qualquer relação com o caso.

— Ainda assim, acho que...

— Confie em mim! Pode me contar o que descobriu.

Após segundos de hesitação, Diogo começou:

— O principal componente das cápsulas é a frutose. O que é bem incomum em preparações comerciais, mas, em se tratando da NanoDot, não esperava nada convencional. O que chamou atenção foi uma fração residual rica em glicose. As análises posteriores mostraram que era um polímero à parte.

— Uma "contaminação".

— Pois é. Digerimos as ligações um-quatro, e o resultado foi muito curioso: em vez de monossacarídeos, mais de noventa por cento da amostra era de dissacarídeos de glicose com glicosamina, N-acetilglicosamina, ácido murâmico ou ácido N-acetilmurâmico.

— Ramificações?

— Não exatamente. Quando digerimos apenas as ligações um-seis, o resultado foi uma cadeia linear de glicose e uma mistura de mono e oligossacarídeos dos outros açúcares. Aí veio a parte difícil: determinar a estrutura. Precisei pedir ajuda a um colega no exterior, não temos tecnologia de caracterização de heteropolissacarídeos complexos. Ele me ligou confuso com os primeiros resultados, os monossacarídeos estavam ligados em ordem aparentemente aleatória nas unidades de glicose da cadeia central, formando microrramificações.

— O código!

— Não pode ser outra coisa, um polímero assim não é natural, e sua síntese em laboratório não teria qualquer sentido funcional, além de ser um processo caro. Mas acho que vocês ainda terão muito trabalho; se cada açúcar modificado indicar a posição de um nucleotídeo, temos algo próximo de um megabyte de informações. Isso é muita coisa, nem eu achei que era possível determinar uma sequência de carboidratos desse tamanho! O código é muito maior do que imaginávamos, não cabe em um só gene...

Mas Antônio já não prestava mais atenção. Acalmou as emoções, mas sua mente estava focada em definir os próximos passos.

— Antônio? Você ainda está aí?

— Sim. Desculpa. Acha que consegue imprimir essas informações?

— Antônio, você não me ouviu? A tabela tem mais de sete milhões de linhas!

— Claro, esquece o que eu disse, não estou raciocinando direito. O que acha de salvar em um pen drive e me enviar pelo correio?

* * *

O pen drive foi despachado numa quinta-feira, e chegaria na segunda. Foi enviado para a casa de Victor, por precaução. No sábado, esgotadas as ideias de distração para aliviar a ansiedade do namorado que aguardava a encomenda, Victor propôs que todos fossem à praia na manhã do dia seguinte. Henrique tinha um compromisso de trabalho, que Victor não fez questão de insistir para que desmarcasse, de modo que foram apenas o casal e Gabriela.

Não escolheram nenhum dos balneários habituais; em vez disso, decidiram acatar a sugestão de Gabriela e conhecer uma praia mais afastada, no extremo norte da cidade. Era um lugar que, segundo ela, conseguira atravessar o tempo mantendo sua beleza pitoresca devido ao baixo fluxo turístico. Ao chegarem, se depararam com um bairro praiano que mais parecia uma vila de pescadores, um lugar muito agradável para quem procura uma experiência de descanso.

— Meu tio me trazia aqui de vez em quando, ele adorava esse lugar. Muitas vezes vimos, juntos, o pôr do sol nessa praia... Foi aqui onde escrevi meu primeiro poema. Acho que nunca contei isso pra ele.

Estacionaram bem perto da areia. O movimento de pessoas era mínimo, muito diferente das praias agitadas da saída sul. O mar estava calmo, quase sem ondas. Uma rua calçada com paralelepípedos polidos pela ação do tempo separava a estreita faixa de areia das casas antigas de fachadas coloridas onde funcionavam bares e restaurantes simples de comida caseira. A maioria dos bares dispunha de cadeiras e mesas plásticas, com guarda-sóis fincados na areia, do outro lado da rua, em frente aos estabelecimentos, de modo que nenhum cliente utilizava o espaço interno senão para ir ao banheiro ou pagar a conta. Sentaram-se em torno de uma dessas mesas e pediram cervejas, sem álcool para Victor, o motorista da vez.

Formavam um trio inusitado. Victor usava uma sunga verde que deixava à mostra uma pele visivelmente pouco habituada ao sol, óculos escuros antigos e um penteado engraçado feito pela gola apertada da camisa que acabara de tirar. Gabriela usava uma peça de roupa difícil de definir, algo entre um vestido, uma camisa larga e uma roupa de dormir. Ela mesma havia feito. As costuras tortas e os cortes assimétricos denunciavam sua pouca habilidade como costureira, mas reforçavam sua autenticidade.

Antônio olhava para os dois pensando se, diferente dele, teriam conseguido abstrair por completo as preocupações do projeto Geraldo para viver o momento. Por um instante, desejou ser Gabriela, que irradiava uma alegria quase antipática, ou Victor, que mostrava o corpo fora de forma sem qualquer pudor. Ele, Antônio, vestido como um jogador de tênis após recusar a camiseta regata que o namorado insistira que vestisse — tinha vergonha de mostrar os braços com poucos músculos —, contemplava os dois com uma maldisfarçada inveja. *O que são aqueles detalhes no cigarro dela?*

— Gabriela, tem flores desenhadas no seu cigarro?

— Ah, você notou? Gosto de desenhar no papel antes de enrolar, nesse fiz algumas flores. Sinto que muda o sabor.

— Você é estranha...

— Obrigada!

Não foi sarcasmo, ela gostava da ideia de parecer estranha aos olhos de Antônio.

Ficaram ali por toda a manhã e o início da tarde. Apenas Gabriela entrou no mar. Almoçaram na areia mesmo. Foi um passeio muito agradável, mas que não conseguiu aliviar de todo a tensão de Antônio.

Começaram a se organizar para irem embora quando perceberam nuvens escuras se formando. Victor ficou responsável por pagar a conta enquanto os outros dois espancavam todos os pertences na tentativa de se livrarem do excesso de areia.

O restaurante era minúsculo — duas portas estreitas voltadas para a rua — e pouco acolhedor. Em todas as paredes, manchas da pintura descascada pela maresia. Um ventilador de teto girava inutilmente, e o locutor de uma estação AM falava algo ininteligível no rádio atrás do caixa. Não havia ninguém sentado às mesas internas, apenas duas pessoas na fila para pagar as contas. Victor decidiu ir ao banheiro antes de entrar na fila e, ao retornar, viu que dois homens ocupavam uma das mesas antes vazia. Um deles era

Henrique; o outro, com um cigarro na mão e um copo de uísque na outra, ele não conhecia.

Como não perceberam sua presença, Victor aproveitou para observá-los enquanto aguardava sua vez de pagar. Falavam baixo, de modo que nem naquele ambiente pequeno com apenas seis pessoas conseguia entender o que diziam, mas pareciam muito íntimos, como velhos amigos. A despeito da enorme coincidência, já que decidiram de última hora ir para aquele local, não havia de fato nada de tão suspeito na situação, mas Victor não pôde deixar de sentir que alguma coisa estava errada. Pensou em falar com Henrique, mas desistiu da ideia. Pagou a conta e aproveitou a chegada de um grupo barulhento de amigos para sair sem ser percebido pelos dois. Já do lado de fora, viu Antônio e Gabriela ao lado do carro, em posições desleixadas por conta da leve embriaguez provocada pelas cervejas, aguardando por ele.

Entraram no veículo e se acomodaram. Antes de dar a partida, Victor viu o homem que conversava com Henrique sair do restaurante, se dirigir a um carro, apanhar alguma coisa, bater a porta do veículo e acionar a trava automática. Enquanto caminhava de volta para o estabelecimento, Gabriela o notou.

— Veja! — falou apontando para ele. — Não é o sr. Carlos?

— Sim! — confirmou Antônio.

CARLOS

Ele olhou, pela décima vez naquela semana, para os tênis na vitrine da loja recém-inaugurada. Passou a fazer isso todos os dias no caminho do colégio para casa. Não entendia a atração irracional que aqueles simples objetos exerciam sobre ele, mas entregara-se completamente, saboreando a sensação de desejo, como se querer aqueles calçados, que nem estavam entre os mais caros da loja — muito menos entre os mais bonitos —, desse algum sentido aos seus dias entediantes.

Carlinhos era um rapaz cheio de motivações, das mais diversas naturezas. Não tinha uma vida vazia a ponto de fazer de um par de tênis a razão da sua existência, apenas gostava de flertar com o fascínio que eles inspiravam, mas naquele dia a brincadeira foi longe demais.

Nunca soube explicar ao certo, sequer para ele mesmo, como aconteceu. Quando percebeu, já estava correndo o mais rápido que podia com um tênis em cada mão. Sim, havia roubado, contrariando todos os ensinamentos maternos e seu próprio código moral. Não roubou para ter o tênis, não viria a usá-lo. Roubou pela adrenalina, pelo desafio de burlar a lei. Roubou porque era adolescente e, como todo adolescente, fazia coisas idiotas de vez em quando. Se bem que desde o dia anterior já podia ser considerado adulto: completara dezoito anos. Talvez essa tenha sido a razão daquele comportamento inadequado, estava em conflito com a ideia de virar adulto da noite para o dia. Sua mãe o acordara com um "Levanta! Hoje você vira homem, já pode até procurar um emprego" em vez de "parabéns" ou um simples "bom dia".

Arrependeu-se do delito segundos depois de cometê-lo. Iria dar um jeito de devolver o que não era seu. Ainda não sabia que desculpa inventaria, talvez que viu alguém roubar os tênis e depois deixá-los cair na rua. Mas sequer teve tempo de elaborar melhor a mentira; foi interceptado por um policial.

Não conseguiu olhar nos olhos da mãe quando ela foi ao seu resgate na delegacia.

— Que porra foi essa, Carlinhos?!

Para desalento da mãe, ele ficou calado. Aquela mulher trabalhadora, pobre, mãe solteira de três, que tinha na educação que deu aos filhos sua maior realização pessoal, guardava a esperança de vê-lo desmentir a história, explicar o mal-entendido, bradar revoltado contra uma injustiça cometida. Mas a confirmação, naquele silêncio, de que havia criado um ladrão, um vagabundo que desprezava seus anos de vida sacrificados pela família, foi uma decepção maior do que achava que poderia aguentar.

O tempo, porém, deu conta de mostrar que o ocorrido naquele dia foi um episódio isolado de desatino. Carlinhos não cometeu nenhuma nova transgressão, pelo contrário, esforçou-se para compensar com bom comportamento o aborrecimento que causara. Sua mãe o perdoou, seu imenso coração não a deixaria agir diferente.

Não houve repercussão. Os vizinhos, amigos, e mesmo os irmãos não ficaram sabendo. O caso ficou só entre eles, o que contribuiu para que o incidente caísse no esquecimento. Seria só uma lembrança pouco acessada que carregaria consigo uma importante lição, uma história séria, para Carlinhos dar de exemplo aos filhos quando os tivesse, e divertida, para contar aos amigos numa mesa de bar — não fosse o que aconteceu mais ou menos um ano depois.

Ele estava voltando, desacompanhado, de uma festa em uma boate. Despedida de um amigo que estava de mudança para o exterior. A comemoração ainda não havia terminado, mas Carlinhos queria cumprir o horário combinado com a mãe para voltar para casa. Já estava no ponto de ônibus há mais de dez minutos quando notou uma confusão na porta da boate. Uma garota gritava desesperada com os seguranças. Não deu muita importância, imaginou que cenas como aquela fossem rotineiras em portas de boates. Estava sozinho, receoso, sabia que o centro da cidade não era seguro à noite. Por sorte, o ônibus não demorou muito.

No dia seguinte, ainda pela manhã, recebeu a inesperada visita do policial que o conduziria para uma sessão de reconhecimento de suspeitos. Foi colocado numa sala pequena no final do corredor da delegacia, acompanhado apenas por outro policial. De lá pôde ouvir parte da conversa na sala ao lado.

— Esse aí é fichado?

— Sim, tem passagem por furto, ano passado.

O fatídico dia do roubo dos tênis avançou sobre Carlinhos como uma fera que permanecera à espreita para, finalmente, dar o bote. Ele perdeu o chão. Queria sua mãe ali, queria alguém que pudesse ajudá-lo, que falasse para aquelas pessoas que ele não fizera nada de errado, que estava havendo um engano.

Sem receber muitas explicações sobre o procedimento, se viu confuso e com medo, numa sala com outros dois homens. Estavam todos de pé diante de um espelho, segurando uma placa com um número. Do outro lado do vidro, uma adolescente, a mesma que gritava com os seguranças na noite anterior, olhava trêmula para os três.

Não foi uma experiência menos desagradável para a garota que, no esforço para reconhecer em um daqueles rostos o monstro que vira violentando uma menina da sua idade, reviveu o horror do flagrante. Sentiu-se outra vez na rua escura atrás da boate por onde decidiu seguir para pedir um táxi na praça principal; ouviu novamente os gritos por socorro abafados pela mão pesada do agressor; seu coração subitamente acelerado e seus passos nervosos de volta à porta da boate para pedir ajuda. Foi então tomada pelo pânico.

— Eu quero sair daqui! Me tira daqui!

— Calma — respondeu a policial que a acompanhava. — Você está segura aqui, só precisa apontar, caso reconheça algum deles.

Ela argumentou que tudo ocorreu muito depressa e estava escuro, mas a policial insistiu que tentasse, que olhasse mais uma vez. Era muito importante que pegassem o responsável por aquela barbárie, e ela poderia ajudar. Ela voltou a olhar através do espelho falso, mas não conseguia sustentar a análise por muito tempo; não queria continuar olhando, não queria ser forçada àquilo. Quando concordou, não achou que seria daquela forma, que se sentiria assim. A experiência já havia se transformado numa sessão de tortura.

— Eu não consigo — repetiu, chorando.

— Faça um esforço, é muito importante!

A insistência não fazia parte do procedimento. Na verdade, pressionar a testemunha daquela forma, por óbvio, contrariava o protocolo, mas o crime precisava de uma solução rápida, se não pela hediondez do roubo seguido de estupro e de homicídio, por ser a vítima filha de quem era. Não bastaria um suspeito, precisavam de um culpado, precisavam demonstrar a eficiência de resolver o caso em vinte e quatro horas.

Sabiam que o criminoso usava uma pulseira da boate, a testemunha confirmara esse detalhe nos dois depoimentos. Conseguiram as imagens das câmeras de segurança, a casa noturna era um dos poucos estabelecimentos com aquela novidade tecnológica. Apenas três homens haviam deixado o local no momento do ocorrido. Ainda que a garota assustada diante deles não tivesse certeza, era uma chance em três. Um risco aceitável, mas ainda assim um risco, por isso os policiais ficaram aliviados quando ela apontou para o terceiro suspeito, o que todos intuíam ser o culpado. Nenhum membro da equipe de investigação havia compartilhado sua impressão com os demais, mas todos fizeram a mesma aposta. Talvez fosse o fato de o jovem parecer mais nervoso e assustado do que os outros dois ou pela aparência de desleixo dada pelas roupas puídas que vestia, ou, ainda, por ser o único com registro de antecedentes.

Carlinhos ficou preso por cento e quarenta e oito dias e meio.

Enquanto vivia a interminável odisseia junto ao Ministério Público pela reparação do erro, a mãe de Carlos o visitava toda semana. Foi como assistir, capítulo a capítulo, a transformação de um garoto assustado e indefeso em um homem soturno, indiferente e apático. Ele nunca deu detalhes dos horrores a que foi submetido, mas ela sofria ao imaginar. Iria ao fim do mundo se fosse preciso para tirá-lo de lá, depois reverteria o que fizeram com ele. Trataria suas feridas, abrandaria seus anseios, o acolheria em sua cama nas noites de pesadelo, como nos tempos de menino, bloquearia seus traumas... faria de tudo para consertar as coisas. Mas não havia mais conserto. A resignação de que ele precisara para manter sua sanidade — e sua vida — o acompanharia para sempre, assim como aquele olhar taciturno e sombrio.

Nunca soube o que se passou do outro lado do espelho naquele dia de horror, quando sua vida tomou outro rumo, mas intuía que ali estivera a garota assustada que viu gritar com os seguranças. Não podia culpá-la. Os agentes públicos que não cumpriram seu dever de zelar pela justiça compraram o perdão. O Estado forneceu uma indenização considerável, mas, ao assumir o erro e pagar por ele em dinheiro, deixou Carlos órfão.

Sem um culpado pelo inferno que vivera, a quem cobrar justiça? A falta de um destino para canalizar seu sentimento de revolta o deixou desnorteado. Deu metade do dinheiro para a mãe; só não deu tudo por recusa dela em aceitar. Não tinha intenção de usá-lo, não queria sequer lembrar que existia, pois viera de sua desgraça.

Um dia, andando pelo bairro, viu uma placa de venda. Naquele momento, soube como resolver o problema das ligações diárias do gerente do banco sugerindo fundos de investimento para o recurso parado na conta-corrente. Comprou a loja de calçados, a mesma de onde roubara o par de tênis que mudara seu destino.

Havia encontrado o culpado pela sua tragédia pessoal. Finalmente poderia executar algum ato de vingança para acalentar sua alma. Assinou os papéis num dia, botou fogo na loja no outro.

Pela perda patrimonial, Carlos recebeu o prêmio do seguro do estabelecimento, um valor muito mais alto do que imaginava. O antigo dono usava o lugar para lavagem de dinheiro. Para compatibilizar as informações prestadas à seguradora com as notas fiscais que emitia, declarou um patrimônio em mercadoria muito superior ao verdadeiro. Assim, ironicamente, também o dinheiro de Carlos foi lavado na loja, já que os recursos recebidos da seguradora substituíram os da indenização. Estes lhe custaram surras, humilhação e toda forma de violência, um dinheiro conseguido à custa da violação diária do seu corpo e da sua alma, enquanto o do seguro lhe custou apenas um fósforo. Usou parte para pagar seus estudos, e a outra emprestou para um amigo — o da festa de despedida na boate — abrir um negócio do qual virou sócio.

— Tem certeza de que vender hambúrguer é uma boa ideia? Podemos pensar em outra coisa.

— Carlos, é o que tá dando dinheiro lá fora! Não é qualquer sanduíche, é hambúrguer *gourmet*. Olha só o rascunho que fiz pra o cardápio.

— Não acha que os preços estão exagerados? Quem é que vai pagar esse valor por um sanduíche?

— Hambúrguer *gourmet*! Muita gente pagaria. Gente que tem grana e que gosta de hambúrguer, ou de se exibir.

— Mas o que esses hambúrgueres têm de especial pra custar tão caro?

— O preço.

Aquela conversa ensinou a Carlos uma importante lição sobre o mercado de luxo a que ele viria a recorrer muitas vezes ainda.

O negócio deu certo. Muito certo! Em dois anos, já eram cinco lojas espalhadas por toda a cidade. Os sanduíches de fato não tinham nada demais, usavam ingredientes de primeira e uma bela apresentação, era verdade, mas nada que justificasse vendê-lo pelo preço de um eletrodoméstico. Ainda assim, a marca virou sinônimo de qualidade — ou, mais importante, de sofisticação.

Carlos não se incomodava com a supervalorização nem quando via quem juntava por semanas seu dinheiro suado só para posar de bacana comendo seus hambúrgueres. *Não é um item essencial, e ninguém está sendo obrigado a comprar*. Também não se incomodava quando o sócio mantinha estoque de ingredientes vencidos. *Eles colocam uma data com margem de segurança. Além disso, nunca ouvi falar de ninguém que tenha morrido porque comeu um pão velho*. Não o repreendeu quando descobriu que sonegava impostos. *O governo nos rouba de todas as formas que pode*. Nem se opôs às condições precárias de trabalho a que os funcionários eram submetidos. *Se não estão satisfeitos, que procurem outro emprego. Não são escravos.*

O mundo tinha com ele uma dívida impagável, o que o autorizou a criar seu novo código moral e, com base nele, se tornar um dos homens mais ricos do estado.

Cursou economia. Tomou gosto por ganhar dinheiro. Aprendeu a investir na bolsa e se meteu em atividades especulativas de toda sorte, mas nada era tão rentável quanto a expansão de um negócio de sucesso. Inspirado pela experiência da hamburgueria, abriu uma empresa de investimento em startups. Foi assim que conheceu Davi.

A ideia que aquele moço inteligente e confuso apresentou era tão complexa que foi sumariamente descartada pela equipe de triagem de projetos, mas quando soube do que se tratava, Carlos ficou curioso e deu a Davi a oportunidade de fazer a apresentação diretamente para ele. Não entendeu muita coisa do que foi mostrado, mas sentiu o entusiasmo do biólogo, o mesmo que viu em seu amigo quando voltou do exterior com a ideia de vender sanduíche para gente rica. Pelo pouco que pôde captar, se aquela coisa de nanotecnologia e inteligência artificial desse mesmo certo, estava diante de uma empresa com potencial para atingir um mercado global.

Mas havia um problema. Davi não tinha sócios, a ideia e a empresa eram só dele, vagava sozinho em busca de financiamento para impulsioná-las. Anos de experiência convenceram Carlos de que era sempre mais fácil trabalhar com grupos de sócios do que com empreendedores individuais. Desenvolveu uma teoria completa sobre a questão, mas era possível resumi-la em duas premissas; primeira: quando era necessário convencer, era mais fácil induzir consenso em um grupo do que vencer convicções pessoais; e segunda: quando era preciso desfazer, era mais fácil jogar um sócio contra o outro do que lidar com a insistência do derrotado. Mesmo assim assumiu o risco.

O investimento foi muito mais alto do que esperava. Contratar bons cientistas para trabalhar em algo completamente novo não era como selecionar funcionários para uma lanchonete, mas Carlos foi seduzido pela ideia de participar da revolução tecnológica prometida por Davi. Depois de apenas três anos de desenvolvimento, financiado sob protesto de todos os assessores de análise de mercado da empresa, o primeiro produto comercial lançado pela NanoDot, nanoestruturas que transformariam a construção civil sustentável, colocou a empresa em todos os rankings globais de crescimento.

Carlos abandonou as demais atividades para trabalhar exclusivamente com a NanoDot. Davi era muito inteligente, mas não entendia de negócios. Foram de Carlos as iniciativas de elaborar a estrutura organizacional, montar a assessoria jurídica, abrir o capital quando julgou pertinente, e até conceber, com ajuda de uma constelação de especialistas, o sistema de contenção de dados mais seguro do mundo, um título dado por ele mesmo, mas que não seria exagero assumir como verdadeiro.

— Não acha um pouco demais?

— Claro que não, Davi, tudo que a NanoDot tem de mais valioso cabe em um CD! Não podemos correr o risco de entregar milhões em investimento de mão beijada para os concorrentes.

— Que concorrentes, Carlos? Nós não temos nenhum!

— E espero que assim seja por muito tempo. Por isso é tão importante implementar o projeto completo, sem exceções.

O sistema consistia em uma série de barreiras que transformava o complexo de prédios que sediava a empresa em uma verdadeira fortaleza digital, em que todo tipo de dado entrava, mas nenhum saía. E os bloqueios não se limitavam ao mundo virtual. Era impossível atravessar os portões levando qualquer dispositivo capaz de armazenar informações. Ninguém entrava com aparelhos eletrônicos. Mesmo celulares eram deixados na entrada do complexo. Cada funcionário tinha um aparelho telefônico da própria empresa (sem câmeras e aplicativos, e com pouquíssima memória), que só era usado do lado de dentro, onde não se acessava internet. Todos os ambientes físicos eram monitorados por câmeras e as imagens analisadas em tempo real para identificar até a menor atitude suspeita.

As regras eram de tal forma rigorosas que os funcionários com credencial de acesso mais ampla eram, literalmente, escaneados todos os dias ao entrar e sair do local de trabalho. O sistema era tão oneroso que a NanoDot investiu em infraestrutura para acolher os funcionários que quisessem fazer uma jornada de trabalho intensiva na empresa, com períodos que podiam durar semanas sem deixar a sede, de modo a reduzir as revistas.

Naquele momento inicial, a NanoDot não utilizava tecnologia de produção própria. A verdadeira inovação estava na fórmula que encontraram de utilizar a imensa quantidade de dados já disponíveis publicamente para a modelagem de "proteínas engenhadas", termo cunhado por Davi. Seu conhecimento profundo em química, quântica e programação para modelagem molecular, turbinados por um seleto time de programadores e especialistas em inteligência artificial, fizeram o impossível: permitiram ao homem desenhar qualquer componente em escala nanométrica e ao computador gerar a receita para que a própria natureza se encarregasse de produzi-lo em células mantidas em biorreatores.

Em resumo, o segredo da revolucionária tecnologia da empresa era, de fato, apenas um software, resultado de anos de trabalho duro de muitas mentes geniais que mudariam o mundo, mas, ainda assim, apenas um software. Isso criava uma situação delicada, pois quem tivesse acesso à metodologia de tratamento dos dados dominaria o segredo de negócio da empresa, que diferente de outras do ramo, não podia restringir essas informações a poucas pessoas, dada a natureza de sua atividade.

Quando percebeu a fragilidade da galinha dos ovos de ouro, Carlos passou a ter crises de insônia e só voltou a dormir quando a implantação do sistema de contenção de dados foi finalizada. Em pouco tempo, o controle de vazamento de informações estratégicas se tornou um braço de pesquisa da própria NanoDot, que investia pesado no desenvolvimento de tecnologias de proteção de dados.

No início, as mudanças causaram algum alvoroço, nada que não pudesse ser resolvido com um aumento nos salários a título de "indenização por inconveniências procedimentais", mas logo o rigor no tratamento das informações secretas foi integrado à cultura corporativa.

Quando veio o segundo salto de crescimento, e a empresa entrou no grupo das dez mais valiosas do mundo, os milhares de colaboradores estavam mais que acostumados à ideia de não ter muita noção de contexto. Trabalhavam sempre em uma pequena parte dos projetos e seguiam sem questionar todos os protocolos de segurança.

Eram poucos os cientistas que compunham o alto clero que conhecia a fundo os planos de desenvolvimento tecnológico da NanoDot. Naquele momento, já haviam acumulado tantos dados próprios de estruturas tridimensionais que retroalimentavam o sistema de IA que, mesmo se alguém tivesse acesso ao código-fonte do sistema, não conseguiria reproduzir o nível de desempenho alcançado pela empresa. Além disso, a tecnologia de síntese e modificação de peptídeos e polímeros em geral foi aperfeiçoada e passou a ser outro grande trunfo. Ainda assim, o sistema de contenção de dados se manteve inalterado.

A NanoDot diversificou as áreas de atuação, dominando o mercado de nanobiotecnologia. Passaram a produzir insumos inovadores para área aeroespacial, de mineração, exploração submarina e produção de novos equipamentos analíticos de altíssima resolução. Uma vez dominadas as técnicas de engenharia em escala nanométrica, o céu era o limite. Mas, por mais contraditório que pudesse parecer, a área com progresso mais lento era a de saúde, e esse setor não decolaria sem o auxílio de um professor misterioso e introspectivo chamado Geraldo, que Carlos conheceu quando acompanhou Davi a uma de suas visitas ao laboratório improvisado do amigo.

— Muito prazer, professor Geraldo. O Davi fala muito do senhor.

— Espero que bem.

— Muito bem. Diz que você é mais inteligente que ele, o que é bem impressionante, preciso dizer. Falou que algumas ideias importantes no projeto Nuntius foram suas.

— Bondade dele. Conversamos algumas vezes sobre alguns pontos críticos do Nuntius, só isso.

— Qual é, Geraldo? Não seja modesto! Sabe que não foi só isso — falou Davi batendo no ombro do amigo. — E quer saber?

A ideia de usar nanocápsulas para liberação controlada das partículas funcionou perfeitamente nas cobaias. Estamos discutindo o início de testes clínicos de fase um.

— Vão testar as partículas de edição em humanos?

— Não as partículas, por enquanto só os veículos. Precisamos saber se as nanocápsulas são seguras. Isso se eu conseguir convencer meu amigo Carlos aqui.

— Não vai — desafiou Carlos. — Testar cápsulas vazias em humanos levantaria todo tipo de especulação contra a NanoDot. O projeto Nuntius estaria em risco.

Davi contestou:

— Se não otimizarmos as nanocápsulas agora podemos ter atrasos monumentais nas próximas etapas do projeto. Voltar atrás para revisar o veículo é o que pode colocar tudo em risco e custar milhões.

Encerrou a fala propositalmente com o argumento que sabia ser mais relevante para Carlos. Em seguida, olhou para Geraldo aguardando sua aprovação, mas foi surpreendido.

— Concordo com o Carlos.

— Parece que Davi estava certo, você é mesmo mais inteligente que ele! — Carlos não resistiu à piada.

— Porra, Geraldo! Não complique ainda mais minha situação.

— Calma, meu amigo. Também concordo com você. Na verdade, não há razão para discussão, as ideias de vocês não são antagônicas. Se as nanocápsulas já estão prontas para o ensaio clínico, ele deve ser feito o quanto antes, mas elas não precisam estar vazias.

— E o que sugere que coloquemos? — perguntou Davi com a certeza, dada por tantas ocasiões semelhantes, de que o amigo já tinha toda a solução arquitetada.

— Não sei. Vitaminas? Antioxidantes? A NanoDot poderia lançar o primeiro suplemento alimentar de liberação ultracontrolada. O suplemento mais caro do mundo! — ele riu. — Essas coisas vendem bem.

De fato, com um empurrãozinho da equipe de marketing, o primeiro lote de VidaPlus disponibilizado no mercado se esgotou em quarenta e oito horas. O produto foi vendido a preços muito aquém dos necessários para cobrir os investimentos em pesquisa feitos até ali e, ainda assim, era caro o suficiente para ser considerado um item de luxo.

* * *

O projeto Nuntius era o ponto de convergência dos interesses de Davi e Geraldo, mas só foi possível tirá-lo do papel depois que a empresa adquiriu maturidade tecnológica suficiente, alguns milhões de reserva financeira e com o advento da segunda geração de computadores quânticos.

O conceito inicial era relativamente simples: criar vírus sintéticos do zero, projetados para interagir com tecidos-alvo no organismo e reparar erros no DNA das células. A princípio, uma ideia nada original, até retrógrada, já que vírus modificados já eram utilizados há muito tempo em pesquisas e, mais recentemente, em terapia gênica. Logo, fabricar partículas virais produzindo cada um dos seus componentes de forma individual teria um custo exorbitante e desnecessário. Além disso, desde a descoberta do sistema CRISPR/Cas9, a alteração controlada de material genético de seres humanos deixou as páginas de ficção científica para se tornar o futuro da medicina personalizada, de modo que havia muita gente desenvolvendo técnicas avançadas de edição em todos os cantos do planeta.

Mas Davi tinha outra perspectiva. Sabia que a base da terapia gênica praticada à época não se sustentaria dada a ineficiência intrínseca do comportamento viral. Os vírus são conhecidos por sua capacidade de interagir com o DNA da célula que infecta, por isso eram os principais vetores para esse tipo de terapia. Porém, para uma alteração bem-sucedida de todas as moléculas de DNA de um tecido ou, expandindo o conceito, de todo o corpo de uma pessoa, seriam necessários vírus com altíssima especificidade. Não havia espaço para processos aleatórios, o que não se encontrava na natureza.

Além disso, a quantidade de vetores virais necessários seria enorme. Como eles se multiplicavam de forma muito rápida, isso não seria um problema, mas o número massivo de partículas chamaria a atenção do sistema imunológico, responsável por eliminá-los (essa é a razão dos resfriados durarem apenas alguns dias). Assim, seriam necessários vírus de integração ultraeficaz e elevada taxa de multiplicação, mas invisível ao sistema imune. Isso daria máxima eficiência à terapia, mas também mataria o paciente. Davi queria resolver o problema de forma engenhosa. Criaria vírus customizados tão eficientes que poderiam ser utilizados em pequeníssimas quantidades, e que se multiplicariam numa taxa muito mais lenta do que a natural. Se desse certo, seria possível alterar todas as moléculas de DNA de uma pessoa adulta em um prazo de aproximadamente três anos.

No fim, apesar de os vírus terem sido a inspiração original do projeto Nuntius, o que Davi pretendia, de fato, era criar suas nanomáquinas capazes de realizarem verdadeiros milagres da engenharia genética. Nanorrobôs, embora odiasse o termo. Preferia chamar sua invenção de partículas de edição. A referência aos vírus, contudo, seguia em todas as etapas do projeto por uma simples razão: novidades controversas precisavam ser apresentadas como uma evolução de algo preexistente e já bem-aceito, ainda que não fosse o caso, assim se venceria a resistência das pessoas ao novo.

O desenvolvimento dos estudos na NanoDot mostrou que a estratégia mais viável para atingir o objetivo proposto passava por um sistema de liberação dessas partículas no corpo de forma muito controlada, de modo que a intervenção se iniciasse com uma única partícula por célula, em células muito distantes entre si. Por essa razão, a empresa passou a investir no desenvolvimento de nanocápsulas capazes de determinar o ritmo de liberação com precisão de uma partícula por minuto. Foram testados modelos derivados de lipossomas e de polímeros de carboidratos, mas era necessário atestar a segurança dos veículos, como eram chamadas as nanocápsulas, antes de seguir com a pesquisa.

Foi essa situação que levou Davi e Carlos ao impasse, resolvido de forma magistral por Geraldo. A NanoDot encheu seus protótipos de nanocápsulas com nutrientes importantes e anunciou o VidaPlus, um produto que, supostamente, tinha a intenção de manter constantes os níveis de vitaminas dos usuários. Foi assim que conseguiram aprovação para realizar os ensaios clínicos, com a facilidade de registrar o produto como suplemento alimentar, e não medicamento. Enquanto o mundo achava que eles testavam o produto, estavam testando a "embalagem".

Como a sorte passou a acompanhar Carlos de forma escancarada desde que saíra da prisão, mataram dois coelhos com uma só cajadada: o projeto Nuntius foi destravado, e as injeções anuais de VidaPlus substituíram as pílulas diárias de um em cada três usuários de suplementos. O sucesso da empreitada colocou Davi e Carlos no seleto clube de empresários bilionários, e deu a Carlos a certeza de que o lugar de Geraldo era na NanoDot com seu amigo.

— Não adianta, Carlos, venho tentando convencê-lo há muito tempo. Geraldo é um cabeça-dura, vai morrer enfiado naquele laboratório. O filho da mãe é um gênio, mas apaixonado demais pelo que faz pra abandonar sua pesquisa, seja qual for a proposta.

— E se a proposta for pra ele continuar fazendo o que já faz? Mas com muito mais dinheiro e acesso à tecnologia de ponta dentro da NanoDot?

O rosto de Davi se iluminou. Como não havia pensado nisso antes? Não precisava que Geraldo trabalhasse com ele, muito menos para ele, apenas que trabalhasse perto dele! Se beneficiaria da proximidade física com o professor como todos que tiveram a mesma oportunidade o fizeram.

* * *

Geraldo não teve dificuldade de adaptação no ambiente milimetricamente monitorado da empresa de biotecnologia, mas o ritual diário de revista e escaneamento o incomodava, de modo que decidiu se juntar aos funcionários que faziam jornada condensada de trabalho e mudou-se para a sede da NanoDot. É preciso dizer "mudou-se", pois diferente de todos os demais, chegou a passar um ano sem visitar o mundo exterior.

Davi se preocupava em ver o amigo resumir sua vida ao trabalho, mas Geraldo era assim, sempre foi, sua relação com a bancada tinha uma força inexplicável. Não tentou mudá-lo, não questionou seu isolamento do mundo, principalmente depois que soube de sua condição de saúde alguns anos depois de entrar na NanoDot.

Aos poucos, a transformação física que o xeroderma pigmentoso provocou em Geraldo foi deixando cada vez mais distante na memória de Davi a imagem do colega de faculdade que foi um dia seu melhor amigo. O corpo sempre protegido da luz, os óculos escuros que usava constantemente, a pele do rosto acinzentada pela pomada, ou seja lá o que fosse, sem a qual não saía de casa, e a barba longa sempre bem tingida davam ao professor uma aparência artificial, como se nem fosse mais uma pessoa.

A sede da empresa parecia uma pequena cidade, com direito a praça central com chafariz. Em volta da praça, onze prédios de quatro andares equipados com muitos tubos exaustores lembravam o antigo campus universitário, exceto por serem modernos, coloridos e com manutenção em dia. Cada prédio sediava uma equipe completa de pesquisa e desenvolvimento em uma área estratégica. A maioria das plantas de produção ficava em filiais espalhadas por todo o país. Ali funcionava o cérebro da empresa.

Ao fundo se destacava um prédio mais alto, entre oito e dez andares; não dava para ter certeza devido ao pé-direito duplo e à arquitetura arrojada. Nele funcionava toda a administração. Foi onde Davi ofereceu uma sala para Geraldo, mesmo sabendo que ele recusaria.

Atrás do prédio administrativo, cumprindo uma exigência legal, havia uma reserva florestal. Bem ao lado da reserva ficava a vila colorida e movimentada, com pequenas casas no estilo chalé e um bloco de comércios variados. A vila acolhia os funcionários em regime de trabalho diferenciado. Todo o complexo era cercado por muros que, não fosse o fato de ficarem muito distantes dos prédios, passariam a impressão de estarem todos em uma prisão de segurança máxima.

Geraldo gostava do lugar. Era respeitado por todos, tanto quanto Davi, e tinha um excelente relacionamento com Carlos. Dada a vivência no chão de fábrica, era mais próximo dos pesquisadores e funcionários que os dois sócios jamais seriam. Passava mais tempo nos laboratórios da empresa do que qualquer outra pessoa e era muito perspicaz. Trabalharia ali por muitos anos, mas não precisou de muito tempo para entender a dinâmica mais profunda da NanoDot.

Já nos primeiros meses de imersão na rotina da empresa, entendeu as disputas de poder, as ambições individuais e os pequenos desvios éticos negligenciados que vinham diariamente à tona para seu instinto observador. *Sem surpresas até aqui. Nenhuma empresa cresce tanto e tão rápido sendo muito ortodoxa, e nenhum agrupamento humano se mantém sem pequenas transgressões.*

Viver cercado pelos eventuais deslizes morais não afetava Geraldo, que não era muito afeito à prática de julgamento de caráter. Mas o que descobriu por meio do vice-coordenador de programação ia muito além de condutas questionáveis.

O rapaz aparentava ser uma boa pessoa, muito tímido, mas atencioso e prestativo quando incentivado a interagir. Geraldo o conheceu no restaurante que ficava nos fundos do laboratório de síntese de carboidratos. Preferia aquele lugar aos restaurantes da NanoCity, como apelidaram a vila dos funcionários.

O jovem trabalhava na unidade de pesquisa de material, mas tinha acabado de ser promovido à vice-coordenador de programação da equipe de PME, engenharia mecânica baseada em peptídeos, a ciência criada por Davi, o coração da NanoDot. Tiveram uma conversa agradável. Passaram a se encontrar no mesmo local quase todas as sextas. Foi durante um desses almoços que a informação vazou para Geraldo. O rapaz estava comemorando o final do turno de dois meses, e passaria os próximos quinze dias em casa — era como organizava sua jornada. Empolgou-se, tomou mais vinho do que deveria para se segurar sóbrio, e acabou falando mais do que estava autorizado.

Naquela tarde, ocorreu algo que ninguém jamais vira nos mais de vinte anos de Geraldo na NanoDot. Ele não conseguiu trabalhar.

Impactado com a gravidade da descoberta, ciente de que deveria fazer algo, Geraldo usou sua credencial privilegiada no sistema para acessar os arquivos que comprovavam as informações que obtivera. Analisou, estarrecido, as planilhas que confirmavam o que o jovem bêbado havia lhe dito. Naquele instante, o professor se deu conta de que o sistema intransponível imaginado por Carlos, supostamente para proteger segredos industriais, blindava a NanoDot da produção de provas de eventuais crimes cometidos pela empresa. Precisava conversar com Davi. Uma conversa que há muito queria ter e que se tornou inadiável.

A DENÚNCIA

Antônio recebeu a encomenda com excitação comparável à de uma criança num parque de diversões. Tão logo pegou o pacote, tratou de abri-lo e espetar o pen drive no seu computador. Ao seu lado, Victor observava suas mãos trêmulas de euforia.

O arquivo demorou um pouco para ser carregado, foi convertido por Diogo em um formato compatível com editores de planilha. Quando finalmente foi aberto, mostrou uma enxurrada de informações técnicas. Na tela, desfilavam dezenas de colunas, seis delas destacadas em amarelo, com os títulos "POS", "MC", "1-6RA", "1-6RB", "1-6RC" e "1-6RD". A primeira tinha uma sequência numérica que ia de 1 a 7.645.699. Na segunda, todas as linhas estavam preenchidas com a sigla Glc e, da terceira em diante, algumas poucas células em branco alternavam-se aleatoriamente com as siglas Mur, NAM, GlcN e GlcNAc.

Toda a equipe do projeto Geraldo combinou de se reunir, no dia seguinte, na casa de Victor, e não no laboratório como de costume. Como era de se esperar, Antônio quase não dormiu, passou a maior parte da noite estudando o arquivo e fazendo pesquisas na internet sobre carboidratos. Queria receber Gabriela e, principalmente, Henrique com alguma teoria pré-formulada.

Gabriela foi a primeira a chegar. O apartamento se encheu com sua presença. Usava um vestido rodado de alças finas com estampas multicoloridas (que Antônio achou exagerado).

— Uau! Arrasou no visual!

— Obrigada, Victor.

Antônio observou o desenho de uma bicicleta perto do ombro da amiga.

— Tatuagem nova?

— Sim, precisava aliviar a tensão.

— Já ouviu falar em yoga?

— Antônio, yoga não funciona pra mim. Para aliviar a tensão, prefiro sexo. Na falta dele, fazer uma tatuagem resolve.

Ele corou e se arrependeu de ter dado a deixa.

Henrique chegou minutos depois, e Antônio pôde, então, iniciar a reunião.

— Bem, nunca trabalhei com carboidratos, então é a primeira vez que vejo esse tipo de planilha.

— Também nunca vi nada parecido — complementou Henrique.

Antônio continuou:

— É uma tecnologia nova de determinação de estrutura polimérica. A análise foi feita por um especialista de fora, conhecido do professor Diogo. Ele destacou as informações mais importantes, o que ajudou muito. Na primeira coluna, vemos a sequência de monômeros na cadeia principal. Na segunda, sua composição, apenas glicose. Já nas quatro colunas seguintes está o que nos interessa: as posições de ligação dos outros açúcares nessa cadeia.

— Tradução — pediu Gabriela.

— Polímeros são moléculas muito compridas formadas pela união de várias outras menores — respondeu Antônio com nítida satisfação. — Pense no polímero como um longuíssimo colar de pérolas. Nesse caso, as pérolas são unidades de glicose. Ocorre que, aqui, cada pérola tem um ou mais desses quatro açúcares colados. É isso que gera o código que buscamos, uma sequência numérica.

— Esses números na primeira coluna?

— Isso mesmo, Gabriela! — respondeu Antônio, animado com o interesse da amiga.

Victor tratou de adiantar a parte em que precisariam de ajuda:

— Mas ainda não sabemos como a combinação das posições dos quatro açúcares gera o código.

— Talvez a gente só precise olhar para um deles, e os outros estejam aí por outro motivo, como estabilizar a molécula ou formar as cápsulas.

O orgulho de conseguir elaborar aquela frase provocou um leve estremecimento em Gabriela, seguido do receio de ter dito alguma besteira quando todos a olharam. De toda forma, pela primeira vez se sentiu realmente parte do que estavam fazendo ali. Antônio respondeu com um sorriso que não conseguiu disfarçar:

— Muito bem colocado! Também pensamos nisso, mas esse polímero não é um componente do VidaPlus, foi adicionado pelo professor. Ele poderia ter feito como achasse melhor; se colocou dessa forma, deve ter algum sentido.

— Há outra coisa que não bate — falou Henrique em seguida. — Olha a quantidade de linhas que tem essa tabela. São milhões! Se a sequência está aí, é muito maior do que imaginávamos, não cabe no gene da telomerase.

Era o levantamento que Antônio precisava para cortar a bola. Inflou-se como um pavão ao virar-se para Henrique para responder à pergunta.

— A mensagem nas mitocôndrias é muito clara nesse sentido. O código está apenas no primeiro íntron do gene. Obviamente o professor repetiu a sequência desse íntron diversas vezes até conseguir colocar nela todas as informações que queria. Usar centenas de repetições da mesma sequência curta implica uma chance menor de erro do que usar uma sequência muito longa do gene inteiro.

Henrique pareceu realmente impressionado, fosse pela perspicácia de Antônio ou pela engenhosidade de seu pai. Mas Victor leu seu semblante de outra forma, como se expressasse um sentimento negativo, embora não conseguisse identificar qual. Esperou ele se manifestar, mas como não ocorreu, acrescentou:

— Antônio acredita que o cromatograma da fase lipídica que analisamos outro dia é uma espécie de chave pra gente entender essa planilha.

— Já analisaram as fórmulas moleculares dos açúcares? — perguntou Henrique.

— Sim — respondeu Victor. — Estão bem aqui, imprimimos essa manhã.

Passou as folhas com desenhos de estruturas moleculares para Henrique. Enquanto ele as analisava, concentrado, Victor o observava. Algo lhe dizia que em poucos minutos o ouviria dar a resposta. A anunciaria como um insight instantâneo, como fez no caso do cromatograma, embora Victor estivesse convencido de que ele sabia mais do que revelava, e estava sempre um passo à frente.

Não foi tão rápido quanto Victor imaginou, levou mais de uma hora, mas aconteceu:

— Antônio, olha só isso, o número de carbonos em cada açúcar: seis, oito, nove e onze!

— São quatro dos cinco números no cromatograma.

Victor encostou na parede e observou o diálogo que se seguiu entre os dois. O espetáculo da genuína excitação do professor e da bem fingida empolgação do seu mais novo aluno de mestrado.

— O número um pode estar lá apenas como referência para encontrarmos a altura relativa dos quatro picos que realmente interessam. Antônio, você lembra a sequência em que apareciam?

— Sim, 11-8-6-9. Essa deve ser a sequência como devemos olhar o código de carboidratos. Primeiro a posição das unidades de ácido N-acetil murâmico, voltando ao início e continuando com a N-acetil-glicosamina, e assim por diante.

— Uma lógica parecida com a da repetição do íntron. Dessa forma, é possível guardar uma sequência muito maior que a extensão da própria cadeia polimérica.

— Exatamente! Em vez de sete milhões, o polímero passa a contar com mais de vinte e oito milhões de bits!

Victor assistia à euforia crescer a cada fala. Terminaram quase se abraçando. *Será mesmo que só eu notei o teatro de Henrique?*

Gabriela tentava acompanhar a epifania dos dois. Sabia que tinham descoberto algo importante, mas sem intimidade com os termos que usavam, não seria capaz de perceber a impressionante e conveniente intuição de Henrique. Além disso, estava diante do parente perdido, não tinha a isonomia emocional necessária para desconfiar dele.

Já Antônio, sempre entusiasmado demais nos momentos das descobertas que o aproximavam da elucidação do mistério, também não via com estranheza as sacadas brilhantes do veterinário. Victor desistira de tentar alertar o namorado sobre os palpites sempre muito providenciais de Henrique. Logo percebeu que o receio de Antônio de que as habilidades do filho do professor Geraldo ofuscassem as suas próprias era o que mais lhe importava.

Já tinham tudo de que precisavam para, finalmente, descobrir que segredo Geraldo quis compartilhar. Antônio tentou extrair a sequência numérica usando ferramentas do próprio editor de planilhas, mesmo sabendo que fazer o processo dessa forma quase manual implicava maior chance de erro. Mais uma vez sua ansiedade falava mais alto que a razão. Só depois de ver o computador travar duas vezes durante as tentativas, devido à quantidade colossal de dados, convenceu-se de que precisariam fazer a extração de forma automática.

Além disso, seria necessário cruzar os números resultantes com os dados do DNA de Gabriela para, só então, lançar a sequência resultante no software que faria a conversão dos arquivos em seu formato original. As regras de decodificação em si não eram complexas, mas ainda assim precisariam de alguém que entendesse de programação.

— Eu tenho uma amiga que é programadora! — exclamou Henrique.

Foi a gota d'água para Victor. Retirou-se da sala para não deixar transparecer o inconformismo com a situação a que assistia. Naquele dia, o segredo da NanoDot tornou-se uma preocupação secundária para ele, passaria a se dedicar à questão que há muito lhe incomodava: qual era o real objetivo de Henrique?

Combinaram de tomar as providências no dia seguinte. Antônio insistiu para falar com a programadora, mas Henrique argumentou que a melhor forma de não levantar suspeitas seria não envolver ninguém além dele.

— Ela é minha amiga, vai fazer o favor sem questionar, tenho certeza. Mas colocar um cientista na jogada vai, no mínimo, despertar sua curiosidade.

Ele estava certo, o que não reduziu a contrariedade de Antônio, que acabou aceitando com a condição de que, tão logo os arquivos fossem extraídos, se reuniriam para analisar juntos. O trabalho só levou uma semana. Rápido demais na opinião de Victor. No dia em que Henrique chegou ao laboratório segurando o pen drive com o resultado da extração, Antônio cancelou a aula que ministraria. Passaram imediatamente à análise.

Henrique falou que havia convidado Gabriela para participar do momento, mas ela recusou educadamente o convite, disse que estava a caminho de uma exposição de arte de um amigo e pediu que a contassem depois o que haviam descoberto. Também tentara contato com Victor, três vezes, mas ele não atendeu. Antônio ficou aliviado em saber; não queria a presença do namorado, que adotara um comportamento muito estranho nos últimos dias, mas Victor não poderia dizer que não foi chamado.

Lançaram a sequência no conversor. Não foi preciso aguardar muito para ver o resultado. Antônio esperava uma pasta cheia de conteúdos diversos, mas, em vez disso, havia um único arquivo. Mais uma planilha. Uma longa lista de nomes seguidos de dados pessoais como endereço, idade e CPF. Acima dos nomes, um título em negrito, certamente acrescentado por Geraldo para deixar claro do que se tratava: cobaias. Algumas colunas à frente, outros dois títulos em negrito que fizeram Antônio perder o chão: "Lote do VidaPlus" e "Genes Editados". Ele entendeu ali a dimensão catastrófica da violação cometida pela empresa. *Os desgraçados estão usando o VidaPlus para testar terapia gênica de forma clandestina. Estão alterando deliberadamente o DNA das pessoas!*

* * *

Victor tomou seu café da manhã com a calma costumeira, mas sua cabeça estava em outro lugar. Enquanto mastigava o pão com manteiga, repassava mentalmente o trajeto que faria de metrô. Não foi difícil descobrir o endereço da clínica veterinária. Embora Henrique jamais tenha dado detalhes de sua vida, seu currículo era facilmente encontrado em uma rápida busca na internet. Desceu a escada da estação pensando se estaria exagerando, se agia por preocupação sincera ou por ciúme velado. *Posso estar sendo um pouco paranoico, sim, e daí? Há mal em querer saber mais sobre alguém que já faz parte da minha rotina?*

Desceu na estação central. O dia parecia mais quente e ensolarado do que quando saiu de casa. Tirou seu casaco enquanto caminhava, deixando cair o celular que estava no bolso. Abaixou-se para pegar e viu três ligações perdidas. Henrique. *O que ele quer comigo?* Começou a imaginar se ele teria desconfiado de sua pequena investigação, se sabia que visitaria a clínica, se o seguira. Perdido nesses pensamentos, ainda abaixado, bem no meio da rua, ouviu o barulho estridente de uma buzina e de pneus derrapando.

O motorista conseguiu frear a tempo de evitar o pior, mas Victor foi derrubado e acabou machucando um braço. O incidente motivou uma pequena aglomeração de pessoas, que rapidamente se desfez quando todos perceberam não ser nada grave. Meio atordoado com o susto, Victor se desculpou com o motorista do carro, pegou seu casaco e seguiu o trajeto planejado, dispensando a ajuda oferecida por ele. Andou por cerca de dez minutos. O calor do sol fazia arder as escoriações. Não queria chegar daquela forma à clínica, a ideia era ser discreto e, no momento, os fios de sangue que escorreram pelo braço até a ponta dos dedos e secaram ao mormaço não passariam despercebidos.

Havia uma farmácia quatro quadras à frente. Entrou e comprou ataduras, uma garrafa de água mineral e antisséptico. Como não lhe permitiram usar o banheiro, achou um canto discreto numa praça ali perto para lavar a ferida e cobrir o braço com as ataduras.

Chegou na clínica por volta das dez. Não havia clientes na recepção, apenas a secretária.

— Bom dia. Estou procurando o veterinário Henrique. Acho que trabalha aqui, certo?

— Isso foi uma mordida? — perguntou a moça, assustada, olhando para as ataduras manchadas de sangue.

— Não. Um pequeno incidente, mas estou bem.

— O dr. Henrique não está. Mas temos uma veterinária de plantão.

— Não, obrigado. Me recomendaram especificamente o nome do dr. Henrique. É um caso um pouco delicado. A cirurgia do meu cachorro parece não ter sido muito bem-sucedida.

— Entendo. Mas ele não faz atendimento.

— Como assim?

— O dr. Henrique só cuida da parte administrativa. Ele é o dono da clínica, sabe?

— Ah. Devo ter entendido errado a recomendação... Faz muito tempo que ele parou de atender?

— Infelizmente não sei dizer, sou nova aqui. Na verdade, a clínica também. Foi inaugurada há menos de três meses. Não quer mesmo falar com a doutora? Ela é muito boa.

— Não, obrigado. Acho melhor voltar depois com o meu cachorro.

* * *

Gabriela não esperava receber aquela visita na editora.

— Henrique! Que surpresa!

— Olá! Desculpe não ter avisado. Se for inconveniente, posso voltar outra hora.

— De forma alguma. Entre. Gostaria de um café?

— Se não for dar trabalho.

Ela ligou a máquina e separou duas cápsulas. Preparou uma xícara de expresso para cada um e convidou o primo para irem tomá-lo no terraço. O sol estava quase se pondo. A editora funcionava em um pequeno sobrado com arquitetura antiga, cuidadosamente preservada por Gabriela, que contrastava com os demais prédios comerciais da rua. Henrique observou cada canto do lugar com um ar contemplativo. Olhava com a atenção de quem queria memorizar a disposição dos móveis, a forma das janelas, a quantidade de degraus na escada estreita que levava ao terraço... Um passeio de fã na casa do ídolo.

Gabriela sabia a razão da visita, mas não seria ela a entrar no assunto. Ocupou-se de observar Henrique, tentando, mais uma vez, entender seus sentimentos por ele. Não estava apaixonada. Pensara muito a respeito e essa conclusão era sensata e honesta, como costumava ser consigo mesma, mas sentia algo pelo primo que não sabia explicar, sentimentos bons e ruins ao mesmo tempo. Talvez essa contradição resultasse das muitas memórias que ele despertava nela.

— Desculpe, não queria atrapalhar sua rotina.

— Não atrapalhou, Henrique. Você foi a desculpa perfeita pra eu dar um tempo no trabalho e vir ver o pôr do sol.

— Não está curiosa pra saber o segredo que meu pai nos revelou?

— Deveria... Estive desde que essa loucura começou, mas agora não tenho certeza se quero saber. Acho que eu estava me enganando o tempo todo, colocando nesse mistério uma última gota de esperança de ter respostas para minhas próprias perguntas. — Ela fez uma pausa antes de continuar: — É como se, no final, o verdadeiro segredo a ser revelado fosse o motivo do desaparecimento dele ou no mínimo um pedido de desculpas. Mas quando vocês finalmente decifraram o código, quando chegou a hora de enfrentar a verdade, minha fantasia ridícula se desfez.

Henrique viu os olhos de Gabriela lacrimejarem. Sentiu a intensidade que havia naquelas palavras. Ele olhou para o círculo vermelho que sumia por trás das nuvens com contornos brilhantes no horizonte. Com um tom de voz que Gabriela ainda não conhecia, falou:

— Aquele filho da puta do Geraldo não podia ter feito isso com você.

Ela não disfarçou a surpresa, mas não ousou comentar. Ele então continuou:

— Nem imagino o quanto é duro pra você, Gabriela. Pra mim também não é nada fácil. Pense que, pelo menos, você o teve por perto enquanto ainda era jovem. Teve alguém para te orientar, aconselhar, proteger... Quando conheci meu pai, eu já era adulto e não vi muito esforço da parte dele pra compensar o tempo perdido. Se te conforta, você certamente conviveu com a melhor versão do seu tio, não com a versão de um homem cansado e doente que restou pra mim.

Gabriela não soube o que dizer, então apenas segurou a mão de Henrique com ternura. Dessa vez, foram os olhos dele que marejaram.

Acompanharam em silêncio o sol desaparecer por entre as silhuetas dos prédios mais distantes. Os expressos esfriaram sem que nenhum deles se animasse a tomar um gole sequer. Ficaram por um longo tempo naquele diálogo mudo, como se precisassem aguardar até que a dor do outro adormecesse antes de falar qualquer coisa. A luz do dia foi embora, mas a claridade insipiente do crepúsculo permanecia emoldurando o ambiente.

— Pode contar. O que descobriram. Quero saber.

Henrique levou alguns segundos buscando as melhores palavras. Quando estava a caminho da editora, havia pensado na melhor forma de explicar a conduta nefasta da NanoDot para Gabriela, mas o que ensaiou não cabia mais naquele novo cenário dramático. No fim, decidiu não subestimar a inteligência dela, como sentia que Antônio fazia com frequência, e foi direto:

— A NanoDot vem usando o VidaPlus para testar, ilegalmente, tecnologia de alteração genética nos usuários. Fazendo as pessoas de cobaias. Meu pai deixou um arquivo com a identificação de todos os afetados e as informações necessárias para confirmar os testes. Isso significa…

— Que estão mudando as pessoas sem seus consentimentos! — interrompeu ela, horrorizada.

— É mais do que isso. O que estão fazendo se enquadra em diversos crimes, contraria tantas leis que nem saberia enumerar.

— Nada é mais grave do que mudar uma pessoa que não queria ser mudada. Leis são desrespeitadas todos os dias, crimes são cometidos aos milhares. Mas isso…

— Você tem razão. Mas preciso dizer que checamos todos os genes usados nos testes clandestinos da empresa. Se tiver mesmo funcionado, trouxeram benefícios importantes para as pessoas, uma revolução na medicina. Pelo menos usaram para o bem.

A fala soou esquisita. *Ele está defendendo a NanoDot?* Gabriela não disfarçou a surpresa:

— Oi?! Como assim "para o bem"? Benefícios importantes na perspectiva de quem?

— O que eu quero dizer é que nenhum dos lotes usados continha material de edição de DNA para inserir novos genes, apenas aqueles saudáveis já conhecidos. A intervenção só fez diferença para quem tinha os genes defeituosos. Isso pode ter curado pessoas que agora devem estar acreditando em milagre.

— Defeituosos? Estamos falando do que nos define em nível molecular, não é mesmo? Foi o que vocês me ensinaram! Quem poderia dizer o que é defeito e o que é característica senão o próprio indivíduo?

— Gabriela, não somos definidos apenas pelo nosso DNA, você deve concordar que a matéria é um detalhe. O que nos torna quem somos não cabe em átomos.

— A matéria é onde nos manifestamos. Cada parte do meu corpo, seja visível a olho nu ou apenas ao microscópio, ainda é parte do meu corpo, parte de mim, e deveria ser minha a decisão de mudá-la ou não. O que essa empresa fez não é só inescrupuloso, é violento, de várias formas.

Sem ouvir um contra-argumento de Henrique, Gabriela perguntou, com medo da resposta:

— O que vocês pretendem fazer a respeito?

— A única coisa possível: denunciar a NanoDot. Afundar de vez a única empresa com chances reais de dar à humanidade a cura do câncer na próxima década.

Ela ficou em silêncio.

Assim que saiu da editora, Henrique foi surpreendido por três tiros, um dos quais lhe atingiu o peito. O carro de onde partiram os disparos arrancou em seguida e desapareceu em segundos.

* * *

Naquela manhã, não houve um só jornal, em um só país, que não noticiasse o escândalo. A primeira reação à descoberta foi um dilúvio de notas de repúdio de sociedades científicas, organizações de direitos humanos, governos, entidades não governamentais, conselhos profissionais e grandes personalidades. Antes de o caso vir a público, a polícia constatou a presença das partículas editoras de DNA em duas vítimas, e nos dois casos confirmou a alteração do genoma. Diante das provas incontestáveis, a NanoDot assumiu a culpa e prometeu colaborar com as investigações.

O CEO da empresa, Davi, insistia na versão absurda de que não sabia dos testes clandestinos. Dentre tantas alternativas apresentadas por seu competente time de advogados, escolheu a estratégia mais estapafúrdia.

A justiça obrigou a NanoDot a criar canais de atendimento às vítimas. Meses depois, como parte da pena, além das indenizações, a empresa implementaria um programa permanente de acompanhamento de todos que tiveram contato com as partículas de edição.

As ações despencaram vertiginosamente. A queda de valor na bolsa, somada às imposições judiciais, saída de investidores e rescisão de contratos, secou as reservas da empresa e provocou uma crise aguda sem precedentes na história do mundo corporativo. Mas a coisa ficou interessante mesmo quando, apenas cinco dias depois da divulgação do escândalo, apareceu a primeira paciente curada.

A mulher de trinta e dois anos tinha anemia falciforme, condição genética, portanto essencialmente incurável. Os exames de rotina vinham mostrando melhora progressiva, mas os médicos ainda não tinham conseguido explicar os resultados mais recentes. Chegaram a acusar de displicência o laboratório de análises clínicas responsável pelos exames, acharam que tinha havido troca de amostras. A mutação no gene da hemoglobina, causa da doença, é pontual e bem conhecida, por isso esse gene foi o primeiro alvo escolhido pela NanoDot para testar sua tecnologia de edição.

Mais casos surgiram em todo o mundo, dividindo a opinião pública. Milhares de pessoas passaram a reportar reversão total ou parcial de condições patológicas diversas, alimentando um crescente grupo de ativistas favoráveis à NanoDot, ao qual se contrapunha um grupo igualmente volumoso de críticos da empresa. Esses se apoiavam nos relatos de quem, de repente, passou a atribuir diagnósticos de doenças autoimunes e tumores diversos ao uso do VidaPlus.

A polêmica ganhou o mundo. Não se debatia outro assunto nas universidades, nos parlamentos, nos bares, nas mídias. Em um caso que suscitou comoção nacional, uma jovem revelou numa entrevista para a TV que se submeteu à retirada das mamas devido à alta chance de desenvolver câncer, sem saber que o VidaPlus já tinha corrigido a mutação no seu gene BRCA, tornando desnecessária a medida extrema de prevenção.

No auge daquele fenômeno social que ainda viria a ser muito estudado, era impossível ir a qualquer lugar sem ouvir algo a respeito do caso NanoDot.

— O problema foi terem feito tudo por baixo dos panos. Eu não teria problema nenhum em ser voluntário.

— Eles jamais iriam conseguir autorização para uma coisa dessas. Nenhum comitê de ética permitiria, pelo menos não sem anos de discussão.

— É verdade, e iam ter que explicar tudo que iam fazer, mostrar os segredos deles... Se eu fosse o dono da empresa faria a mesma coisa!

— Há uma razão para os comitês de ética existirem, sabia? Não se pode fazer tudo em nome do progresso sem pensar nas consequências!

— Acho que você pensaria diferente se tivesse uma doença incurável e a chance de curá-la.

— Pois eu acho que todos vocês pensariam diferente se descobrissem que foram usados como ratos de laboratório.

— Ratos de laboratório? Pelo amor de Deus! Eles estavam curando as pessoas!

— Alterando o DNA delas! Do mesmo jeito que se troca um DNA ruim por um bom, se pode trocar um bom por um ruim!

— E por que alguém faria isso?

— Por quê?! Daqui a pouco vai ter gente mudando o DNA pra virar galego do olho azul.

— Não é assim que funciona...

— Mas ele está certo, imagine as pessoas alterando a genética pra ficarem mais fortes, mais rápidas, mais resistentes à dor... Não se pegaria isso no antidoping. Quem tiver dinheiro vai ser um super-humano, quem não tiver que se dane!

Era assim em qualquer roda de conversa.

O fato era que a divulgação da existência de uma tecnologia de edição de DNA de alta eficiência relativamente barata colocou todos os holofotes em uma discussão que vinha se dando de forma muito tímida: sobre qual seria o limite para a manipulação genética. Mesmo aqueles que defendiam uma regulação rígida do tema reconheciam a dificuldade em estabelecer um limite preciso entre o que seria uma edição justificável e o que seria atendimento a conveniências ou consolidação de padrões sociais impostos.

Em meio ao frenesi, a NanoDot deu a cartada de mestre: divulgou um estudo detalhado da tecnologia que permitia bloquear a ação das partículas de edição em células percussores de gametas, ou seja, aquelas que originam óvulos e espermatozoides. Na prática, criou-se condições para que qualquer alteração genética se restringisse ao indivíduo, não sendo passada às gerações futuras. Era o argumento que faltava para impulsionar o entusiasmo dos defensores da edição como escolha individual de assumir os riscos.

A empresa encontrou fôlego para se recuperar. Embora muitas informações tenham sido repassadas à polícia no âmbito das investigações, os segredos comerciais foram salvos pela assessoria jurídica da empresa. Os advogados conseguiram meios legais para excluir dos muitos dossiês e arquivos encaminhados à justiça os dados mais estratégicos. Assim, os detalhes técnicos do projeto Nuntius nunca vieram a público, e o segredo por trás da tecnologia revolucionária da empresa foi preservado, garantindo seu rápido retorno ao patamar de corporação multibilionária.

Com a mesma rapidez que viram a empresa chegar ao fundo do poço, os acionistas remanescentes e os novos, que se aproveitaram da crise, assistiram ao seu ressurgimento das cinzas. As ações passaram a bater recordes diários. Não se tratava só de especulação vazia, embora houvesse muita, mas da ideia cada vez mais concreta de que seria impossível frear a revolução que a NanoDot, para o bem ou para o mal, havia começado.

Nada disso, no entanto, foi capaz de evitar que Davi tivesse sua prisão decretada.

* * *

Gabriela aguardava Victor e Antônio na frente do hospital. Os dois chegaram esbaforidos.

— Pensei que não vinham mais!

— O culpado foi Victor, que quase não nos deixa sair procurando um casaco.

— Ah, tá, agora a culpa é minha… sei.

— Bom te ver, Victor! — falou ela enquanto abraçava o amigo.

— Ah, sua linda, estava morrendo de saudade!

Permaneceram do lado de fora do hospital aguardando o início do horário de visitas. Enquanto esperavam, conversavam sobre o novo livro de Gabriela.

— Falta muito?

— Estou escrevendo bastante, mas sinto que ainda vai demorar. Não estou conseguindo caminhar na direção que queria…

— Não vai mesmo nos dar mais detalhes? Acho que você nos deve — disse Antônio em tom de brincadeira. — Desde que começou a trabalhar nele não tem mais tempo para os amigos.

— Na verdade, estava pensando em pedir pra vocês darem uma lida no que já fiz até aqui. Quem sabe me ajudam a dar o rumo de que a história precisa.

— É muita responsabilidade! — disse Antônio.

— Ah, eu aceito! — contestou Victor. — Vou adorar dizer pra todo mundo que eu dei pitaco no seu livro!

— Ótimo! Adoro pitacos. Pessoal, acho que já deu o horário. Vamos entrar?

Subiram juntos o elevador do hospital. Antônio notou Victor sério, uma tensão que aumentava na medida em que avançavam em direção ao quarto. Deitado na cama, já fora de perigo, com uma vitalidade que não se esperava de quem acabara de levar um tiro, Henrique recebeu os três com um sorriso, inspirado por Gabriela. Ela estava toda de branco, com uma flor de tecido no cabelo e um leve perfume que lembrava alecrim. Radiante.

— Como você está?

— Pronto pra outra!

— Não diga uma coisa dessas! — reclamou Gabriela, dando um tapinha no joelho do enfermo.

— Vocês têm notícias das investigações? — quis saber Henrique.

— Publicamente a polícia diz que ainda não tem nenhum suspeito — respondeu Antônio —, mas há rumores de que foi alguém da NanoDot, um dos grandes.

— Para essa conclusão não precisava investigar muito.

Ficaram ali por todo o tempo permitido. Falaram sobre um pouco de tudo, menos sobre a NanoDot. Mas Antônio percebeu Victor distante. Não ria das piadas, parecia desconectado, preocupado demais, quase como se estivesse contrariado com a recuperação de Henrique... Ele estava estranho já há alguns dias, desde quando chegou em casa com o braço ferido. Inventou uma desculpa boba de que havia caído e se enrolou para responder quando Antônio perguntou onde acontecera o incidente. Ele era péssimo mentiroso, era tão óbvio que estava escondendo algo que chegava a ser engraçado.

Victor de fato quase não abriu a boca durante toda a visita, só falou quando encontrou uma oportunidade de entrar no assunto que queria:

— E como ficou no seu trabalho?

— Na verdade, não foi um grande problema, Victor — respondeu Henrique com um tom levemente irônico que, para Antônio, soou acusatório. — Eu não faço atendimento há algum tempo, fico só na parte administrativa. Comprei a clínica onde trabalhei por cinco anos.

— Ah, eu não sabia — continuou Victor, adotando uma postura de embate. — Parabéns! Empreender é para os corajosos. Faz muito tempo que assumiu o comando?

— Não muito, a clínica passou um tempo fechada, reinauguramos há seis meses.

O clima de tensão entre os dois foi notado por todos. Antônio tentou espantar o pensamento absurdo de que o namorado pudesse ter algo a ver com o atentado.

— Seis? — repetiu Victor.

— Isso.

Victor deu a conversa por encerrada.

Ao fim da visita, despediram-se e prometeram voltar no dia seguinte. Quando já estavam de saída, Henrique chamou Gabriela, que voltou da porta. Ele esticou o braço e pegou um pen drive que estava sobre a mesinha de cabeceira. Entregou nas mãos dela e falou, quase sussurrando para os outros não ouvirem:

— Havia mais um arquivo no seu DNA. Bem menor, por isso não vi antes. É outra mensagem.

— E o que diz?

— Não sei, a mensagem é pra você.

Depois que saíram do quarto, Henrique ficou imaginando Gabriela chegando em seu apartamento e abrindo o presente de Geraldo para ela. Pensou também em Antônio, que ficara tão eufórico com a decodificação da mensagem que nem percebeu que o código tinha mais de três megabytes, e o arquivo que lhe entregara apenas quarenta quilobytes. *Melhor assim, não posso compartilhar tudo com ele, pelo menos não por enquanto*.

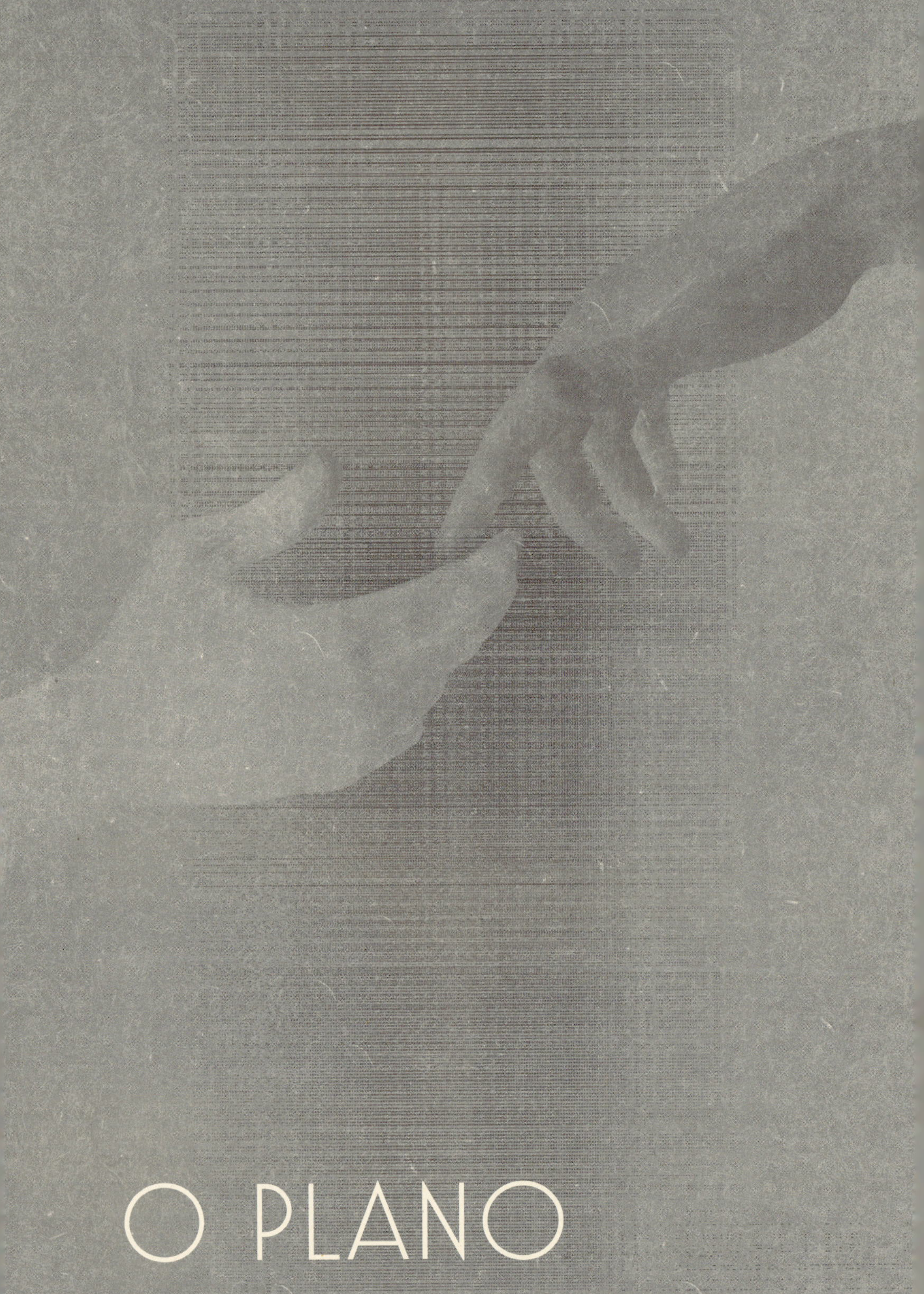

O PLANO

Na sua pequena casa-chalé, por trás dos muros impenetráveis da NanoDot, Geraldo bebeu o chá recém-preparado e foi para a cama mais cedo que de costume, mas não sem antes cumprir seu ritual de ler uma das poesias de Gabriela. Já havia decorado todas, mas o hábito alimentado por tanto tempo o impedia de pegar no sono se não o fizesse. Não houve um dia em que não lesse, quase sempre ao pôr do sol, e continuaria para sempre preso àqueles textos.

Nos últimos anos, muitas outras etapas foram sendo adicionadas ao ritual de fim do dia. Tirar os óculos escuros que usava até dentro dos prédios, as luvas e a blusa com mangas compridas de tecido com proteção UV. Já sem roupa, se expor à lâmpada de espectro completo para compensar a falta de exposição à luz natural. Checar no espelho se a barba necessitava de um retoque na pintura, se o cabelo precisava ser aparado, e só então tomar um banho demorado para remover do rosto a grossa camada de protetor solar.

Sentia-se como se tivesse dupla personalidade, uma para o dia, outra para a noite, embora o que mudasse de fato fosse o que estava por fora. Ficava apenas de cueca na maior parte do tempo que passava em casa para compensar todas as camadas de proteção que era obrigado a usar quando saía. Mas, no fundo, gostava dessa dualidade que trazia alguma dinâmica à rotina que se resumia em acordar, fazer exercícios, trabalhar, voltar para casa, dormir e acordar novamente. Até os fins de semana entravam nesse loop.

Naquela noite, porém, a rotina foi quebrada. Deitou-se mais cedo, mas não para dormir, e sim para pensar com calma no que diria a Davi na reunião da manhã seguinte. Desde que havia descoberto os testes ilegais da NanoDot, dias antes, sabia que as coisas não seriam mais as mesmas, e aquela conversa seria o ponto de virada.

Lembrou-se de quando chegou. Ao aceitar a proposta de Carlos — estava claro que era dele, apesar de ter sido apresentada por Davi — de desenvolver suas pesquisas nas instalações da empresa, não imaginou que um dia se veria tão integrado a ela. Sentia-se, em relação à NanoDot, como uma célula de um organismo complexo, uma única célula em trilhões, mas com funções fundamentais para sua manutenção.

Foi surpreendido logo na chegada com os protocolos inusitados de segurança. Entendeu rapidamente que guardar os segredos das tecnologias desenvolvidas ali era mais importante até do que as tecnologias em si.

— Isso significa que não poderei utilizar telefone ou trocar mensagens por e-mail?

— Poderá usar os canais de comunicação ofertados pela empresa, incluindo telefone. Mas e-mails de fato não são usados aqui. Você não terá acesso à internet de modo convencional, acessará a rede por meio do nosso sistema, mais seguro. Mas quando estiver fora, poderá enviar o que precisar para seu e-nano e abrir aqui dentro. O sistema é rigoroso para saída de dados, mas bastante flexível para entrada, então creio que não terá problemas com sua pesquisa.

— Acredito que essas medidas devam aumentar bastante a produtividade.

A moça que apresentava as instalações riu.

— Não foi o fator motivador do protocolo, mas preciso dizer que é um efeito colateral muito bem-vindo. Olhe, ali ficam os alojamentos sobre os quais falei mais cedo. Gostamos de chamar de vila, soa menos impessoal.

Geraldo não havia considerado, no início, a possibilidade de se mudar para a vila. Não queria se isolar do mundo. *E se Gabriela precisar de mim?* Depois da briga com o irmão, não se importava tanto em estar disponível para outras pessoas, à exceção da sobrinha. Mas o tempo foi tratando de mudar devagarzinho as coisas. Uma noite na vila para acompanhar um experimento no dia seguinte bem cedo, depois uma semana inteira evitando a inconveniência das revistas e escaneamento na entrada e saída... E assim foi ficando. Sempre que voltava para seu apartamento checava sua caixa de e-mails, secretária eletrônica e seu celular. Nada além de mensagens automáticas com propagandas de produtos pelos quais não se interessava.

Sentia falta de Gabriela, mas acompanhava de longe seu sucesso, sem interferir no seu percurso. Chegou a ligar para ela duas vezes, mas não tomou a terceira iniciativa, esperou que fosse dela. *Está muito ocupada. Fico feliz por ela!* Não queria fazer cobranças, ser um peso, o tio carente que incute na sobrinha a culpa pela ingratidão. Sequer era tristeza o que sentia, apenas falta, saudade das conversas, do seu sorriso franco, de observá-la escrever, sem qualquer vestígio de ressentimento.

Certa noite, sonhou com Elizabeth.

Acordou com o coração acelerado e os olhos úmidos. Não se lembrava do sonho em si, apenas dela nele. Aconteceu assim, sem qualquer gatilho, sem aviso prévio, sem que tivesse visto, ouvido, cheirado, sentido ou lembrado de qualquer coisa que o remetesse àquele passado enterrado bem fundo, e foi suficiente para despertar um dragão que julgava morto.

A tristeza do luto reprimido, nutrida pelo tempo, golpeou Geraldo com tanta força que ele achou que estivesse perdendo o senso de realidade, a sanidade. Não sabia que era apenas a perda da própria felicidade, que acontecera anos atrás, mas só naquele dia estava finalmente se permitindo sentir. Esteve a um passo de ligar para a emergência psiquiátrica, mas desistiu logo da ideia; de nada serviria, nenhum diagnóstico de depressão seria suficiente para descrever seu estado de espírito. Restou encolher-se em si mesmo, chorar e esperar para ver se sobraria algum sentido na vida depois daquilo.

Não voltou a pisar no apartamento. O lugar o fazia lembrar do sonho. Empurrava-o na direção dos sentimentos avassaladores dos quais ainda fugia. Mudou-se para a vila da NanoDot e vendeu seu imóvel.

Nos primeiros meses, saía todos os finais de semana, mas, sendo Gabriela a única pessoa com quem teria intenção de interagir e estando ela ainda no meio do furacão de sua carreira profissional, o esforço para estar do lado de fora dos muros deixou de fazer sentido. Não se sentiu abandonado por ela, apenas percebeu que a fase em que os dois compartilharam suas vidas havia chegado ao fim.

O afastamento definitivo, porém, foi intencional, motivado pela sua nova condição. Sabia que a sobrinha assimilaria bem as mudanças radicais no seu corpo, mas não tinha a mesma certeza sobre as mudanças em sua mente. Ele havia se tornado uma nova pessoa, sua relação com o mundo não era mais a mesma e não queria iniciar uma nova fase de compartilhamento de vidas com Gabriela que pudesse ser ruim, encobrindo a boa que ambos levariam para sempre na memória.

Geraldo deveria estar planejando a conversa que teria com Davi, mas se perdeu nas lembranças de sua história na NanoDot e terminou em Gabriela. Sentiu vontade de fazer contato, voltar a vê-la, pedir um autógrafo em um dos seus livros. Naquela noite, sonhou com a sobrinha.

* * *

A sala de Davi era clara e espaçosa. Geraldo se lembrava de ter entrado ali uma única vez, há muito tempo. Parecia menor à época. Estavam acomodados em sofás que ornavam um dos cantos, Davi não queria que a conversa ganhasse ares de reunião de negócios.

Sentado na borda do sofá, Geraldo não prestava atenção na história — aparentemente engraçada — que o amigo contava antes de entrarem na pauta do encontro. Tinha seu computador pessoal fechado em seu colo.

Davi terminou de contar o que quer que estivesse contando, e notou que Geraldo não riu.

— Desculpe, a história parecia engraçada na minha cabeça. Falando agora, soa boba mesmo.

— Não, é engraçada, sim! Quer dizer, não sei, não prestei atenção. Davi, o que preciso falar é muito sério, pode mudar os rumos da NanoDot, e de nossas vidas.

Davi desfez o sorriso e corrigiu a postura.

— Sua sala tem câmeras? — perguntou Geraldo, desconfiado.

— Não, o único luxo que me permitem por aqui. Pode ficar à vontade, sou todo ouvidos.

A conversa durou menos de vinte minutos, depois dos quais Geraldo saiu atordoado, deixando para trás o CEO com a decepção estampada no rosto. Os estilhaços da amizade espalhavam-se pelo chão à medida em que caminhava em direção ao elevador. *Como pude ser tão idiota? Como pude cometer um erro tão grosseiro no julgamento de caráter da única pessoa que eu achava que conhecia de verdade?*

Geraldo tomou o caminho de volta para o laboratório com o computador debaixo do braço pensando no que deveria fazer. Ele que sempre foi o mestre das soluções perfeitas, se viu perdido diante de sua impotência, de seu erro de cálculo. Agora não podia prever as consequências. Dado o insolúvel conflito ético que se estabelecera entre ele e Davi, concluir que sua vida estava em risco não foi um exagero dramático.

Desviou do caminho e seguiu para casa. Encontrou um esconderijo para o computador. Depois preparou uma mala às pressas e tomou um dos carros elétricos que fazia o translado interno entre os prédios. Seguiu em direção à saída do complexo. Passou pela revista e recebeu a caixa com pertences pessoais que deixara ali da última vez que passou pelos portões.

Antes de sair, precisou gastar alguns minutos carregando a bateria do celular. Enquanto esperava, viu sua aflição crescer. A qualquer momento poderia ser interceptado por seguranças a mando de Davi. Sequer esperou a bateria chegar a cinco por cento de carga e tirou o carregador da tomada.

Já do lado de fora, atravessou o longo estacionamento enquanto pedia um táxi pelo telefone. Caminhou pela margem da avenida e entrou no carro que parou em um posto de combustível ali perto. Passou para o taxista o endereço de um hotel, ignorando seu olhar assustado para aquele passageiro usando roupas de inverno num dia de sol, e de quem mal se via o rosto.

Fez tudo de forma automática. Precisava sair daquele ambiente para pensar direito. E funcionou. Naquele mesmo dia, no quarto do hotel, definiu seu plano.

Há alguns anos, Geraldo vinha guardando em seu computador arquivos com resultados de suas pesquisas convertidos para formato de nucleotídeos. Era uma garantia, caso precisasse deles do lado de fora da NanoDot. O sistema de segurança de dados era tão robusto que ele se convencera de que a única forma de burlá-lo seria sintetizar DNA com as informações referentes aos arquivos. Nenhum scanner seria capaz de detectar um dispositivo molecular de armazenamento de informações, muito menos orgânico.

Decidiu que voltaria ao complexo, apesar do risco. Salvaria a planilha com as provas contra a NanoDot e usaria a tecnologia de informação em DNA para passar com ela pela segurança.

No entanto, havia um empecilho: a síntese de DNA correspondente a todos os arquivos, seus resultados de pesquisa mais a prova do crime, representava, praticamente, a confecção de um cromossomo artificial, o que poderia ser feito por ele em outras circunstâncias sem levantar suspeitas, mas não quando já devia ter sua cabeça colocada a prêmio. Precisava pensar em uma alternativa.

A inspiração para a solução lhe veio de forma inusitada, quando pediu um chá ao serviço de quarto e a xícara veio à moda antiga, acompanhada de quatro cubinhos de açúcar.

Carboidratos!

Devido à necessidade de criar nanocápsulas poliméricas biocompatíveis para o projeto Nuntius, a NanoDot investiu pesado no desenvolvimento de materiais, em especial baseados em carboidratos. Era o caso da metodologia patenteada de síntese rápida e precisa de polissacarídeos. *O DNA não é a única molécula capaz de guardar informação, é possível fazer o mesmo com outros polímeros!* A síntese de carboidratos complexos era rotina no laboratório de materiais, ali testava-se de tudo. O procedimento, mesmo para uma molécula grande e complexa, passaria despercebido.

A ideia parecia perfeita, mas Geraldo não teria como desenvolvê-la sozinho, e sabia quem poderia ajudá-lo. Lembrava-se vagamente do nome do condomínio onde seu companheiro de almoço disse certa vez que morava. Uma busca rápida na internet refrescou sua memória. *Condomínio Galápagos*. Não foi difícil chegar, tampouco encontrar o rapaz. O conjunto residencial era bem pequeno.

Foi recebido com surpresa. Não perdeu tempo, contou que sabia detalhes sobre os testes ilegais da NanoDot em seres humanos, que também sabia que o sistema de monitoramento remoto de dados médicos dos usuários do VidaPlus foi desenvolvido por ele, e que não queria usar essas informações para chantageá-lo, apenas para convencê-lo a ajudar numa "outra questão". Explicou em detalhes do que precisava. O rapaz não teve saída.

— Quais os monômeros mais usados?

— Derivados de glicose. Glicosamina, ácido murâmico... Mas preciso dizer que nunca trabalhei diretamente com os equipamentos, fico apenas na programação — explicou para Geraldo.

— Mas acha que consegue operá-lo?

— Não é difícil, o processo é automatizado. O mais importante são os parâmetros de síntese, que é o que eu programava quando estava lá. Posso saber o que será codificado?

— Não.

— Como vou saber que não vai me meter em encrenca?

Geraldo apenas olhou para ele. Não precisou do "você já está encrencado", ficou implícito no olhar.

Começaram a trabalhar imediatamente no algoritmo para gerar o modelo do polímero. Logo descobriram as limitações na ideia original. O tamanho necessário para acomodar os arquivos extrapolava o limite da técnica de síntese de alta precisão. *Pensa! Pensa! Pensa!* Olhou para o rapaz, que digitava freneticamente, empolgado com a situação em vez de se afligir com ela.

— Podemos usar a mesma molécula de forma redundante — falou, finalmente, Geraldo.

— É possível, mas precisaríamos pensar em outro algoritmo para a conversão em sistema binário.

Geraldo fechou os olhos para forçar o cérebro a focar exclusivamente na questão. *Um molde! Não preciso sintetizar DNA, só preciso de uma sequência gênica conhecida.*

— E se, em vez de sistema binário, codificarmos uma sequência numérica com sistema convencional de dez algarismos? — falou, por fim, o professor.

— Código sobre código?

O garoto falou com brilho nos olhos, despertando a compaixão de Geraldo. Ele entendeu, naquele momento, que o rapaz só entrou no esquema dos testes pelo desafio, não avaliava os riscos. *É muito fácil manipular alguém assim, movido pelo impulso. Será traído pelo seu entusiasmo, arrastado junto com os verdadeiros responsáveis quando os crimes da NanoDot vierem à tona.*

Finalizaram horas depois. O algoritmo era simples e eficiente, convertia uma sequência numérica qualquer em fórmula de heteropolissacarídeo e permitia a reconversão depois. Geraldo enviou o protótipo de aplicativo para seu e-nano, o correio eletrônico da NanoDot.

No dia seguinte, ainda temendo o que poderia lhe acontecer, mas com a calma de quem sabia o que estava fazendo, voltou ao complexo da empresa. O ritual de revista e escaneamento nunca fora tão tenso. Aproximou-se do segundo portão que dava acesso à parte interna sob o olhar desconfiado do guarda. Respirou fundo para se controlar, só precisava passar pelo corredor para tomar, a pé, o caminho de casa, onde colocaria em prática seu plano. Mas assim que o portão foi aberto, se viu diante de Carlos, que o aguardava ao lado de um veículo com a porta já aberta.

— Geraldo! Você está bem? Estávamos preocupados. Aconteceu alguma coisa?

Era o fim da linha. Aquela recepção fez desaparecer toda a convicção com que acabara de atravessar o portão. Geraldo concluiu rapidamente que Carlos estava ali para garantir que os segredos obscuros da NanoDot não fossem a público. E faria isso a qualquer preço.

— Precisei resolver algumas coisas.

— Vamos, entre. Vou te levar pra casa.

Ele entrou no carro como quem abaixa a cabeça para o machado do carrasco. O veículo era confortável, com seus bancos de couro e espaço extra para as pernas, mas cheirava a cigarro e uísque, assim como Carlos. Não havia mais ninguém no carro.

— Você não tem costume de sair desse jeito, fiquei preocupado.

Aonde ele quer chegar? Geraldo tentou raciocinar logicamente. Existia uma chance, muito remota, de que Carlos não soubesse o que estava acontecendo, mas ele não acreditava nisso. *É óbvio que ele sabe dos testes, e sabe que eu descobri o esquema. Nesse caso, não tenho nada a perder.* O carro estava se movendo em direção à praça principal do complexo. O que quer que Geraldo fosse fazer, precisava ser logo. Decidiu improvisar. Seu plano já tinha ido por água abaixo, então correria o risco.

— Carlos, você sabe algo sobre os testes que o pessoal da PME-Saúde vem fazendo em humanos?

Carlos tomou um susto que o fez tirar o pé do acelerador, reduzindo a velocidade, e contraiu o cenho de forma tão rápida e espontânea que Geraldo não duvidou que o espanto fosse genuíno. *Talvez ainda não soubesse que eu sei. Acabei de me entregar!*

Geraldo o admirava. Não que achasse o sócio de Davi minimamente confiável, pelo contrário, esbanjava fraqueza de caráter de forma tão explícita que seria a última pessoa com quem qualquer um compartilharia um segredo. Mas era competente — competente e ambicioso —, por isso estava onde estava. Sabia que o sentimento de admiração era recíproco, Carlos dera muitas provas disso ao longo dos anos. Geraldo agarrou-se nessa frágil relação para tentar deixar de lado o medo que se apossara dele desde que entrou no carro, e acreditar na improvável possibilidade de estarem do mesmo lado. Não tinha alternativa.

Contou tudo o que descobriu.

— Como isso foi acontecer bem diante dos nossos olhos? Aquele filho da puta! — rosnou Carlos contra o chefe de divisão da PME-Saúde.

— Quando contei pra Davi…

— Você foi falar com ele?! — Carlos quase gritou.

— O que mais esperava que eu fizesse?

— Você não conhece aquele homem? Era a última pessoa que você deveria procurar.

— Descobri da pior forma.

— Geraldo, aqui não é seguro pra gente tratar desse assunto, precisamos nos encontrar lá fora.

Carlos estava mesmo do seu lado. Aparentemente.

* * *

Carlos saía com frequência do complexo e nunca estava por lá nos finais de semana. Sugeriu que se encontrassem no dia seguinte, um sábado, em um restaurante. Até lá, Geraldo deveria voltar à sua rotina, e ele cuidaria de Davi, garantiria a segurança.

Geraldo usou o pouco tempo que teve antes do encontro para executar o que pôde do seu plano, mesmo sabendo que sua vida estava por um fio. Salvou uma cópia da planilha com as provas dos testes da NanoDot. Precisava manter essa carta na manga. Tinha no seu computador pessoal muitos arquivos de trabalhos antigos, mas escolheu um em especial. Quando viu a sequência do gene hTERT de Gabriela perdida numa pasta do período do seu doutorado, não teve dúvidas. Havia ainda a vantagem da mutação, ninguém mais além dele teria aquela sequência, era perfeita. Tratou de iniciar a conversão. Trabalhou contra o relógio e o cansaço. Por vezes, teve a impressão de ler versos de sua sobrinha perdidos entre as centenas de milhares de letras que inundavam a tela do seu computador. Aos poucos, viu tudo transformado em números, que seriam, mais tarde, convertidos em um polímero.

Quando o sábado chegou, fresco e ensolarado, encontrou um homem fraco e com olheiras de exaustão. Mas, poucas horas depois, quando entrou no restaurante para encontrar Carlos, que já o aguardava, Geraldo estava plenamente refeito.

Era um lugar discreto, um daqueles estabelecimentos cuja fachada lembra mais a de uma residência. Tinha uma decoração elegante, mas um ambiente frio e abafado. Carlos esperava Geraldo tomando uma dose de uísque numa mesa no canto mais escuro e escondido do lugar, uma exigência de Geraldo, devido ao xeroderma pigmentoso, que se mostrou muito conveniente naquelas circunstâncias.

— Pensei muito sobre o que você me contou, Geraldo. Precisamos tomar uma providência, algo assim tem o potencial de acabar com a NanoDot.

— E Davi?

— Não aparece na empresa desde a conversa de vocês. Disse que está gripado, mas sei que é mentira. Fora isso, não há qualquer movimentação anormal até onde pude apurar. Não tenho conseguido falar com ele, não sei o que está se passando, o que sei é que precisamos agir durante a calmaria. — Carlos aproximou a cadeira da mesa e se inclinou para ficar mais perto do professor. — Mas precisamos de provas.

Geraldo sentiu o aumento súbito da frequência cardíaca. *Está me testando, quer saber até onde fui, que provas consegui*. Ele não sabia em que acreditar. Ainda que Carlos fosse a pessoa com maior senso de ética naquela empresa, o que definitivamente não era verdade, era também quem menos teria interesse que algo daquela natureza se tornasse público. Meras especulações anteriores, sem fundamento, de que a NanoDot estaria incorrendo em transgressões fiscais ou contra a legislação ambiental, já provocaram danos significativos na imagem da empresa e custaram milhões.

Carlos continuava falando com ar de conspirador, mas Geraldo só conseguia pensar no que aconteceria a seguir. *Estou ficando sem tempo, ele vai tomar as providências a meu respeito, fazer o trabalho sujo que Davi não teve coragem de assumir*. Perdeu-se nos próprios pensamentos. Não ouvia mais o que Carlos dizia. Agarrando-se à ilusão de que ainda dominava a situação, concentrou-se nos detalhes do seu plano, mas, naquele momento, morrer não fazia parte dele.

O PERDÃO

Gabriela segurava, hesitante, o pen drive diante da entrada USB do seu notebook. Sequer tirara os sapatos, entrou em casa e foi direto para o quarto que usava de escritório explorar o arquivo, tamanha era a ansiedade. Mas quando estava a um passo de descobrir o que o tio a deixara, teve medo. O que quer que estivesse prestes a ver tinha o potencial de curar uma ferida incômoda ou abri-la ainda mais.

Venceu a relutância e colocou o pen drive de uma vez, como quem pula na piscina gelada em vez de descer pela escada.

O título do arquivo era "Para Gabriela". Nove páginas. No topo de cada uma, o nome de um de seus livros e um número. Ao centro, grandes retângulos verticais de linhas tracejadas dentro dos quais distribuíam-se aleatoriamente pequenos quadrados pretos. Gabriela sentiu a emoção transbordar.

Máscaras mágicas.

Não tinha impressora em casa. Pegou o computador, as chaves do carro e saiu.

Era feriado. O escritório da editora, escuro e silencioso, parecia outro lugar. Por alguns instantes, tudo o que se ouvia era o chacoalhar monótono das páginas sendo impressas. Depois, uma eternidade de absoluto silêncio enquanto Gabriela cortava cada quadrado nas páginas de forma meticulosa.

A atividade artesanal repetitiva e a euforia da surpresa que aquele dia lhe reservara empurraram Gabriela para suas lembranças mais remotas com seu tio. Não resistiu, deixou que todas elas viessem. Reviveu-as com tamanha nitidez que por vezes tirava os olhos do papel e olhava em volta para se certificar de que a memória não lhe havia escapado para fora da cabeça. Segurar a ansiedade para descobrir o que estava escrito por trás das máscaras enquanto cortava aquelas centenas de quadrados fez-se um processo de redenção. Podia sentir Geraldo presente, segurando com ela o estilete. Quando cortou o último, sentia-se diferente.

Ao colocar a primeira folha sobre a página oitenta e cinco do seu primeiro livro, deu-se conta de que foi exatamente a mesma estratégia das máscaras mágicas que Geraldo usou para esconder o arquivo no seu DNA. Essa percepção substituiu o incômodo que, no fundo, sentia por ele ter usado sua informação genética sem seu consentimento, por uma honra em ter servido a uma causa nobre.

Não anotou os caracteres um a um como fazia quando criança, leu a mensagem direto das páginas que acabara de perfurar:

Minha querida e doce Gabriela. Como você nos ensina em suas obras, a vida é injusta e o tempo cruel, mas ainda assim são nossos tesouros mais preciosos. As decisões que tomei em relação aos meus tesouros causaram dor, mas não pude fazer diferente, e espero que possa me perdoar. Você sabe que não sou afeito a sentimentalismos (embora saiba que os sentimentos, esses representam a verdadeira energia que nos move), de modo que serei direto no que preciso dizer: senti sua falta cada dia que estivemos separados. Por mais de uma vez, foi sua lembrança que me deu forças para continuar. Tenho muito orgulho de você, espero que sinta o mesmo a seu respeito. Você me tornou uma pessoa melhor e, acredite, estive e estarei sempre ao seu lado. Se tivesse sua habilidade certamente colocaria isso de forma menos clichê, mas a carta é do cientista para a poeta, não o contrário. Seu tio Geraldo.

Secou as lágrimas, mas não voltou para casa. Viu o sol se pôr da sacada do prédio da editora, onde escreveu, em poucas horas, mais dezenas de páginas do seu novo livro, superando um persistente bloqueio criativo como se uma represa tivesse se partido dentro dela.

***

O resultado do processo seletivo para o mestrado saiu uma semana depois que Henrique teve alta. Foi aprovado em primeiro lugar. Sem surpresas.

— Será uma honra trilhar o caminho do meu pai. Ainda mais sob sua orientação.

— Tenho certeza de que ele ficaria orgulhoso, não apenas pelo mestrado, mas pelo projeto.

— Não poderia escolher outro tema. Ele fez muito pela área, mas sei que ainda há muito o que descobrir sobre a telomerase.

— Há sempre muito o que descobrir sobre qualquer coisa…

Os dois conversavam enquanto organizavam a bancada que seria usada por Henrique para os experimentos de síntese. Embora a maior parte do projeto estivesse planejada para ser desenvolvida *in silico* — de modo que ele dificilmente precisaria da bancada — aquele era um ritual tradicional que Antônio fazia questão de manter. Além disso, aproveitavam para dar uma faxina no lugar. Novos momentos pediam novos ambientes.

Enquanto movimentavam frascos e vidrarias de um lado para o outro, Antônio não pôde evitar imaginar Henrique em sua sala, ocupando-a como titular, mantendo a tradição de passar as chaves de orientador para orientando. Não teve certeza se gostou da ideia, então alternou o pensamento para Victor. *O que será que precisa me dizer com tanta urgência que não pode esperar até a noite?* Ele havia insistido para conversarem o quanto antes, parecia aflito ao telefone, mas Antônio não ficou preocupado, já que esse passara a ser o estado basal do namorado nos últimos tempos.

Henrique pegou uma micropipeta antiga de uma das caixas. Parou o que estava fazendo e ficou contemplando o objeto. Passou de uma mão para a outra com o cuidado que teria com um pequeno animal. Comovido, Antônio aproximou-se dele.

— Era do seu pai. Sua pipeta preferida. O primeiro equipamento comprado com recursos de seus próprios projetos. Ele não era muito sentimental, mas tinha um carinho especial por ela.

— Posso?

O professor assentiu, permitindo que ele ficasse com a relíquia do pai. Tecnicamente, era parte do patrimônio do laboratório, mas não poderia negá-lo, afinal, foi a pipeta quem o encontrou, e não o contrário, como se o objeto tivesse não apenas memória, mas o desejo de voltar para a família.

— Você acha que meu pai fez grandes avanços enquanto esteve na NanoDot? — perguntou Henrique.

— Tenho certeza disso, mas nunca saberemos quais.

— Antônio, você acha que haverá um limite nessa história de edição de DNA? Não me refiro a um limite técnico, mas moral.

A pergunta o surpreendeu. Antes de responder, olhou para seu mais novo aluno tentando imitar o mesmo olhar que viu em Geraldo um dia.

— Antes do primeiro transplante de órgão ser realizado, isso chegou a ser considerado pela maioria algo cientificamente impossível, por isso a discussão a respeito era restrita aos acadêmicos da área. Quando a ficção virou realidade, os cientistas descobriram que a principal dificuldade de fato não seria técnica, mas moral. Retirar o coração de um cadáver para substituir o de alguém ainda vivo, profanando assim dois corpos, era algo hediondo, herege, demoníaco. Hoje vemos campanhas institucionais, algumas realizadas pelas próprias igrejas, pela doação de órgãos como ato de amor. Se quer ser um cientista de verdade, Henrique, precisa saber que ideias muito novas podem ser também muito assustadoras, mas são as que nos movem pra frente.

— Você é muito parecido com ele — disse Henrique, com brilho nos olhos, ao final da fala de Antônio.

Assim que terminaram a arrumação, Antônio se dirigiu para a casa de Victor, e Henrique para a delegacia. Foi assistir à prisão de Davi. Embrenhou-se em meio à multidão de repórteres que cercavam o carro que conduzia o homem mais importante do mundo naquele momento. Dentro do veículo, Davi olhava resiliente pela janela. Não escondeu o rosto dos fotógrafos famintos, seguiu impassível seu calvário, com uma serenidade no olhar que só foi quebrada quando acreditou ter visto Geraldo no meio daquela confusão. Não o senhor que entrou em sua sala para destruir seu mundo, mas o jovem que o visitava semanalmente no laboratório nos tempos de faculdade.

* * *

Quando Gabriela abriu a porta, Victor levou um susto. Ela estava com o cabelo muito curto, quase raspado, e foi dando logo uma explicação:

— Precisava mudar, mudar radicalmente. Eu mesma cortei! — falou, dando uma voltinha estilo *top model*. — O que achou?

— Lindo! Uma diva fica linda de qualquer jeito!

Gabriela soltou uma gargalhada contagiante antes de responder:

— Você não sabe mentir, seu filho da mãe! Vamos, entre, estou louca pra saber o que achou do livro.

Victor entrou e se sentou no sofá vermelho no centro da pequena sala. Gabriela insistiu que estava ansiosa para ouvi-lo, mas ele não respondeu de imediato, brincou fazendo uma cara de mistério.

— Vamos! Fala alguma coisa.

— Calma, parece até que é seu primeiro livro.

— Todo livro é o primeiro. Além disso, nunca fiz nada parecido.

— Está incrível, Gabriela. Perfeito.

— Ah, não! Você disse que seria sincero, eu preciso que foque nos problemas, e não que me bajule.

— Mas eu tentei, juro! Li três vezes tentando encontrar algum deslize, alguma inconsistência. Mas cada vez que eu lia só confirmava que o livro está perfeito. Não consigo pensar em nada para sugerir, o que é muito frustrante, tenho que admitir. Queria poder pegar seu livro depois de publicado e me exibir pelo menos um pouquinho. Estão vendo essa vírgula aqui? Foi sugestão minha!

— Seu bobo! É sério, não cometi nenhuma derrapagem na abordagem da parte conceitual?

— Pelo contrário, os conceitos em si estão condizentes com o que sabemos hoje. Já a abordagem, é o que torna esse trabalho único. Questões que eu achava que já tinha visto serem exploradas no seu limite, principalmente com a perspectiva quântica, você vai lá e mete uma metáfora e faz a gente olhar de um jeito totalmente novo. Você é muito foda!

— Espero que não esteja sendo condescendente por amizade. Escrever a respeito de algo que não se entende muito bem é um grande risco.

— E existe alguma coisa nesse mundo que a gente possa dizer que entende muito bem?

Gabriela respondeu com um sorriso.

— Quantos capítulos ainda vai escrever?

— Acho que cheguei em setenta por cento do livro.

— Estou ansioso pelo final.

Ela ficou séria.

— O que foi? Ainda não tem um final?

— Tinha. Mas tudo isso sobre a NanoDot mudou um pouco os planos. Victor, o que você pensa sobre a tecnologia deles?

— Acho que o mundo inteiro tem se perguntado isso nos últimos dias. Penso que ainda evoluiremos muito, mas haverá um limite.

— Um limite ético?

— Um limite natural. Há algumas premissas básicas que balizam todas as teorias científicas, sabe? A quantidade de matéria e energia no universo. A entropia. A evolução... Essas premissas criam alguns limites intransponíveis. Em algum momento nosso progresso na customização de informações genéticas vai esbarrar em um desses limites. Mas ainda estamos muito distantes disso.

— Então ainda assistiremos a muitas transformações até lá.

— A humanidade, sim. Nós dois, não. Isso é assunto para as próximas gerações.

— Mas a NanoDot parece ter acelerado o ritmo dessa evolução.

— O ritmo vem se acelerando. É inevitável. A humanidade se transforma muito rapidamente. Não percebemos porque nossa vida tem uma duração insignificante na escala de tempo geológica. Quem sabe como serão os seres humanos daqui a mil anos?

— Engraçado, essa tem sido a questão central das minhas criações até aqui. A aparente insignificância das nossas vidas, o fato disso nos obrigar a buscar um significado, e o quanto é possível e bonito alcançá-lo. Mas esbarrar com a mesma conclusão quando busco o pragmatismo da ciência ainda me choca.

— E você, o que pensa da tecnologia de edição de DNA?

— Não sei se tenho a dimensão real da proporção que isso pode tomar. Por um tempo, a ideia de estarmos nos tornando outra espécie me preocupou. Depois percebi que não poderei julgar essa nova espécie como boa ou ruim, pois não farei parte dela, e o problema se dissolveu.

— Acho que precisarei de um tempo para digerir essa reflexão.

— Victor, posso te explorar com mais uma pergunta especulativa? É para o livro.

— Quantas quiser!

— É possível, em teoria, editar o DNA de alguém para adquirir as características de outra pessoa? Imagine um grande fã do Elvis. A edição de DNA poderia torná-lo fisicamente igual ao ídolo?

— Isso é muito pouco provável por três motivos. O primeiro é que as diferenças entre as pessoas são geneticamente determinadas por um conjunto muito grande de variações sutis no genoma. O segundo é que a maioria das nossas caraterísticas físicas não pode ser redefinida, pelo simples fato de que as estruturas anatômicas já estão formadas, não dá pra voltar atrás. E, por fim, nossos traços pessoais não são exclusivamente definidos pelo DNA, a interação com o ambiente determina muitos deles.

— Ainda assim, com alterações suficientes no DNA alguém poderia, em tese, se tornar parecido o suficiente com o Elvis para se passar por seu irmão ou filho? Digo, nesse caso um teste de paternidade não acusaria a fraude, certo?

O silêncio embasbacado de Victor respondeu por ele. Embora a ideia de Gabriela fosse apenas um exercício de conceito, quem poderia saber até onde a tecnologia da NanoDot já havia chegado? Talvez estivessem vendo apenas a ponta do iceberg. A imagem de Henrique veio imediatamente à sua mente e ele sentiu um ar gélido lhe subir as costas.

* * *

Antônio entrou no apartamento chamando pelo namorado, mas ninguém respondeu. *Muito bom, me faz sair mais cedo e sequer está em casa*. Entrou no quarto. A luz ainda acesa, a cama desfeita e o casaco no chão denunciavam uma saída apressada de Victor. Enquanto aguardava seu retorno, Antônio dobrou os lençóis, organizou os livros que ficavam na cabeceira que servia de estante e recolheu o casaco. *Não era esse o casaco que ele insistia que havia desaparecido?* Levou a peça de roupa ao nariz. O fez instintivamente, não por desconfiança, mas foi surpreendido com um perfume que não era o de Victor. No bolso interno, o branco da ponta de um papel para fora contrastava com o tecido verde musgo. Puxou o papel. Um bilhete.

"Espero que tenha uma boa explicação para ter me deixado esperando. Vai ter que compensar depois... Saudade do seu beijo, meu amor."

Ele colocou o bilhete de volta no bolso e guardou o casaco no armário.

A relação entre os dois havia se deteriorado rapidamente. Antônio jamais admitiria para Victor, mas para si mesmo assumia a culpa pela decadência do namoro. Não era a primeira vez, e não seria a última. Todos os seus relacionamentos anteriores terminaram da mesma maneira, com o parceiro entendendo de forma dolorosa como ele era incapaz de priorizar a relação em detrimento de projetos pessoais.

Com Victor, começou diferente, mas terminaria igual. As circunstâncias em que se aproximaram fez Antônio criar a expectativa de uma convergência de interesses que constituiria a base para um relacionamento finalmente sólido. Pelo visto, não foi o caso. *Melhor assim, ele é uma pessoa maravilhosa, não merece estar atado a outra que jamais atenderá aos seus anseios*. Era uma conclusão racional, mas nem por isso menos dolorosa.

Antônio gostava dele. Não conhecia o suficiente de amor para saber se o amava, mas sentia por Victor algo diferente do que sentiu pelos namorados anteriores. Algo maior. Ele deveria chegar a qualquer momento, a conversa certamente culminaria com o fim do namoro. Antônio ficou triste, mas também grato pela oportunidade de preparar o espírito, seria pior se fosse pego de surpresa.

Victor entrou apressado no apartamento.

— Foi mal, perdi a hora conversando com Gabriela.

— Estava com Gabriela? Como ela está?

— Bem. Fui dar o feedback sobre o rascunho do livro.

— Nossa! Nem comecei a ler ainda.

— Deveria. Está muito bom.

— Então, o que é tão urgente a ponto de me privar do maravilhoso almoço no restaurante universitário? — Antônio brincou, tentando dar um pouco de leveza ao clima cheio de tensão, mas se preparou para a pancada que receberia.

— Antônio, precisamos conversar sobre o Henrique.

Um balde de água fria. *Então toda essa pressa era por mais uma crise ridícula de ciúmes?* Toda a empatia e compaixão pelo namorado derreteram instantaneamente. Não teve ânimo para dizer nada, apenas continuaria ouvindo.

— Sei que você anda achando que eu sinto ciúmes dele. Não é verdade. O caso é que eu nunca me conformei com esse cara aparecendo assim, do nada, na sua vida e resolvendo todos os quebra-cabeças como se fosse a pessoa mais esperta do universo.

— Victor, ele é filho…

— Então comecei a investigá-lo.

— Você o quê?!

— Fui até a clínica dele no centro. Duas vezes. Da primeira, descobri que a clínica foi inaugurada há pouco tempo, mas Henrique me disse que havia aberto há seis meses. As informações não batiam. Então voltei lá. Conversei com os comerciantes vizinhos, todos confirmaram que a clínica foi aberta há menos de três meses.

— Victor, dessa vez você foi longe demais. Isso é loucura!

— Não é só isso. Henrique disse que comprou a clínica depois de trabalhar nela por cinco anos, mas descobri que, no local, funcionava uma sorveteria. E tem mais. Naquele dia, na praia, vi o Henrique conversando o tal Carlos. Você sabia que ele é um figurão da NanoDot?

— Você está delirando.

— Eu sei o que vi, Antônio.

— Que seja! O sr. Carlos estava cuidando das questões do professor Geraldo. Foi ele quem me procurou, assim como fez com Gabriela, para falar do testamento e da carta. Se esse encontro aconteceu mesmo, não vejo nada de estranho nisso. Podem ter tido que tratar de detalhes da herança.

— E por que precisaria mentir para nós sobre isso?

— Até onde sei ele não mentiu, só não compartilhou conosco detalhes de sua vida pessoal. Não vejo nada de suspeito na discrição dele.

— Você sabia que o Henrique é acionista da NanoDot?

— Sim, faz sentido. O pai dele devia ser, deve ter deixado as ações pra ele.

— Ele comprou muitas ações recentemente, Antônio. Deve ter bastante dinheiro para...

— Victor, todo mundo comprou essas ações! Ele me contou que compraria também, até tentou me convencer a fazer o mesmo. Disse que a NanoDot era grande demais pra afundar, que se recuperaria depois que a poeira baixasse. O sujeito é inteligente, isso não faz dele um criminoso. É você que não está bem, Victor, você se deixou afetar demais. Eu sei que tenho grande culpa nisso tudo, te arrastei para uma tempestade e não cuidei de nós dois como deveria. Acho que chegou a hora de... te deixar livre. Você não precisa continuar gastando tanta energia comigo, merece mais.

— Você está terminando comigo?

— Você encontrará alguém melhor, alguém que te mereça... Se já não encontrou.

Victor ficou paralisado. De repente, as descobertas sobre Henrique perderam completamente a importância. Não soube como reagir, o que dizer. Ficou ali, parado, sequer houve tempo para produzir lágrimas. Observou, atordoado, Antônio pegar a mochila que arrumara enquanto o aguardava e sair sem a decência de olhá-lo nos olhos, sem qualquer palavra de despedida.

Pego de surpresa com o abrupto fim do relacionamento, Victor não teve oportunidade de chegar ao ponto da conversa em que revelaria as descobertas mais recentes. Que o médico que assinou o atestado de óbito do professor Geraldo era amigo de Carlos e também acionista da NanoDot. Que Carlos recém-assumira a presidência da empresa. Que havia indícios de que a morte do professor não fora um suicídio e que ele já nem tinha certeza de que Henrique era mesmo filho de Geraldo. E o mais importante, não teve tempo de finalizar com a frase de efeito que havia ensaiado. *Seu novo mestrando já te contou que é também o novo dono da NanoDot?*

De fato, Henrique tornara-se acionista majoritário da empresa. Em breve se tornaria CEO. A NanoDot seria conduzida pela primeira cobaia de sua tecnologia.

DAVI

Ele era adotado. Descobriu isso sozinho aos cinco anos e meio quando, despretensiosamente, interrompeu o desenho a que assistia na TV para perguntar:

— Pai, mãe, vocês sabem quem são meus pais de verdade?

Os dois nunca se convenceram de que ninguém havia lhe contado o segredo, de que chegara sozinho àquela conclusão. Ele era bem diferente dos dois irmãos mais velhos, era verdade, mas nada que saltasse aos olhos de uma criança de cinco anos a ponto de fazê-la perguntar pelos pais biológicos assim, como se perguntasse o que tem para o jantar.

Mas Davi via a questão de forma menos complicada que os adultos. Não se importava em ser adotado, não se achava inferior aos irmãos, nem sentia qualquer desequilíbrio na divisão do amor dos pais pelos três. Ser adotado estava para ele no mesmo patamar de importância de ir para a escola às sete horas, quando preferiria ir às oito para dormir mais um pouco, ou de comer ovos mexidos quando sua mãe estourava a gema sem querer, mesmo preferindo, por mera satisfação visual, quando a parte amarela e a branca não se misturavam.

Quando as notificações enviadas pela coordenadora pedagógica da escola passaram a ficar mais frequentes, seus pais acharam que as conversas em casa já não eram suficientes, e que deveriam procurar ajuda profissional. Era da mãe de Davi a função de explicar mil vezes para o filho, pacientemente, que os comportamentos agressivos o impediriam de fazer amizades. O pai teria argumentos mais variados, mas não tinha muita paciência para conversas, o que era admirável vindo de alguém que quase se tornou padre (o clássico caso do jovem rapaz que abandona o seminário por uma paixão).

Foi assim que Davi começou a ser acompanhado pela psicóloga escolar. A garota gentil e simpática, recém-formada em psicologia, fazia um trabalho brilhante, ninguém poderia culpá-la de não ter percebido a real fonte do mal comportamento já que os pais do garoto contaminaram suas primeiras impressões com a informação da adoção passada de forma especialmente enfática.

Assim, o viés na abordagem do acompanhamento do garoto impediu todos de perceberem suas altas habilidades, ainda mais com seu desempenho acadêmico abaixo da média.

As notas baixas não refletiam uma criança com dificuldade de aprendizagem, como faria concluir qualquer análise mais superficial, e sim um menino que não via sentido na forma ortodoxa de organização do conhecimento. Seu jeito peculiar de ver o mundo o fazia diferente dos colegas em vários aspectos. A consciência dessa diferença e o sentimento de marginalização que ela causava era o que estava por trás de quase todos os episódios de briga com as outras crianças.

Davi atravessou todo o ensino fundamental conversando com psicopedagogos que sempre davam um jeito de trazer à tona o assunto da adoção. Aprendeu a fingir que se importava com isso para abreviar as sessões. Só no ensino médio finalmente conheceu alguém capaz de perceber suas reais peculiaridades, embora não as entendesse bem, e dar o apoio de que precisava.

Essa virada de chave aconteceu quando sua professora de biologia o chamou para uma conversa depois da aula. Queria entender o motivo de suas frequentes notas baixas nas provas. Pela primeira vez, Davi encontrou abertura para falar com franqueza, e deixou a professora extremamente curiosa ao tentar explicar por que, em sua cabeça, não fazia o menor sentido estudar para a prova de biologia separada da de história e da de matemática, por exemplo. Intrigada com a perspectiva do aluno, ela propôs substituir sua prova por um texto sobre o conteúdo da unidade, com liberdade para que ele abordasse o que mais quisesse, de qualquer matéria. Não imaginava que ele abordaria todas, além de conteúdos de filosofia e música.

Após duas semanas sem sequer comer ou dormir direito, tamanha era a empolgação a cada nova página finalizada, Davi entregou para a professora um verdadeiro tratado multidisciplinar, que não apenas provou seu conhecimento profundo nos assuntos da matéria, como revelou uma capacidade de correlacionar conceitos que desafiava a própria epistemologia.

Logo a notícia ganhou os corredores, e Davi passou de valentão da escola para gênio superdotado, um rótulo que lhe desagradava tanto quanto o primeiro. Por isso, na faculdade, a conexão com Geraldo foi imediata.

O amigo e colega de curso tinha uma forma de organizar os pensamentos muito parecida com a sua. Também interagia com ele de modo tão natural que o fazia se sentir uma pessoa normal, uma sensação que Davi buscou desde sempre. Uniram-se pelas semelhanças, mas também pelas diferenças. Complementavam-se de muitas formas. Conversavam sobre quase qualquer assunto com uma fluidez capaz de tornar interessante até as discussões mais triviais. A única área na qual, depois de três tentativas que não acabaram muito bem, não se arriscavam, eram as questões relativas à espiritualidade.

Davi tinha convicções religiosas muito bem arraigadas pela criação que recebeu, diferente do amigo, que basicamente não tinha nenhuma.

— Não se trata de discutir se Deus existe ou não, Davi, sou obrigado a admitir a hipótese de sua existência por conveniência científica. Deus é a variável que fecha algumas equações, é a própria Navalha de Ockham. A verdadeira questão é o quanto a crença n'Ele afeta nossas decisões diárias.

— Não acha que esse senso de hierarquia...

— Submissão.

— Como queira. Não acha que é importante pra manter a ordem social? Que por sua vez permite a soma de habilidades e esforços, que é o que tem garantido nosso progresso como espécie?

— Pode ser, mas parece um argumento para justificar não a ordem, mas o controle.

— Meu velho, qualquer premissa pode ser desvirtuada e utilizada pra manipulação, isso não desmerece a premissa em si. Tem coisas que ultrapassam até mesmo a filosofia, mas você é muito quadrado pra essas coisas!

Era o tipo de discussão que não tinha fim, era forçosamente interrompida pelo avançar da hora, e foi essa a única razão pela qual pararam de falar do assunto. Não se importavam com a discordância, o que incomodava era deixar o tema em aberto. Mas Davi tinha esperança de que suas colocações ressoassem de alguma forma em Geraldo, se não para criar convicções um pouco mais transcendentais, que acalmassem seu espírito quando fosse preciso, pelo menos para colaborar com seu caráter em formação. Receava que alguém tão inteligente quanto o amigo, mas sem diretrizes morais muito claras, desequilibrasse a balança com pragmatismo demais e adotasse tendências maquiavélicas. Mas era uma preocupação rasa, fruto de sua forma de pensar, nada que lhe tirasse a paz.

Foi Geraldo o responsável por apresentar os fundamentos que fariam de Davi um dos homens mais poderosos do mundo. Pelo menos foi essa a importância que Davi deu ao parceiro. A verdade era que Geraldo apenas levou o colega ao laboratório de bioquímica, onde viu o vídeo que iniciou uma revolução silenciosa. Mas o sentimento de gratidão acompanharia o CEO da NanoDot até o fim, mesmo após a fatídica reunião em sua sala.

Logo que começou a arquitetar a ideia da empresa, entendeu que o status tecnológico da época não lhe permitiria avançar com o plano. Não se conformou, buscou incansavelmente uma saída até esbarrar com a produção acadêmica mais recente sobre inteligência artificial. Se os principais impulsionadores da tecnologia fizessem as escolhas certas, em poucos anos o cenário seria muito mais favorável. Davi precisava fazer parte daquilo, entender tudo do ponto de vista dos criadores, de alguma forma ajudar a conceber o futuro de que dependia.

Ingressar no principal centro de desenvolvimento de IA do mundo foi mais difícil do que pensava. A primeira barreira foi linguística. Não falava uma palavra daquele idioma, mas ficou fluente em um ano, um feito impressionante para qualquer pessoa, mas um inaceitável atraso de doze meses nos planos para Davi. Depois vieram as muitas recusas. Só o aceitaram quando ele encaminhou um artigo científico teórico, que publicara em um conceituado periódico sobre inteligência artificial, que chamou a atenção dos especialistas da área. Davi escrevera o trabalho exclusivamente com esse propósito.

O período que passou fora foi dos mais produtivos. Ajudou, como se propôs, no desenvolvimento do estado da arte, atuando em subáreas diversas do centro, e absorveu tudo o que podia de conhecimento. Durante esse período, ficou quase incomunicável, em parte pela dedicação integral ao seu novo projeto de vida, em parte pelos rígidos protocolos de sigilo impostos ao centro de desenvolvimento de IA pelo governo local que o financiava. Mas acompanhou, como deu, as notícias de casa, o que incluía Geraldo. Lia os artigos que publicava. Soube dos boatos de que estava namorando uma professora mais velha. *Não duvido, é o tipo de coisa que ele faria*. Comemorou a conclusão de seu doutorado e o início da sua carreira como professor. O amigo jamais deixou de ocupar o lugar que cativara em sua vida.

Ao voltar para o país, iniciou a parte mais incerta do projeto: conseguir um financiador. Soube de uma empresa aberta pelo dono de uma famosa franquia de hamburguerias que investia nas ideias de jovens empreendedores. Formalizou a abertura de sua startup e se inscreveu no processo. Começava a longa e impressionante história do maior fenômeno do mundo corporativo.

Davi vestiu a camisa de CEO nas decisões comerciais mais estratégicas, mas a verdade era que tinha zero disposição para a parte burocrática da gestão dos negócios, que, com o crescimento vertiginoso, exigia cada vez mais dele. Precisava de alguém para tocar a NanoDot enquanto ele se concentrava na parte científica. Esse papel coube, naturalmente, a Carlos. A estrutura organizacional se tornava cada vez mais complexa, mas Carlos se recusava a assumir funções formais. Preferia continuar prestando sua consultoria particular como uma espécie de conselheiro real.

Davi preferia assim. Gostava de Carlos, mas não confiava nele. Não foram poucas as vezes em que precisou impor sua autoridade contra ideias questionáveis defendidas pelo sócio-investidor. Quanto à sua competência e talento para criar ciclos virtuosos de crescimento, isso era indiscutível.

A falta de confiança em Carlos foi também o principal motivo pelo qual Davi atrasou o quanto pôde o início das pesquisas voltadas para desenvolvimento de produtos para a saúde. Dizia que projetos nessa área eram mais caros, complicados, e envolviam muita burocracia, mas a verdade era que tinha medo. Ele achava que a natureza já havia dotado o homem de todas as nanomáquinas de que precisavam, e promovia constante aperfeiçoamento no ritmo da evolução. Acelerar esse ritmo teria consequências imprevisíveis. Mas a aplicação da nanotecnologia em saúde era tão óbvia e urgente que não conseguiu segurar a iniciativa do projeto Nuntius por muito tempo.

Quando a NanoDot já tinha espaço físico próprio e um corpo técnico mínimo formado, Davi procurou Geraldo. Encontrou o amigo numa situação deprimente, isolado em um laboratório improvisado dentro de um prédio ainda em obras. Insistiu para que se juntasse a ele, mas o professor estava muito absorto em seus próprios projetos. Naquele dia, Davi saiu da visita como quem sai de um velório. Não estava triste por não ter conseguido convencer o amigo, não tinha muitas expectativas a esse respeito, mas viu um Geraldo diferente do que conhecera, mais introspectivo, com um olhar de alguém atormentado. Decidiu que faria um esforço para estar mais próximo.

Os encontros entre os dois se tornaram frequentes. Geraldo acompanhava por Davi a evolução da NanoDot, e participava dela por meio das longas discussões sobre os problemas que iam surgindo no percurso. Se Carlos era o conselheiro para assuntos comerciais, Geraldo era para os científicos, o mago Merlin do rei Artur. Mas a cada nova visita, Davi ficava mais preocupado com a saúde mental do amigo. Seus aspectos cognitivos e sua excepcional capacidade analítica se mantinham inalterados, talvez até mais aguçados com o tempo, mas os sutis detalhes na sua linguagem corporal, a escolha das palavras nas conversas e a insistência de evitar certos assuntos mais pessoais gritavam para quem o conhecia que ele estava mentalmente perturbado.

Além de Geraldo, outros cientistas preocupavam Davi, mas por motivos diferentes. A concretização de seu sonho exigiu a contratação de um número cada vez maior de profissionais com as mais diversas expertises. Os melhores em suas áreas, não necessariamente os mais éticos.

Era impossível acompanhar tudo que acontecia na empresa, mas ele se esforçava para não ser pego de surpresa por iniciativas dos colaboradores mais ambiciosos com as quais não estivesse de acordo. Davi tinha plena consciência das muitas zonas nebulosas na área de atuação da NanoDot, e que qualquer deslize implicaria ultrapassar limites inaceitáveis. O maior medo que tinha na vida era ver desvirtuado seu sonho original de melhorar o mundo, por mais ingênuo que isso parecesse.

Quando Carlos sugeriu aumentar o rigor no controle de informações internas, Davi gostou da ideia, apesar de ter achado os protocolos um tanto exagerados. Não se preocupava com os segredos comerciais, mas acreditava que o sistema proposto por Carlos também coibiria desvios de conduta que pusessem em xeque os valores da empresa. Além disso, sabia que era viável, vivera experiência semelhante durante sua estadia no centro internacional de IA.

Geraldo também era motivo de preocupação para Carlos, achava que Davi confiava demais no professor. Sabia que discutiam assuntos muito sigilosos relacionados aos projetos da NanoDot. Em uma ocasião, quase brigaram por conta disso, e foi quando Davi resolveu apresentá-los. Carlos mudou de ideia, ficou tão impressionado que achou um jeito de levar Geraldo para dentro do complexo principal de desenvolvimento da NanoDot, onde ficava a sede administrativa, e onde ele e Davi trabalhavam.

* * *

Muita coisa mudou ao longo das duas décadas em que Geraldo esteve na NanoDot. Davi e Carlos passaram a se desentender com frequência, embora se esforçassem para manter as aparências de um bom relacionamento em nome da harmonia da equipe. Quando não conseguia persuadir Davi, Carlos apelava para Geraldo. Foram tantas as intervenções que, em determinado momento, Carlos passou a se sentir mais próximo do professor que do CEO. Não sabia se era afinidade natural, admiração por suas habilidades ou fascínio pelo seu ar misterioso, o fato era que lamentava não encontrar, da parte de Geraldo, a abertura que gostaria para estabelecer laços mais amistosos.

As investidas de Carlos para se aproximar do professor não eram propositalmente ignoradas por ele, apenas passavam despercebidas, já que, na perspectiva de Geraldo, nada mudara no que dizia respeito à relação entre os três.

Depois que Geraldo se habituou à sua nova vida na NanoDot, se integrou à rotina de tal forma que não prestava mais tanta atenção nas pessoas. O diagnóstico de xeroderma pigmentoso que o privou da luz do sol só aumentou a dedicação sacerdotal à sua pesquisa. Não via mais o que se passava em sua volta, por isso foi tão chocante descobrir sobre os testes clandestinos em seres humanos.

De fato, nada que não fosse a pesquisa lhe despertava o interesse. O acordo funcionou exatamente como prometido. Geraldo tinha liberdade de fazer o que quisesse no laboratório em troca da colaboração intelectual com as decisões da empresa no tocante ao desenvolvimento tecnológico. No início, a maior preocupação de Davi sobre esse acordo era como viabilizar a publicação dos resultados do amigo em revistas científicas. Como justificaria a publicização de descobertas feitas dentro da empresa com o esquema de controle de vazamento de informações que beirava a ficção científica? Felizmente, o problema não chegou a se concretizar, visto que Geraldo jamais se interessou em publicar os achados de seus estudos particulares. Era como se guardasse apenas para si tudo o que descobria, o que contrariava sua essência de cientista, e reforçava a tese de desequilíbrio psíquico que continuava a angustiar seu amigo.

Diferente de Geraldo, Davi tinha uma vida fora da NanoDot. Não tinha mais que meia dúzia de amigos, mas visitava com frequência os irmãos e os pais, já muito idosos. Mantinha uma boa relação com a família, e formou a sua própria. Casou-se, numa cerimônia discreta para poucos convidados, com uma jovem arquiteta que conhecera durante uma viagem. Com ela teve dois filhos, gêmeos. Às vezes se pegava pensando como seria se Geraldo também tivesse uma família, como fariam viagens juntos e seus filhos fariam amizade. Chegava a sentir culpa por gozar de alegrias que o amigo jamais conheceria. Davi nunca chegou a saber que Geraldo tivera um filho.

Tornar-se pai foi um acontecimento transformador. Amava os filhos mais do que qualquer coisa, para o desgosto de Carlos, que viu seu inabalável impulso empreendedor ser aos poucos substituído pelo espírito paterno e aquela baboseira de "equilíbrio vida-trabalho". De fato, o nascimento dos meninos fez Davi tomar distância da NanoDot por um tempo, breve, mas suficiente para ele experimentar outra dinâmica de vida que lhe parecia mais satisfatória.

— Eu ouvi direito? Você quer jogar tudo pra cima? É isso?

— Não seja dramático, Carlos. Só estou dizendo que já cumpri minha missão, já realizei meu sonho. A revolução que eu te prometi já está em curso, a ciência não precisa mais de mim. Meus filhos, sim.

— Eu sabia! De novo essa conversa. Não me leve a mal, não, Davi, mas você virar pai agora foi um tiro no pé da empresa.

— Puta que pariu! Você está ouvindo o que está dizendo? São meus filhos!

— Desculpa, não foi o que eu quis dizer...

— Mas foi o que disse. A vida não é só a porra do dinheiro, sabia? E mesmo que fosse, nós dois já temos mais do que podemos gastar.

— Fale por você.

Enquanto a conversa era sobre dedicar-se mais à família, estava tudo certo. Não era o mesmo jovem entusiasmado que convencera Carlos a investir milhões, desafiando todas as recomendações contrárias, mas ainda era o filho da mãe mais inteligente que ele conhecia. Os problemas de fato começaram a aparecer depois do acidente de sua esposa. A mulher sobreviveu à queda do helicóptero. Dizendo dessa forma, parecia um milagre, mas o acidente não foi tão grave, e não houve vítimas. De todo modo, os minutos que passou acreditando que havia perdido a esposa fez Davi assumir uma postura ainda mais radical.

Da primeira vez que ele falou sobre abrir os dados da NanoDot, Carlos achou que estava fazendo uma piada, e chegou a acreditar que estava bêbado. Mas Davi estava mais sóbrio que nunca. Convencera-se de que manter segredo sobre a tecnologia superavançada da empresa havia sido fundamental até aquele ponto. Foi o que permitiu o acúmulo do patrimônio faraônico que custeava as caríssimas pesquisas. Mas havia chegado a hora de partilhar com o mundo ó que haviam produzido. Carlos não gostou nem um pouco da ideia.

Foi nesse clima de desacordo e hostilidade entre Carlos e Davi que Geraldo pediu uma reunião de urgência com o CEO.

Davi estava tenso. Acreditava que seu velho amigo estava ali a pedido de Carlos, para dissuadi-lo da ideia de compartilhar a ciência da NanoDot com o mundo. Ouviria novamente toda aquela conversa sobre responsabilidade com os acionistas, cláusulas contratuais, multas estratosféricas e tantos outros argumentos apocalípticos. Mas seria Geraldo a falar, e isso mudava tudo.

Ignorando o real motivo da reunião, tentou disfarçar o nervosismo com uma anedota sem graça. Não funcionou.

— Davi, o que preciso falar é muito sério, pode mudar os rumos da NanoDot, e de nossas vidas.

E mudou.

As falas de Geraldo atravessaram como flechas o coração do amigo. Testemunhou, desolado, a profusão de ideias absurdas daquela mente outrora brilhante. Davi tentou intervir, chamar à razão, argumentar, mas Geraldo estava transtornado. Começou a insinuar que a NanoDot poderia conduzir testes clandestinos em humanos. Davi não soube se as falas eram a manifestação mais contundente de alguém psicologicamente descompensado, ou se, de fato, assistia à triste deterioração do caráter daquele que sempre tivera como referência pessoal.

Percebendo que não teve a receptividade que esperava, Geraldo passou a acusar o amigo de hipocrisia, berrando que seu senso de ética tinha dois pesos e duas medidas. Verdadeiros devaneios esquizofrênicos.

Davi ficou tão abalado com o episódio que não foi trabalhar no resto da semana sob o pretexto de uma gripe forte. Dias depois, quando recebeu a triste notícia do suicídio, não se surpreendeu. O professor já dava claros sinais de distúrbios psiquiátricos. Nem por isso se sentiu menos culpado por não ter conseguido evitar a tragédia. Não foi ao velório. Não conseguiria suportar essa culpa estampada naquele caixão.

AS LEMBRANÇAS

Carlos não falava com Geraldo da mesma forma que falava com Davi. Aliás, tinha um jeito específico de conversar com cada pessoa com quem cruzava. Escolhia as palavras e as construções gramaticais e modulava a entonação — e até as sutilezas do sotaque — de acordo com o interlocutor. Fazia parte da sua receita para conquistar confiança. Mas sentiu que não estava funcionando naquele momento. Escondido na meia sombra naquele cantinho do restaurante, Geraldo não conseguia disfarçar o medo. *Preciso virar o jogo, trazê-lo para o meu lado*, pensou Carlos, e decidiu mudar a tática e ser mais direto.

— Professor. Está me ouvindo? Parece distante.

Geraldo assentiu com a cabeça e tentou concentrar-se novamente na conversa para não levantar suspeitas sobre o que planejava fazer.

— Desculpe, é que me sinto no meio de um turbilhão. Mas estou te ouvindo.

— Sabe, professor, nós dois somos muito parecidos. Não sou um gênio da ciência nem nada, mas sei reconhecer oportunidades, e não deixar quem se julga melhor que os outros decidir o que é certo e o que é errado. Davi é uma dessas pessoas, dessas que acham que sabem o que é certo, donas da verdade, mas que nunca levaram nenhuma bofetada da vida para aprender algumas lições.

Geraldo se mostrou confuso. *Mordeu a isca!*, imaginou Carlos. Davi era a pessoa menos corruptível que já conhecera; se não acolheu a denúncia do seu amigo, certamente a abordagem de Geraldo havia confrontado seu senso de ética. Para Carlos, essa era a única conclusão possível, e se estivesse certa, era a oportunidade perfeita para uma nova parceria, mais eficiente e menos limitada por valores ridículos e ultrapassados. Mas, para isso, precisava seduzir o professor, convencê-lo de que estavam do mesmo lado. Continuou falando:

— Você sabia que o Davi anda com uma ideia fixa de desmontar a NanoDot?

— Como assim?

— Ele quer revelar ao mundo todos os nossos segredos industriais. Compartilhar a tecnologia de base. Assumiu um alter ego altruísta e agora pensa que veio ao mundo pra trazer o bem à humanidade. Acho que está ficando louco, isso sim. — Avaliou a reação do professor para escolher o tom das próximas palavras, então continuou: — Por isso, não acho que seja seguro que ele continue no comando.

Geraldo não respondeu, o que significava que não discordava. Um garçom se aproximou da mesa fingindo não se importar com a aparência do cliente. A barba e os cabelos tingidos de um preto azulado provocavam um incômodo contraste com a pele coberta com aquela espessa camada de pomada. Fizeram os pedidos. Uma pausa providencial no diálogo para Geraldo digerir às pressas o que acabara de ouvir antes de Carlos voltar a falar.

— Professor, você sabe que não havia outra forma de testar as partículas do projeto Nuntius. Também tem consciência dos benefícios. Curamos pessoas com uma tecnologia revolucionária caríssima pelo preço de algumas ampolas de vitamina. Era a única forma. Seguir as convenções e ser ortodoxo, nesse caso, custaria o maior avanço científico do século. Mas Davi não pensava assim, por isso tivemos que esconder dele.

— Não acreditei que ele não soubesse o que sua própria empresa estava fazendo. Por isso o procurei.

— Sim. E provavelmente falou de alguma de suas ideias geniais e disruptivas acreditando que ele teria a mente aberta, mas se deparou com o mesmo careta, cabeça-dura, religioso e politicamente correto de sempre, não foi isso?

— Mais ou menos — respondeu Geraldo, hesitante, surpreso com aquela capacidade de leitura da situação.

Carlos sentiu que ainda não o havia convencido. *Continua suspeitando que pode ser armadilha. Preciso jogar o laço.*

— Professor, precisamos vazar a notícia sobre os testes com as partículas em humanos, é a única forma de derrubar Davi e salvar a empresa.

— Parece contraditório, não acha? Como denunciar um crime gravíssimo vai salvar a empresa?

— Tirando de cena o único com poder e vontade pra destruí-la.

— Vai custar caro.

— Não se soubermos vender a melhor versão dos fatos.

Geraldo, que oscilava entre o medo e a esperança, se convenceu finalmente de que Carlos estava sendo honesto quanto às suas intenções. Naquele momento, fez muito sentido que a pessoa mais ambiciosa que ele conhecia quisesse se livrar do sócio, e estivesse disposto a tudo para isso. Por outro lado, se entendeu bem, Carlos estava pedindo que traísse seu melhor amigo naquilo que era mais importante para Davi: seu sonho realizado.

Carlos não deu tempo para que ele refletisse demais:

— Você sabe que é o melhor para a NanoDot, e o melhor para o seu amigo. Além disso, essa é uma questão que precisa ser vista por outro ângulo. Permitir que Davi destrua tudo o que construiu privará a humanidade da velocidade que essa empresa conseguiu imprimir no progresso tecnológico. Você dedicou toda sua vida à busca da cura do câncer, não pode deixar agora que um conflito moral de ordem pessoal se coloque como empecilho.

— Não vou dizer que você não tem razão, Carlos. Tampouco me interessa julgar seu comportamento. Ainda que quisesse fazer isso, não conheço seus propósitos e motivações. Mas não posso trair Davi. Não conseguiria mais olhar nos olhos dele. Não conseguiria olhar nos olhos de ninguém! E já carrego muitos fantasmas comigo, não preciso de mais um.

Carlos fez uma pausa, ponderando que rumo daria à conversa.

— Geraldo, eu sei que você salvou a planilha da PME em seu computador ontem. Não foi considerada uma atividade suspeita devido à sua credencial, mas eu tenho acompanhado muito de perto o fluxo de dados naquela pasta. Você se expôs, correu um grande risco e, se fez isso, certamente descobriu um jeito de enviar as informações para fora. Tudo o que preciso é que me diga como. Acho que já era algo que você pretendia fazer de qualquer forma, certo?

— Por que você mesmo não faz isso?

— Você sabe que não posso. Ninguém pode. Tantos anos aperfeiçoando esse sistema de contenção de dados criou uma fortaleza digital intransponível, mesmo pra mim. Só alguém como você conseguiria pensar numa forma.

Geraldo lembrou-se do olhar desolador de Davi no dia da discussão que tiveram. Por um segundo, sentiu vergonha de si mesmo. Mas, ao abaixar a cabeça, viu seu reflexo no vidro da mesa, que tratou de relembrá-lo os inúmeros sacrifícios feitos em nome da ciência.

* * *

A edição especial limitada do VidaPlus não trazia nenhuma inovação de verdade, era apenas uma jogada de marketing para turbinar as vendas. A embalagem distinta tornava esse lote do produto perfeito para o plano de Geraldo e Carlos. A primeira coisa a fazer era providenciar a síntese. Depois precisariam contaminar os insumos na linha de produção. Geraldo ficaria responsável pela primeira parte, Carlos pela segunda. Também seria Carlos quem compraria duas ampolas assim que chegassem às lojas, não podiam correr o risco de o produto se esgotar.

O vice-coordenador de programação da equipe de PME levou um susto quando recebeu a mensagem solicitando seu imediato retorno à empresa. *Eu sabia que ia dar ruim!* Foi recebido por Geraldo, que lhe explicou que o caso ganhara ainda mais urgência e precisaria de sua ajuda novamente. Já tinha a fórmula do polímero de carboidrato. Com Carlos dando cobertura, conseguiram sintetizar uma pequena quantidade do polímero codificante que contaminaria o reator da fase hidrofílica do VidaPlus. Geraldo preparou, ainda, uma mistura de ácidos graxos para Carlos contaminar também a fração hidrofóbica como parte do complexo quebra-cabeça que havia concebido.

Geraldo não fazia ideia de como Carlos burlaria a segurança interna para promover as contaminações, mas não duvidava de que conseguiria. Ele tinha todo tipo de relações escusas dentro da empresa, alimentadas por seu status hierárquico e, obviamente, dinheiro, muito dinheiro. Era capaz de tudo, à exceção de transpor seu próprio sistema de segurança de dados.

Da casa de Geraldo, na NanoCity, ele e Carlos acompanharam pelas imagens das câmeras de segurança às quais tinham acesso, as caixas com os lotes de VidaPlus contaminados saírem do módulo de produção, serem transportadas em paletes para a zona de transferência, passarem pelos escâneres e serem empilhadas nos caminhões do lado de fora. Haviam conseguido. Furaram o bloqueio mais eficiente do mundo contra vazamento de dados.

— Tem certeza de que é seguro? — perguntou Carlos a Geraldo. — Não precisamos de mais problemas com efeitos colaterais dos usuários.

— O polímero é muito grande pra ser liberado das nanocápsulas de forma espontânea, só pode ser extraído em laboratório, e os ácidos graxos são biocompatíveis, e estão em pequeníssima quantidade.

— Bom. Segunda iniciaremos a fase dois.

— Estava pensando se não podemos antecipar para amanhã. Não quero passar mais um fim de semana aqui.

— Que seja! Está tudo pronto mesmo, quanto antes melhor. O meu pessoal lá fora está sob aviso. Esse Antônio é mesmo confiável?

— É nossa melhor opção.

Quando Carlos saiu, Geraldo ficou um tempo revisando todas as etapas do plano, receoso de que algo desse muito errado. Constatou, como já havia feito umas dez vezes, que não havia mais providências a serem tomadas. Iniciou o que seria seu último ritual pessoal naquele lugar. Antes de entrar para o banho, parou por alguns minutos diante do espelho, nu, para contemplar o corpo que, por vezes, duvidava que ainda fosse o seu. Aquele breve momento de contemplação disparou uma sequência frenética e incontrolável de lembranças. Dizem que nossa vida passa diante dos olhos como um filme no momento da morte. Para Geraldo, isso aconteceu com vinte e quatro horas de antecedência.

* * *

As memórias mais vívidas eram aquelas geradas no laboratório improvisado do campus universitário em construção. Não que fossem as mais marcantes, mas foram massivamente reforçadas por uma rotina enlouquecedora. O professor dedicou dias, semanas, meses inteiros à bancada, sozinho, ele e seus pensamentos. Houve um momento em que, aparentemente, foi esquecido por todos que sabiam da sua existência, o que o lançou num vazio que seria insuportável se não tivesse sido preenchido com trabalho.

A grande obsessão de Geraldo sempre fora mapear todas as atividades não canônicas da telomerase. Intuía o que os demais pesquisadores da área ainda levariam alguns anos para supor: que, a despeito da importância dessa enzima na imortalização das células do câncer, depois dessa etapa da carcinogênese a telomerase assumiria outros papéis fundamentais para a manutenção do tumor. A ideia de Geraldo era não apenas dissecar todos esses papéis, mas descobrir que parte da enzima era responsável por cada um deles. Estava convencido de que isso daria um novo rumo à terapia oncológica.

Ele lembrou-se de cada descoberta, de cada resultado frustrante, de cada mudança de planos que ocorreu naquele espaço. A certa altura, passou a questionar o que tinha de fato acontecido e o que foi adicionado pelo seu cérebro criativo. Era difícil diferenciar uma memória pura de uma contaminada pelas fantasias pessoais quando elas foram construídas na clausura de uma mente solitária. Por isso, regrediu no tempo e passou às lembranças das experiências com Gabriela — essas eram mais confiáveis.

As primeiras memórias que vieram foram felizes. Lembrou-se das aulas particulares de química, das comidas que tentavam fazer juntos — quase sempre a tentativa acabava em uma pizza comprada de última hora —, do primeiro namorado da sobrinha, que foi também a primeira grande decepção, de quando a descobriu poeta... Evitava acessar lembranças anteriores a essas, pois elas remetiam ao momento em que levou Gabriela para morar com ele, um período da sua vida solenemente varrido para debaixo do tapete dada a tragédia com a qual nunca conseguira lidar.

Avançou no tempo e reviveu a saudade que lhe apertava o peito enquanto esperava uma brecha na apertada agenda da importante escritora que fora um dia sua menininha. Sim, sua. Sentia-se pai de Gabriela, tinha mais direito ao título que o irmão. Seu pai biológico não a quis, a maltratou muito. *Maltratou?* Geraldo não tinha certeza, só sabia que esse foi o motivo de se afastar do irmão. Lembrou-se também daquele dia, da discussão entre os dois. Não queria, mas as memórias passaram a vir de forma involuntária e incontrolável.

A reunião deveria ser para discutir a divisão da herança, basicamente a casa e o comércio, mas o clima pesou logo no início quando Geraldo foi acusado pelo irmão de ser o culpado pela morte da mãe.

— Um acidente, seu imbecil, acidente! Você que mora aqui ao lado não conseguiu evitar e quer me culpar pelo que aconteceu?

— Você carregou Gabriela embora daqui sem se importar com minha mãe.

— Nossa mãe! Também era minha.

— Ela estava definhando de tanto sofrimento, apegada que era à menina. Você sabia disso, sabia e levou ela mesmo assim.

— Gabriela não podia ficar aqui. Não queria e não merecia. Não era justo privar a garota das oportunidades só para amenizar o luto da nossa mãe. Gabriela não é um bicho de estimação!

— É da minha filha que você está falando, seu cretino! — bradou o irmão contra Geraldo.

Foi durante essa discussão, ou seja, no momento mais inoportuno possível, que Geraldo fez a proposta que era o real objetivo da sua presença ali, jogando gasolina numa fogueira que já incandescia. Queria adotar Gabriela, queria oficializar-se pai da menina.

A afronta tirou o irmão do sério. Só não partiram para as vias de fato porque violência física fora algo banido de forma tão eficiente da educação dos dois que sequer saberiam como usá-la. Mas com palavras poderiam ferir de forma ainda mais cruel. Geraldo ouviu o irmão dizer, aos gritos, que ele perdera o juízo, que traria Gabriela de volta para perto da família, onde era o lugar dela, e que ele que morresse sozinho olhando para o próprio umbigo como sempre fizera, assim pagaria pelo sofrimento que causara à avó da garota quando a tirou de seus braços.

Tomado pela cólera, Geraldo reagiu acusando o irmão de ter abandonado a própria filha, como fez também com a própria mãe. Gritou que se houvesse um culpado pelo atropelamento, seria ele, o filho preferido que ficou na cidade para cuidar da mãe viúva e, em vez disso, repassou para ela a responsabilidade de criar sozinha uma criança concebida de forma irresponsável.

A reação explosiva do irmão veio quando Geraldo supôs que o acidente fora, na verdade, um suicídio, que sua mãe não suportou o abandono do filho que morava ao lado e deu fim à própria vida. Nem terminou a frase e assistia ao irmão quebrar com violência as cadeiras da sala, descontando toda a ira nos objetos inanimados por não conseguir fazê-lo em Geraldo, socando os móveis até que tudo em volta tivesse respingos de sangue de suas mãos.

Geraldo não ficou comovido ou chocado, pelo contrário, viu no comportamento animalesco do irmão a prova cabal de que ele jamais teria condições de cuidar de Gabriela, que a sobrinha precisava de um pai estável e presente. Seguiu com as acusações, dessa vez de que ele era violento, agredia a garota e colocava sua vida em risco. A infâmia fez os protestos se avolumarem. O terror no olhar do irmão foi tão visceral que Geraldo duvidou de sua própria sanidade naquele momento, não tinha mais certeza do que dizia, do que era real e do que sua mente traumatizada criava para justificar sua tentativa desesperada de garantir que nunca perderia Gabriela. A resposta foi dura:

— Não sei se você está louco ou se fazendo, mas agora você passou de todos os limites. Gabriela é minha filha, Geraldo! Minha, não sua! Você quer ser pai? Então vire homem! Construa sua própria família! Mas isso não vai acontecer, não é? Deus não há de permitir. Sabe por quê? Porque você não nasceu pra viver com gente, nasceu pra maltratar ratinhos naquele seu laboratório imundo.

Aquelas foram as últimas palavras que ouviu do irmão. Não voltariam a se falar, jamais.

Não queria ter lembrado daquilo, fazia-o sofrer, mas a memória era persistente. Viu-se entrando no carro e batendo a porta com força depois da discussão, dirigindo feito um louco enquanto jurava para si mesmo que jamais voltaria àquele lugar. Sentiu novamente a dor nos punhos causada pela força com que segurava o volante, como se tentasse comprimi-lo até que desaparecesse, que deixasse de ser matéria. Reviveu a sensação desoladora de querer, ele mesmo, deixar também de ser matéria, e a angústia de saber ser impossível. Nesse ponto, não pôde mais evitar, sucumbiu à memória da qual fugiu por décadas.

Lembrou-se do hospital, com sua iluminação exagerada e o cheiro persistente de éter. Viu novamente diante de si as auxiliares de enfermagem que marchavam, nervosas e sisudas, em direção ao centro cirúrgico. Lembrou-se de ser a primeira e única vez na vida em que rezou. Não sabia para quem, ou para o que rezava, não sabia sequer se era mesmo reza o que dizia em voz alta por não conseguir conter dentro de si, só sabia que faria o que fosse preciso, se converteria a qualquer fé se fosse necessário, para que aquela noite não terminasse em desgraça. Apesar de tudo, seja por não ser ele muito hábil em orações ou pela estatística que nunca prenunciou nada de bom para aquela gravidez complicada, a tragédia se deu.

Foi o obstetra quem deu a notícia. Geraldo relembrou em detalhes cruéis a sensação de estupor, o abismo que se abriu quando ouviu que as duas pessoas mais importantes da sua vida já não existiam mais. Perdeu, de uma só vez, sua mulher e seu filho.

Em uma região de densa vegetação nativa, a duas horas de carro do centro da cidade, dezenas de pequenas propriedades rurais salpicavam as montanhas. Uma delas pertencia à família de Elizabeth há gerações, e foi lá que os corpos inconcebivelmente inertes dela e do bebê foram enterrados.

Geraldo acompanhou o sepultamento à distância, não tinha forças para assistir à terra sendo jogada sobre a parte mais importante de sua vida. Viu as pessoas depositarem flores junto à pedra que havia no local e que servia de lápide, e depois saírem, uma a uma, em passos lentos e respeitosos, voltando para suas rotinas. Mas ele continuava ali, parado, de pé. Ninguém foi consolá-lo. As poucas nuvens que havia no céu se dissiparam, horas depois novas nuvens se formaram, anunciando que a noite provavelmente seria chuvosa. Um bando de pássaros sobrevoou a região em busca de abrigo. O vento soprou forte, depois parou, congelando cada folha da vegetação como numa fotografia; depois voltou a soprar, mais brando, e, por fim, com mais força que antes. Geraldo continuava ali, imóvel. Somente quando o sol já estava a minutos de se pôr, começou a dar passos vacilantes em direção ao carro. Abriu o porta-malas, tirou de lá uma pequena muda de jaqueira e deu meia-volta. Precisou respirar fundo antes de se aproximar da sepultura. Cavou com as mãos trêmulas e pálidas um pequeno berço para a muda e a plantou. Um ritual através do qual arrancava aquelas páginas tristes da sua história. Os átomos que formavam os corpos dos dois formariam agora uma árvore que viveria por muitos e muitos anos.

HENRIQUE

Há pouco o que dizer sobre sua vida.

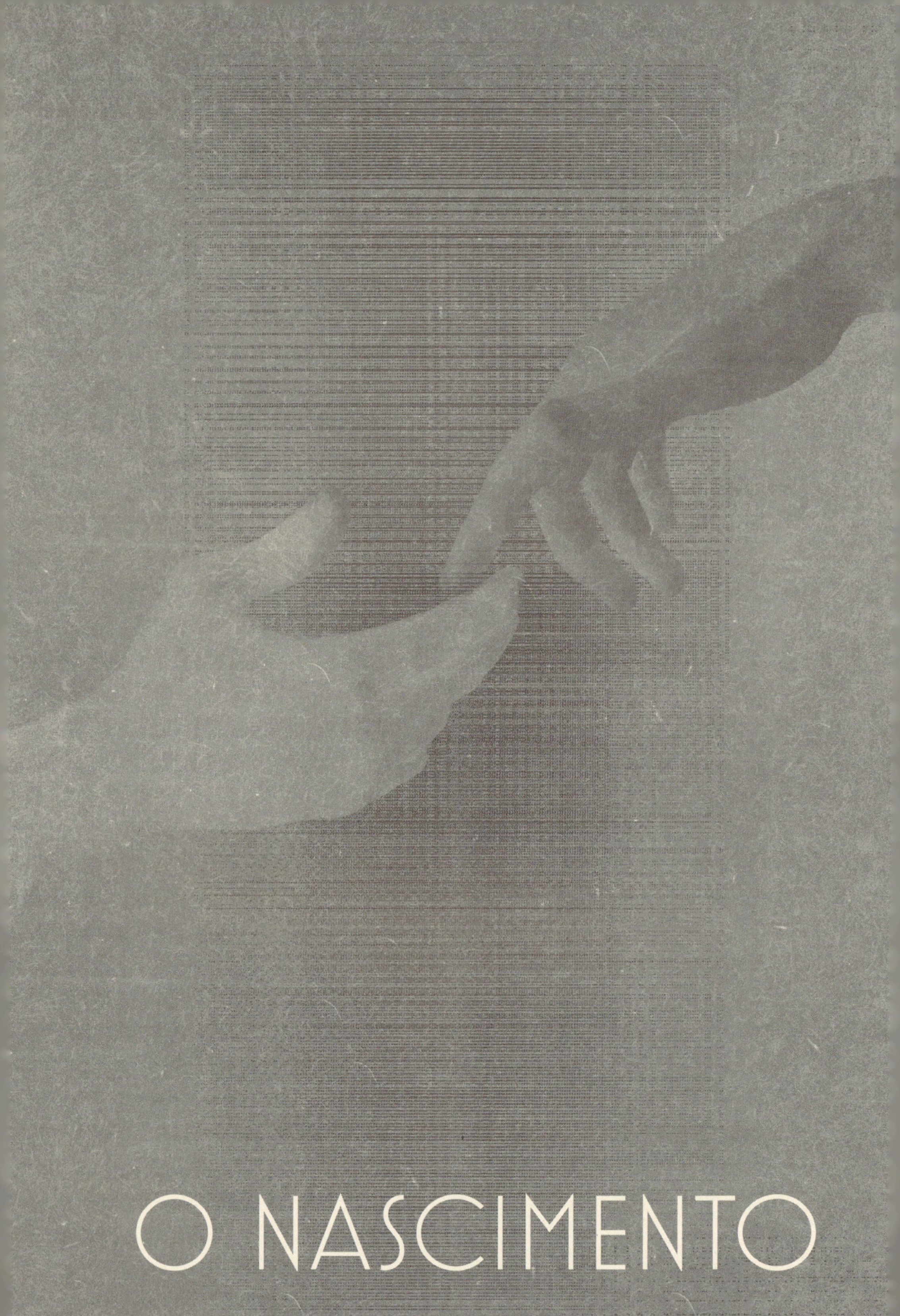

O NASCIMENTO

Geraldo tinha consciência da própria astúcia, mas percebeu o quanto subestimara a de Carlos quando o viu elevar o plano para outro patamar ao sugerir a simulação da sua morte.

A motivação inicial foi a segurança de Geraldo, principalmente depois da revelação que fizera para Davi, mas sua "morte" seria conveniente por muitos outros motivos. Um deles era que lhe permitiria executar a decodificação dos arquivos sem ser incomodado, mas, para Geraldo, o principal era que lhe daria a oportunidade única de um recomeço, a chance de deixar sua vida miserável para trás e renascer para novos desafios, novos relacionamentos, e um nova oportunidade de ser feliz.

Qual seria a causa da morte? Câncer! Bastante irônico morrer da doença que dedicou a vida a estudar. Mas Carlos foi além: suicídio, após o diagnóstico de câncer. Ninguém questionaria a certeza de um especialista sobre não lhe restar muito tempo de vida, e sua decisão de encurtar o sofrimento.

Matar o velho Geraldo não seria difícil, a versão do suicídio também traria consigo uma redenção, deixaria claro que ele reconhecia não ter feito boas escolhas na vida. O verdadeiro desafio seria o de assumir sua nova identidade, se passar pelo próprio filho, ouvir todos lhe chamarem de Henrique.

* * *

— Sua sala tem câmeras?

— Não, o único luxo que me permitem por aqui. Pode ficar à vontade, sou todo ouvidos.

— Davi, você se lembra do primeiro convite que me fez para me juntar a você?

— Claro.

— Naquele dia, você me abriu os olhos para avanços tecnológicos sobre os quais eu nunca havia pensado. Não precisei pesquisar muito para entender que você estava certo. A partir de então, soube que a

NanoDot teria o potencial de redefinir o mundo que conhecemos. Foi inevitável imaginar que rumos minhas pesquisas tomariam nessa nova era tecnológica.

— Eu sei. Foi o único argumento capaz de te convencer a vir trabalhar comigo.

— Eu passei anos estudando o papel da telomerase no câncer. Quando publicamos o artigo da *Nature* com o mapeamento da relação estrutura-atividade para todas as funções não canônicas, me senti como se tivesse terminado uma missão, cumprido meu objetivo. Passei a me perguntar o que faria a seguir.

— Até onde eu achava que sabia, você continuou as pesquisas com telomerase, não?

— Sim. Não fazia sentido desperdiçar todo o conhecimento acumulado. Mas passei a estudar sua implicação em células saudáveis, não mais tumorais. Você sabe, a desrepressão da telomerase em indivíduos adultos para retardar o envelhecimento sempre foi alvo de muita especulação.

Davi sentiu o sangue sumir de seu rosto e uma leve tontura o fez desviar o olhar. Um dos inconvenientes do seu pensamento rápido era a capacidade de antecipar as conclusões a partir de poucas palavras e algum contexto, de modo que a súbita compreensão por vezes o pegava desprevenido. Recuperou-se e fez sua intervenção cômica:

— Então você não quis seguir comigo na estrada de tijolos amarelos, mas decidiu procurar a fonte da juventude…

— Exatamente!

Ele esperava qualquer resposta, menos aquela. Desfez o sorriso e continuou ouvindo.

— O problema dessa abordagem é que parar o relógio biológico também suprime nosso principal sistema de proteção contra a carcinogênese. Minha ideia era desenhar uma telomerase artificial, capaz de manter o alongamento dos telômeros, mas sem qualquer das atividades não canônicas, o que dificultaria o desenvolvimento e a manutenção do tumor. Ainda assim, precisaríamos de um sistema de checagem e correção de mutações em proto-oncogenes para garantir a segurança.

— O projeto Nuntius — falou Davi, confirmando suas conjecturas.

— Sim. A edição de DNA de alta eficiência combinada com o alongamento dos telômeros poderia ser a fonte da juventude. Mas a teoria ruiu quando chegamos à conclusão de que a edição em tempo real seria inviável. Correções genéticas que precisam de anos para ocorrerem poderiam curar doenças raras, mas não impedir a formação de tumores. Então mudei de estratégia e passei a tentar desenhar uma nova proteína, uma que tivesse o mesmo sítio ativo da telomerase, mas que fosse capaz de induzir apoptose em células transformadas antes que se tornassem tumorais.

— Uma armadilha celular.

— Eu consegui, Davi! Não é uma proteína, mas um complexo, sequenciado por oito genes artificiais, graças à NanoDot, graças a você!

Davi tentava organizar os pensamentos enquanto olhava, assustado, para o amigo cujos olhos pareciam prestes a saltar das órbitas. Não era mera empolgação, mas uma euforia louca. Geraldo era a caricatura insana do professor que conhecera um dia.

— Geraldo, eu... Parece fantástico, mas... Sabemos que o envelhecimento é um processo complexo, não dá pra modular com uma única abordagem, afinal...

— Claro, claro! Eu pensava da mesma forma. Exposição a agentes nocivos, estresse oxidativo, alteração de matriz extracelular, acúmulo de mutações, mudanças anatômicas irreversíveis... O envelhecimento é multifatorial. Mas e se, depois de reconfiguradas, as células se adaptassem às novas possibilidades? E se o organismo passasse a descartar células velhas pelo simples fato de poder substituí-las indefinidamente?

— Mas os neurônios...

— Incluindo plasticidade neural! — Seu tom de voz subia com sua excitação.

— Bem, isso levaria algumas gerações, mas é uma teoria bem...

— Não necessariamente, Davi. Muitas pesquisas sugerem que adaptações decorrentes de manutenção telomérica e estresse oxidativo não seguem o ritmo da evolução, podem ocorrer durante o ciclo de vida de um único indivíduo.

Geraldo não quis dizer de uma vez que não se tratava de teoria apenas, que havia comprovado cada um dos mecanismos em seu próprio organismo, que havia se doado por inteiro à pesquisa, literalmente, de corpo e alma.

— Geraldo, ainda que você esteja certo, o que sou obrigado a confessar que duvido um pouco, estaríamos fazendo uma interferência sem precedentes na ordem natural. Nem consigo avaliar as consequências.

— A velhice traz sofrimento, Davi, precisa ser curada, como qualquer outra condição humana que faça o mesmo.

— Vamos com calma... Sofrer faz parte de ser humano, e ajuda a nos tornar quem somos, com isso você ainda concorda, certo? O que você pretende, afinal? Nos fazer imortais?

— Ninguém está falando de imortalidade, não viaje! Estou falando de morrer jovem, biologicamente jovem, só isso.

— Geraldo, sem o declínio progressivo do corpo, como ocorreria a morte? Escolheríamos o momento?

— Você está extrapolando a questão.

— Extrapolando? Porra, Geraldo! Não é o que a gente tem feito todos esses anos? Avaliar as implicações de longo prazo do que desenvolvemos hoje?

— Sim, mas daí a supor que deixaremos de morrer é um pouco de exagero!

— Minhas ideias sempre pareceram exagero, até pra mim, e ainda assim aqui estamos, produzindo nanorrobôs peptídicos como eu disse que faríamos um dia.

— Penso que podemos ampliar nossa longevidade, sim, e aproveitar a vida até o último dia. Mas se trata de chegar na morte com o corpo saudável, e não de evitá-la.

— Geraldo, tartarugas podem viver por séculos, árvores por milênios, algumas espécies de esponja-do-mar podem viver por mais de dez mil anos! Em tese, seres multicelulares podem viver indefinidamente sob condições adequadas.

— Não me preocuparia com isso, vivemos em condições cada vez mais longe das adequadas. Além disso, as tartarugas e esponjas também morrem um dia, não morrem?

O tom de voz de Geraldo era outro, de decepção. Não imaginou que Davi se mostraria tão resistente. Já reavaliava a ideia de revelar sua verdadeira condição. Não se despiria do disfarce, não ainda, o amigo não estava pronto, e parecia ainda não desconfiar das mudanças em seu corpo.

— O que você quer de mim, afinal de contas?

— Quero que se junte a mim no projeto mais audacioso da NanoDot. Podemos fazer os testes. — Geraldo abriu seu computador. — Já tenho muitos dados que mostram claramente…

— Ei, ei, ei! Calma aí! Como assim, testes?

— Testes em humanos.

— Não acha que está indo rápido demais?

— Trabalhei nisso por três décadas, Davi, então não, não estou indo rápido demais. Posso garantir que está pronto e é seguro.

— Geraldo, me desculpe, mas você também achou seguro testar as partículas em si mesmo. — Ele lançou no amigo um olhar de piedade. — E olha o resultado.

Geraldo havia dito a Davi, anos atrás, que desenvolvera xeroderma pigmentoso devido a uma tentativa malsucedida de edição de um gene supressor de tumor. Era a única forma de explicar, já que essa era uma condição de nascença. A mentira foi necessária para manter seu disfarce. As luvas, os óculos, as roupas e pomadas não escondiam um corpo sensível à luz do sol, e sim os músculos firmes e a pele sem rugas daquele "senhor de idade", com o benefício extra de proteger suas células da radiação ultravioleta, principal causa de acúmulo de mutações na pele — mais uma medida de precaução antitumoral necessária para ele.

— Pois é, já fiz meus sacrifícios em nome da segurança que hoje temos para levar testes clínicos adiante — protestou Geraldo.

— Você conhece os protocolos de pesquisa melhor do que eu.

— Que se danem os protocolos — gritou Geraldo, levantando-se do sofá. — Não precisamos seguir as convenções engessadas.

— Não estou entendendo, Geraldo — respondeu o amigo, levantando-se também.

— Ah, não se faça de burro! Estou falando dos testes clandestinos, de colocar os genes sintéticos nas partículas de edição, de colocá-las no VidaPlus para testar nos usuários.

— Você está louco?!

— Ora, não seja hipócrita! — berrou Geraldo. — Acha que não sei de nada?

— Geraldo, não sei de que merda você está falando, mas está claro que você não tá bem, você precisa de ajuda.

— Você que é um cientista de merda! — Geraldo gritava descontrolado. — Um amigo de merda! Se acha acima da moral, mas sua ética tem dois pesos e duas medidas, não é isso, Davi?

— Geraldo, você precisa se acalmar, vai chamar a atenção dos seguranças.

— Não se preocupe, não pretendo me demorar.

Ele abriu a porta da sala e saiu em direção ao elevador.

Enquanto fazia o percurso para casa, revisou a discussão que acabara de ter e chegou a duas conclusões possíveis: ou Davi de fato não sabia sobre o esquema de testes ilegais, ou sabia, mas não queria compartilhar com ele. Em qualquer um dos dois cenários, ele havia colocado tudo a perder, revelado na hora errada o segredo que guardou por décadas, e haveria consequências.

* * *

Há quem duvide do poder da poesia. Há quem acredite se tratar de mero amontoado de frases apresentadas de forma esteticamente agradável, ou nem isso. Quem pensa assim subestima o poeta, essa espécie de mago que domina a sublime arte de tocar a alma com as palavras. Há que se relevar tamanha ignorância, pois nem todas as almas são tocadas pelas mesmas poesias. É tão grande a diversidade delas, das almas, que é necessário que as poesias sejam igualmente diversas para que cada uma encontre a sua. Por isso é triste quando, mesmo tendo toda uma vida para procurar, alguém morre sem presenciar esse encontro mágico. Não foi esse o caso de Geraldo. Quando leu o texto de Gabriela pela primeira vez, aquele amontoado de frases transcendeu a forma e transbordou significado, mudando para sempre sua relação com o tempo, fazendo-o inconformado com a impotência humana diante dele.

Seria exagero dizer que a poesia da sobrinha fez o professor decidir iniciar aquela nova linha de pesquisa. O que aconteceu foi que, depois da leitura, de alguma forma misteriosa, teve parte de si transformada em outra pessoa. Foi essa nova pessoa quem embarcou pela louca jornada para controlar o tempo — pelo menos em um de seus aspectos mais tangíveis —, movida por suas próprias experiências de vida.

* * *

Constava no registro oficial da ocorrência o depoimento de Carlos sobre as circunstâncias em que encontrou o corpo de Geraldo. Segundo esse depoimento, ele foi procurar o professor no laboratório por volta das nove horas da noite depois de não tê-lo encontrado em casa. As câmeras de segurança confirmaram o relato, assim como o flagrante do momento em que Geraldo, dentro do laboratório, parecia injetar algo no braço depois de se sentar numa cadeira. Carlos o encontrou desfalecido. Acionou o protocolo de acidentes sabendo que o médico de plantão, um amigo que lhe devia favores, recomendaria a transferência imediata para um hospital de alta complexidade, onde outro conhecido já esperava para continuar a encenação e confirmar o óbito. Causa: embolia gasosa disseminada por injeção intravenosa de grande quantidade de ar. Não se fazia teste toxicológico para isso.

A seringa, com agulha suja de sangue de Geraldo, supostamente usada para as múltiplas aplicações, era a principal evidência do processo. A carta que escreveu de próprio punho, bem como o testamento que registrou um dia antes, deixaram claro que a ação foi premeditada. O resultado — forjado — apontando diagnóstico de câncer deu ainda mais concretude à versão. Ninguém ousou questionar. E assim Geraldo morreu para todos, incluindo ele mesmo. As cinzas de um caixão vazio que seriam guardadas em seu novo apartamento não serviriam de lembrança da morte, mas do nascimento de um novo homem.

Não seria mais necessário viver nas sombras, não precisaria mais tingir os cabelos e a barba, já que a tinta servia para esconder não os fios brancos, mas a ausência deles. Sequer precisaria manter a barba! Poderia finalmente sair ao sol em público sem as várias camadas que o cobriam. Ler as poesias de Gabriela ao pôr do sol na praça ou no mirante de um prédio passaria a ser o momento mais feliz do dia, substituindo a deprimente e solitária leitura feita na sacada de sua casa dentro da NanoDot.

Carlos tinha muitos contatos. Além do médico que atestou o óbito, arrumou o casal que providenciaria documentos e um passado para Henrique. Arrumou também a dupla que passou a cuidar, secretamente, da segurança de Gabriela. Foi um pedido de Geraldo, receoso de que sua mensagem fosse interceptada pela NanoDot e colocasse a sobrinha em risco. Mas o descuido dos dois homens contratados foi tamanho que o serviço não durou muito; quando Antônio contou que os viu seguindo-o, Henrique demitiu os seguranças. Esperava que os outros comparsas de Carlos fossem menos amadores.

Antes de morrer, Geraldo passou para Antônio os equipamentos necessários para continuar suas pesquisas fora do complexo, e se tornaria seu aluno para ter acesso a eles. O inconveniente era que, não sendo mais Geraldo, não poderia ele mesmo trabalhar na decodificação dos arquivos. Nesse caso, não seria difícil convencer Antônio a assumir a tarefa, bastaria envolvê-lo no mistério, e depois enviar uma mensagem de texto dizendo o que ele deveria fazer, enfática o suficiente para que ele se sentisse desafiado a fazer exatamente o contrário. Por fim, depois de alguns dias, oferecer a providencial ajuda de Henrique, e de sua amiga imaginária programadora, para decifrar os códigos. Deixaria que Antônio tirasse o máximo de conclusões por conta própria, interviria apenas quando fosse necessário ganhar tempo.

Geraldo sintetizou um pequeno fragmento de DNA, o amplificou dentro de mitocôndrias de células de sarcoma de Kaposi e induziu a proliferação das organelas. Simulou então um fragmento de tumor que seria entregue para Antônio. Ele sabia que esse tipo de tumor tinha como característica o reduzido número de mitocôndrias, isso chamaria sua atenção. Também adicionou no lote de VidaPlus especial cinco ácidos graxos, com massas moleculares diferentes, em proporções bem-definidas para que Henrique pudesse tirar de algum lugar a informação da parte do código que faltava. Sua proximidade com os funcionários do laboratório da NanoDot foi fundamental para executar esses adendos de última hora.

Do lado de fora, Henrique se reuniria regularmente com Carlos para garantir que todos os detalhes saíssem como planejado. Marcariam os encontros numa praia afastada da cidade, onde Geraldo havia levado a sobrinha algumas vezes.

Tudo aquilo daria muito trabalho, e tinha grandes chances de não dar certo. *Exatamente como num parto, e Henrique precisa nascer...*

* * *

Na primeira aparição na universidade, Henrique não estava preparado para ver Gabriela. O impacto do encontro quase o denunciou, mas soube disfarçar bem. Quando, naquele mesmo dia, a abraçou, sentiu o mesmo calor estranho do abraço que Geraldo recebera um dia de uma garotinha de dez anos. Não pôde conter as lágrimas. Também achou que poderia ter sido descoberto quando se pegou contemplando o antigo laboratório, ou a primeira micropipeta de Geraldo, mas não levantou suspeitas de ninguém, à exceção de Victor.

Não queria separar os dois, mas não teve alternativa. Quando descobriu que o namorado de Antônio estava investigando sua vida, precisou tomar uma atitude drástica. Enquanto plantava o bilhete no bolso do casaco que Victor esquecera na clínica veterinária, desejou sinceramente que ele fosse feliz com outra pessoa. Ainda assim, sentiu-se uma pessoa má, então fez o que tinha que fazer o mais rápido possível para não ter que lidar com esse sentimento. Borrifou o perfume no casaco e atirou pela janela nos fundos do prédio, que sabia ser do quarto de Victor, enquanto ele estava na casa de Gabriela.

Depois de morto, Geraldo só reapareceria uma única vez: para escrever uma mensagem em máscaras mágicas para Gabriela, depois de uma conversa em que Henrique entendeu o mal que o tio havia causado à sobrinha.

VICTOR

Ele tinha uma irmã gêmea. Cresceram dividindo tudo: o quarto, os pais, a vida. Estudaram na mesma turma do colégio e, por mais exótico que pudesse parecer quando se tratava de relacionamento entre irmãos, nunca brigavam. Por isso, quando passou no vestibular e saiu de casa, ele sentiu mais a falta dela do que dos pais ou dos amigos. Foi um choque descobrir que, pela primeira vez desde que se lembrava, ele e a irmã fizeram opções diferentes. Ela fez direito; ele, enfermagem.

A família morava numa cidade da região metropolitana há menos de duas horas do centro da capital, de modo que se encontravam todos os finais de semana. Foi assim pelo menos durante o primeiro ano de Victor na universidade. Mesmo assim, aquele foi um ano terrivelmente solitário. No ano seguinte, mudou-se para uma república em que já moravam dois colegas de sua turma da faculdade e um estudante de farmácia — de quem herdaria o fascínio pelas células que o tiraria dos hospitais e o colocaria nas salas de aula.

Dali em diante, contavam-se nos dedos das mãos os dias em que morou sozinho. Estava sempre compartilhando seu apartamento com a namorada, namorado ou amigo da vez. De tudo que se poderia contar de sua vida — e foram muitas as experiências — o que havia de mais revelador sobre as escolhas que fizera era seu medo da solidão. Um medo que o conduziu por um tortuoso caminho entre amizades sinceras e relacionamentos abusivos. Quando conheceu Antônio, havia terminado o último desses relacionamentos há menos de uma semana.

Aconteceu em uma reunião do departamento em que atuava como professor substituto. Já estava no último semestre do contrato depois de um ano e meio trabalhando ali, mas não tinha dado muita atenção àquele professor simpático com quem foi designado para compor uma comissão para análise de um processo acadêmico. Trabalharam na tarefa em um único encontro, na sala de Antônio, mas foi suficiente para perceberem que havia muito em comum entre os dois. Nascia ali uma amizade madura e despretensiosa que Victor, apesar de se esforçar muito, não conseguiu evitar que se transformasse em mais uma paixão.

Já não era mais professor substituto quando, num bar em que encontrou com Antônio por acaso, declarou seus sentimentos. Romântico que era, entendeu o encontro como mensagem do destino, mas levou um fora educado do amigo. Não só isso, sentiu que Antônio passou a evitá-lo. Por isso, recebeu com surpresa sua ligação naquele domingo. Um pedido de ajuda muito estranho, mas Victor nunca pensava antes de atender à demanda de um amigo.

Os primeiros dias que Antônio passou em sua casa, ainda que por motivos não tão felizes, transformaram o humor de Victor. Acordava cedo, preparava o café para os dois e conduzia com ele conversas leves e divertidas. Também era o responsável pelo jantar, e ainda colaborava com o que convencionaram chamar de "projeto Geraldo". Mas, ao contrário do que Antônio imaginava, nada disso tinha intenção de conquistá-lo. Era certo que Victor queria resgatar a amizade de outrora, mas não tinha expectativas para além dessa. Tudo que fazia estava contaminado pela felicidade de ter novamente alguém com quem compartilhar o espaço, simples assim. Porém, o efeito foi além do esperado, e Antônio se deixou envolver mais do que pretendia.

No início, os dois sentiam que o relacionamento nascera da conveniência e, portanto, não vingaria, mas o tempo sob o mesmo teto fortaleceu os laços a ponto de ambos se imaginarem juntos para o resto da vida. Por isso, o término do namoro foi mais doloroso do que de costume.

Victor achou o bilhete no bolso do seu casaco quase um mês depois do fim do relacionamento com Antônio. Sentiu raiva no momento, mas logo em seguida se resignou. Não buscaria explicações. Já havia superado a pior fase, já conseguia até falar com ele por telefone sem chorar ao desligar, e sentia que seria melhor se cada um seguisse o próprio caminho, principalmente depois que Antônio saiu da universidade e foi trabalhar na NanoDot. Victor reconheceu a vitória do suposto filho de Geraldo, e ficou em paz.

Não foi surpresa para ninguém quando Henrique fez o convite, e Antônio aceitou. Pelo menos não foi como quando descobriram que o veterinário simplesmente tornara-se o dono da empresa de uma hora para outra, uma revelação que chocou a todos, com exceção de Victor.

Henrique teve certeza de que o professor seria a pessoa certa para coordenar o projeto Nuntius; não apenas por conta dos muitos testes nos quais foi bem-sucedido durante a tentativa de decifrar as mensagens secretas, mas pela opinião manifestada em muitas conversas que tiveram. Em especial, Henrique se lembraria sempre de quando Antônio usou com ele o mesmo exemplo que ouviu um dia de Geraldo, o argumento sobre a evolução nos transplantes de órgãos para justificar os avanços científicos em temas polêmicos. "Sou responsável por minhas descobertas, não pelo que a humanidade fará com elas", disse certa vez, resumindo nessa frase os atributos de personalidade que eram necessários para trabalhar na NanoDot sob nova direção.

Mas Antônio não deixou só dores. Victor seria eternamente grato por tudo que ele representou em sua vida. Para além das preciosas lições, ficou também sua vaga de professor da universidade, que Victor assumiu após aprovação em um concurso extremamente concorrido, e Gabriela, mais que uma amiga, uma irmã de alma, como quem passou a dividir o apartamento.

* * *

Davi superou o tempo de prisão de Carlos em um dia e meio, mas teve uma experiência muito menos traumática. Dos cento e cinquenta dias, apenas vinte foram passados em uma cela especial, e os demais em prisão domiciliar. Ao final do processo lhe foi atribuída culpa *in omittendo*, o que abrandou significativamente a pena. Seis meses depois da prisão, vendeu suas ações e encerrou formalmente o vínculo com a empresa que criara. Não queria ser corresponsável pelo que quer que a NanoDot fosse fazer dali para frente. Mas jamais conseguiu livrar-se desse peso.

O chefe de divisão da PME-Saúde foi identificado como mentor do esquema de testes clandestinos. Ao contrário de Davi, esse teve a pena ampliada pela tentativa de assassinato de Henrique quando descobriu que partira dele a denúncia.

Carlos se safou.

* * *

Carlos era experiente o suficiente para saber que o escândalo dos testes ilegais abalaria a NanoDot, mas seria incapaz de destruí-la. Mais que isso, tinha informações privilegiadas do chefe de divisão da PME-Saúde sobre suas pesquisas clandestinas, sabia do sucesso da técnica de bloqueio de edição em gametas. Ele podia não ser da área, mas estava ali a tempo suficiente para entender o papel essencial que essa informação teria na reabilitação da empresa. Vazou informações privilegiadas sobre a denúncia em curso que fez muitos sócios da NanoDot venderem as ações às pressas para evitar danos. O próprio Carlos comprou a maioria. No pico da crise, quando o valor chegasse no piso, compraria mais, mas alguém foi mais rápido. Quando se deu conta, Henrique já havia se tornado acionista majoritário. *Aquele filho da puta! Tenho certeza de não ter comentado sobre as ações, o desgraçado me passou a perna*. De fato, Henrique não era tão ignorante em assuntos financeiros e de negócios como se supunha. Logo assumiria o lugar de Davi, e queria Carlos ao seu lado, não acima dele.

Henrique e Carlos se estranharam de início na condução da nova fase da empresa, mas logo se alinharam. Sabiam que os destinos dos dois estavam irreversivelmente entrelaçados, não faria sentido medir forças, então se uniram. Carlos era o único que sabia da antiga identidade do CEO.

— Qual é a sensação, Henrique?

— Não penso muito a respeito. Tento não pensar sobre o passado que me vem nos sonhos; em vez disso, me concentro no meu passado de verdade, aquele em que descobri que meu pai estava vivo já na idade adulta, convivi pouco com ele, mas recebi uma herança que fez de mim quem sou hoje.

Carlos sorriu.

— Não pensa sobre a morte? Digo, a sua morte. É impossível saber quando, finalmente, Henrique vai chegar ao fim da vida. Como você consegue conviver com essa incerteza?

— Minha morte não é mais misteriosa que a sua ou de qualquer outra pessoa. Talvez eu viva um pouco mais, mas continuo sem saber o dia da partida. A vida não faria sentido de outra forma. Você não gostaria de experimentar? Posso garantir que é seguro.

— Não — respondeu Carlos com convicção, embora tivesse o olhar distante. — Eu já estive preso uma vez, injustamente. Sabe qual foi a pior parte? Não ter uma pena para cumprir, não saber quanto tempo duraria aquele inferno, quando eu me veria livre daquele lugar. Eu invejava os presos que podiam riscar na parede cada dia a menos dos dez, doze, quinze anos que passariam ali. — E, olhando novamente para Antônio, completou: — Por que eu iria querer passar por isso novamente?

Um ano depois do escândalo, quando a poeira já havia baixado, a primeira empresa especializada em PME depois da NanoDot anunciou seu lançamento, um sistema de nanoestruturas inteligentes para controle de pragas em lavouras. Dali em diante foi uma explosão de novas empresas no ramo, e logo todos saberiam que muitos segredos industriais da NanoDot foram finalmente revelados.

Carlos nunca conseguiu entender o que havia dado errado no sistema de segurança que funcionou por décadas. Já Henrique assistiu na TV, com um sorriso no canto da boca, à reportagem especulativa sobre o assunto. Enquanto ouvia o repórter explicar os detalhes do sistema de segurança da NanoDot e enumerar as teorias para o vazamento de informações, ele imaginava o que Carlos faria se descobrisse que não foram só os dados de pesquisa e a lista de vítimas que Geraldo havia colocado nos arquivos que Antônio decifrou. *A empresa foi criada por Davi, é justo que seja feita sua vontade.*

* * *

Gabriela finalizou seu livro. Cansou de esperar os comentários de Antônio sobre o manuscrito, que, diferente de Victor e Henrique, jamais se manifestou a respeito. *Certamente ocupado com coisas mais importantes.* Enquanto acompanhava o processo de preparação do texto para publicação, dedicava-se à ampliação da editora para dar conta do seu projeto de popularização de literatura, uma ideia antiga que tirara da gaveta por incentivo de Victor. Aceitar o convite para morar com ele foi um ato de impulso, sem qualquer reflexão, mas não poderia ter dado um passo mais certeiro.

Mudar de ambiente e compartilhar a rotina com um amigo lhe fez muito bem, em vários sentidos. Levou primeiro apenas uma pequena mala, pois não acreditava que a experiência se estenderia por muito tempo, mas logo se viu transportando seu sofá vermelho para a sala espaçosa do apartamento de Victor. Morariam juntos por três anos, quando cederia o lugar para outro namorado dele, mas seriam amigos íntimos para toda a vida.

O contato com Henrique e Antônio passou a ser muito esporádico, e cada vez menos necessário, mas ambos compareceram ao lançamento do livro. Gabriela autografou dois exemplares, um para cada um, e escreveu neles belíssimas dedicatórias. Henrique começou a ler o seu no mesmo dia. Levou uma semana para concluir a leitura e mandar para Gabriela uma mensagem parabenizando pela obra e desejando que tivesse o sucesso que merecia. Antônio esqueceu onde havia guardado o seu. Encontrou seis meses depois dentro de uma gaveta. Começou imediatamente a ler, mais por culpa pela demora que por vontade genuína de conhecer a história.

Foi arrebatado. Leu tudo de uma vez. Virou a noite para concluir. Antes daquele livro, Antônio desconhecia o impacto que as palavras podiam ter na perspectiva de mundo de alguém. Foram tantos conceitos ressignificados que se poderia dizer que o livro de Gabriela teve papel fundamental no que ele faria nos anos seguintes dentro da NanoDot.

Não que a obra tenha sido um grande sucesso. Não vendeu tanto quanto outros livros dela, não foi unanimidade entre a crítica especializada, e não ganhou prêmios. Porém, Gabriela lançava ali as sementes daquelas que seriam as principais discussões filosóficas em eras vindouras. O título, sugestão de Victor, não prenunciava o conteúdo, mas dava ideia da dimensão da abordagem: *Do átomo à vida*.

O AGORA

Exatamente no dia de hoje completam-se duzentos e cinquenta anos desde a fundação da empresa que iniciou a corrida global na engenharia submicroscópica que moldou o mundo atual. Todo o planeta acompanha as comemorações de um quarto de milênio da NanoDot, ansioso pela revelação de sua última inovação que promete levar a humanidade a outro patamar (novamente). Aevum, no entanto, se desloca no sentido contrário ao da zona urbanizada. Ele deveria participar presencialmente do evento mais importante da Terra no momento, mas avisou de última hora que não compareceria.

A determinada altura, o jovem dá o comando para desligar a condução autônoma — fora dos limites da cidade isso é permitido. O veículo obedece. Ele sai da estrada principal. Seu veículo é equipado com gerador de campo magnético reverso que permite o tráfego fora das estradas-trilho, mas apenas para situações de emergência, pois não possui os estabilizadores necessários para transitar em terrenos irregulares. Não que Aevum não possa comprá-los. É rico, muito rico, mais do que gostaria de ser. Mas gosta do trepidar do veículo quando forçado a se mover sobre a relva. Lembra o movimento dos carros de antigamente que andavam sobre rodas tocando o chão.

Aevum para o veículo no meio do nada. Em volta, apenas a vegetação intocada da reserva ambiental. Ele sai da cápsula e anda em direção a uma árvore no centro de uma clareira. Enquanto caminha, sente a brisa fresca com cheiro de folhas verdes. *Nunca vou entender como as pessoas conseguiram esquecer essa sensação.*

O silêncio só não é absoluto porque o vento nos galhos e o canto de alguns pássaros enchem o ambiente com uma sinfonia hipnotizante. Ele olha para baixo, vê as marcas que vai deixando na grama. Vê também os sapatos anatômicos azuis e as calças interativas com as quais nunca se acostumou. Leva a mão à testa, toca seu nome gravado nela e sorri. Sempre achou Aevum um nome engraçado, não sabe por que escolheu logo esse.

Finalmente chega à árvore. Senta-se sob os galhos retorcidos cheios de folhas vistosas, do lado de uma pedra. Respira fundo e dá um comando para seu microimplante.

— Leia "O Cheiro do Tempo".

Dentro da sua cabeça, uma voz feminina começa a recitar a poesia de uma escritora não muito conhecida do século retrasado. Encostado no tronco majestoso daquela jaqueira centenária, ele fecha os olhos para saborear cada palavra, enquanto o céu é tomado por um laranja vívido e o sol desce lentamente além das copas das árvores.

AGRADECIMENTOS

Este livro só existe porque sou cercado de pessoas que acreditaram nele. Preciso registrar um agradecimento público a todas elas, em especial a Vanessa, Davi, Islane e Daniella, pelas sugestões na primeira versão do texto. Também preciso agradecer aos meus pais, Gilmar e Iracema, que me ensinaram, desde cedo, a não me contentar com voos curtos; e aos muitos mestres que tive na vida que me mostraram que os caminhos são tantos quanto se deseja que sejam. Agradeço, ainda, às minhas filhas, Júlia e Joana, que precisaram dividir com este projeto preciosas horas do tempo do pai. Por fim, agradeço, em particular, à minha esposa e coautora, Tacila. Sim, coautora, pois não é só com palavras que se faz um livro; também é preciso inspiração, apoio, condições de trabalho, crítica honesta, incentivo e amor. Foi ela quem me deu tudo isso. A mim coube apenas a tarefa de escrever.

FONTE Adobe Garamond Pro
PAPEL Pólen Natural 80 g/m²
IMPRESSÃO Paym

FSC
www.fsc.org
MISTO
Papel produzido
a partir de
fontes responsáveis
FSC® C133282